醫諾千金

4

文創風
384

清茶一盞 著

目錄

第八十六章

劉悅兒即便不說，岑子曼也想這麼做。

也不知這地方是被人獵過了，還是他們運氣不好，走了半天，就遇到一隻山羊，要是一直這麼下去，這場比賽肯定得輸。

「妳說的有理。」她道，朝大家掃視了一眼。「大家覺得怎麼分好？」

「我們這裡一共九個人，不如分成三組，兩位小姐、一位公子一組，這樣既能避嫌，也安全一些，大家覺得如何？」仍是劉悅兒提議。

大家互相看看，都紛紛點頭。「這樣好。」

他們一行九人，三男六女。不管怎麼說，男子的力氣總比女子大一些，每組跟著一個男人，安全上也有一定的保障。

「阿曼，我跟妳一組。」劉悅兒不等別人說話，就率先道。

岑子曼剛剛還想著一男兩女，正好她跟夏衿和夏祁一組呢。現在劉悅兒這一說，她便面有難色。

劉悅兒是宰相的嫡孫女，不說她為人還算不錯，單是從朝堂上的關係來說，自己也不好得罪她。畢竟祖父要去邊關打仗，這時候如果宰相不高興，不說在皇上面前進讒言，即便不偏向祖父說話，也是夠嗆。

岑子曼為難地看了夏衿一眼。

夏衿心下明白。她輕輕擺了擺手，又朝岑子曼笑了笑，表示自己不在意。

岑子曼也知道夏衿既有原則又寬和，能軟能硬，不多與人計較，而且她還有武功在身。讓她跟其他閨秀在一起，想來既不會吃虧，也不會輕易跟人起齟齬。

拿定主意後，她便道：「行，劉姑娘跟我一組，還差一個男的，就夏公子吧。」

說著她對許晴一笑。

「表姊，夏家兄妹是我家臨江的親戚，今兒我出來，就是為了帶他們出來玩的。現在夏公子既跟我在一組，那夏姑娘就跟妳一組吧，妳替我好生照顧她。」

許晴為人很是穩重，聽得岑子曼這話，她便道：「放心吧，我會照顧好她的。」

轉過頭來，對夏衿一笑。

「夏姑娘，一會兒妳跟在我身邊就行。」

夏衿自然承情，笑著說了兩句客氣話。

岑子曼那組已定好，許晴這裡也有了兩個人，餘下那四個沒什麼選擇，隨意分了一個男子過來許晴這邊，三組人就定下來了。

大家七嘴八舌商議了一下圍獵的方案，確定好集合的時間、地點，便騎上馬，分頭行動。

夏衿和夏祁都不是這圈子裡的人，對地方也不熟悉，整個過程都是站在旁邊不說話，只等著他們商量好，再跟著各自的小隊離開。

這裡沒有危險，夏衿對岑子曼和夏祁並沒有什麼可擔心的，跟在許晴後面，騎著馬悠悠閒閒地走著。

許晴是個典型的大家閨秀，一路上時不時跟夏衿和另一男子說上一、兩句話，既不顯得熱絡，又不十分冷場。三人朝著一個方向走著，一個多時辰的工夫獵了一頭鹿、一隻獐子和三隻兔子，倒比剛才大隊人馬效率要高上許多。

「看來分開來是對的，否則一群人在一起，即便有收穫，數量也不多。」許晴高興地道。

看看時間差不多了，三人便往回走，結果剛剛回到集合地點，就聽到一陣急促的馬蹄聲朝這邊奔來，大家轉頭望去，便見一身朱紅色胡服的女子騎在馬上。

他們這組九個人之中，穿紅色有三個人，岑子曼是大紅，還有一個閨秀穿玫瑰紅，而劉悅兒穿的是朱紅。

看來，來者想必是劉悅兒了。

待那馬兒跑近，大家一看，騎在馬上的果然是劉悅兒，遠遠地就聽她喊道：「許姊姊，阿曼回來沒有？」

「沒有啊。」許晴吃了一驚，高聲回應。「她不是跟妳一組嗎？」

此時劉悅兒已經到了近前，她勒住馬兒，翻身下來，說道：「是啊，我們在一起的。可我追一隻兔子，追著追著就只剩我一個人了，後來我回頭找，也沒找到他們。」

她抬頭看看天色。

「看這時辰，他們也該回來了吧。」

夏衿的眉頭蹙了起來。

劉悅兒脫離小隊，豈不是只剩下了岑子曼和夏祁兩個人？孤男寡女在一起，即便不出狀況，也要被人嚼舌根的。

想到這裡，她不由得打量了劉悅兒一眼。

嚷嚷著要分隊狩獵的是劉悅兒，硬是要跟岑子曼在一起的也是她，現在把岑子曼和夏祁丟下的仍是她，不由得不讓人懷疑她動機不純。

可她布了這麼個局，想要算計岑子曼什麼呢？

想想跟貴女沒多少交集，卻出現在狩獵場的鄭婉如，夏衿心頭一跳。

莫非，鄭婉如想讓岑子曼跟別的男子發生糾葛，壞了名聲？如果這樣，難道她喜歡的那位彭公子就會跟岑子曼退親，轉而娶她？

想到這裡，夏衿暗自搖頭，否定了自己的猜想。

鄭婉如的伯祖父是吏部尚書，文官之首。她要是真的中意她的表哥，只要派人提親就是。以彭公子的舉人身分和翰林院編修這等家世，只會欣然應允，斷不敢拒絕，何至於讓彭家跟岑家訂親，而她自己卻結下臨江羅家這門親事？

彭公子比羅騫有才名，能把岑子曼迷得暈頭轉向，定然是位翩翩佳公子；彭家既跟鄭家是親戚，又住在京城，把鄭婉如嫁給彭公子，豈不是比嫁到外地，給一個地方官做兒媳婦來得強？

鄭家既然枉顧女兒的心思、放著現成的佳婿不要，轉而跟羅家結親，那定然是鄭婉如和彭公子不適合。這便不是岑子曼名聲受損，鄭婉如就能成功嫁給表哥的。

鄭婉如不會連這個都想不明白吧？

如果她不是這麼一個笨人，那麼，今天設計謀算岑子曼就說不過去了。

再說，安以珊那麼目空一切的人，又豈會受鄭婉如擺布，冒著得罪宣平侯府的風險，心甘情願被人當槍使？

雖然想不明白這其中的道理，但夏衿總覺得事有蹊蹺。

即便沒有陰謀算計，岑子曼一訂了婚的人，跟夏祁孤男寡女待在一起，總是不妥；要是被人說閒話，她和夏祁可對不住岑家。

她站了起來，問劉悅兒。「你們剛才往哪個方向去的？我去找找他們。」

劉悅兒一愣，繼而不高興道：「我都沒找到，妳還能更厲害不成？這裡地勢平坦，又不會迷路，時間一到他們就回來了，找什麼找？」

許晴見劉悅兒對夏衿無禮，皺了皺眉。不過劉悅兒這話也挺有道理，她也不好說什麼，勸夏衿道：「悅兒說得是，咱們再等等吧。」

見劉悅兒攔著自己，夏衿越發疑心，她不再說話，拉過自己的馬來，翻身上馬，雙腿一夾就策馬奔去。

她記得夏祁和岑子曼當時走的就是這個方向。

「喂，妳幹麼去？」劉悅兒見夏衿就這麼走了，呆愣了好一會兒，才對許晴嚷嚷道：

「這算什麼？我也是為她好。她不熟悉地方，要是走丟了，我們還得再去找她。哼，就顯得她擔心阿曼，好像我們都是沒心肝似的。」

許晴也急。

岑子曼託她照顧夏衿，要是夏衿走丟了，她也得吃埋怨。可夏衿一聲不響就走了，而且走得極快，等她反應過來，夏衿已縱馬跑得老遠。

她性子好，在這群性格驕縱的貴女裡，她最常幹的事就是和稀泥。見劉悅兒滿臉怒氣，即便她心裡也不高興，仍勸道：「想必半路上她就能遇見阿曼他們，不會走丟的。」

劉悅兒嘴角露出一抹微不可見的冷笑。

此時正值春天，正是野草瘋長的時候，但這獵場有人打理，野草長度只到馬兒的腿彎處，而且昨晚還下過雨，被馬踏過的地方會露出黃色的泥土。

憑夏衿的經驗，只要稍微辨認一下，就能找出三匹馬兒走過的痕跡。劉悅兒回來的時候是一個人，而且馬蹄的方向是相反的，對辨認岑子曼他們的去處，完全造不成干擾。

夏衿就這麼一路找、一路走著，越走越遠。她能看到這三人一路上追逐了一些獵物，並從血痕上看來，三人似乎獵了一隻山羊和一隻兔子。到了一個地方，果然有一匹馬單獨離開了，馬蹄所經的地方確實有兔子的腳印，倒證明劉悅兒沒有說謊，而另兩匹馬則順著她的方向追了過去。

夏衿順著馬蹄的方向策馬奔去，跑了有一盞茶工夫，忽然就聽到人聲，似乎有人在大聲叫著什麼。

她甩了一個響鞭，加快速度，跑過一個小山坡，就看到前方有幾個人影，以衣服的顏色和身形來看，這些人正是安以珊那個小隊的人。

他們怎麼在這裡?岑子曼和夏祁呢？

夏衿心裡生出不妙的感覺。

她縱馬狂奔，以最快的速度跑到安以珊身邊。

聽到馬蹄聲，那幾人轉頭朝夏衿看來。

然而夏衿卻沒空理會他們，看清楚下方的情形，她的心猛地往下一沈。

底下是山澗，此時因春天雨水較多，各處的水流都積聚在這裡。

岑子曼正躺在積水邊，全身濕漉漉的，像是剛從水裡被撈出來，玲瓏的曲線盡顯；但這還不是最要命的，她的襦裙掀開了，右腿褻褲也捲了起來，露出白生生的小腿肚，夏祁正伏在她腿前，將嘴湊上，正親吻或吸吮她的腿。

偏岑子曼雖顯得有些虛弱無力，但人是清醒的，此時正微抬著頭，不知在跟夏祁說些什麼。

「別看了，丟死人了。」一個閨秀鄙夷地叫了起來。

「是啊，怎麼會有這麼不要臉的人？」有人附和道。

「唉，彭公子神仙一般的人物，頭上卻戴上了一頂綠油油的帽子。」一個男子幽幽地嘆了一口氣。

「大家不要這麼說，說不定有隱情。」鄭婉如道：「要不然，明知道咱們站在這裡，他們怎麼跟不知道似的，還要……」說到這裡，她似乎難以啟齒，說不下去。

夏衿聽得心頭火起，對那幾人道：「岑姑娘一看就是被蛇咬了，夏公子正為她吸毒救命。你們不下去救人，還在這裡造謠生事，真是豈有此理！」

說著她翻身下馬，直接朝山澗衝了下去。

到了近前一看，夏祁果然在岑子曼的腿上吮吸，吸一口就吐一口血，吐出來的血紅中帶黑。

聽到腳步聲，夏祁沒有抬頭，依然專心地吸著毒血，生怕稍遲一步，蛇毒就蔓延開來，讓岑子曼送了小命。

大概是夏祁施救及時，岑子曼此時還保持著清醒。她轉過頭看到夏衿，激動得嘴唇都顫抖起來。「夏、夏衿……」

「別說話。」夏衿止住她，從懷裡掏出一堆瓷瓶，從裡面挑出一個，打開瓶蓋，倒出一顆藥丸，送到她嘴邊。「吃了它。」

岑子曼毫不猶豫地一口將藥丸嚥了下去。

夏衿又倒了一丸，拍了拍仍然不敢停止的夏祁。「不用再吸了，你把藥吃了吧。」

此時夏祁嘴唇都發黑了，顯然吸出的蛇毒已侵入他的身體；要不是夏衿來得及時，即便他把岑子曼救活了，自己也中毒甚深，不能活命。

夏衿的醫術根本無庸置疑，聽得此話，夏祁一下子鬆懈下來，身體軟軟地就要往旁邊倒去。夏衿連忙扶住他，把藥丸塞到他的嘴裡。

而剛才那些在山坡上說些閒言碎語的人，也紛紛跑了下來，看到岑子曼腿上的黑氣和夏祁發烏的嘴唇，都默然不語。

夏衿沒理會他們，專心替岑子曼把脈，之後又替夏祁把了脈，才轉頭對圍觀的人道：「折四根長樹枝，我要做兩個擔架。」

「李公子、秦公子，你們去砍一下樹枝。」安以珊倒是很配合地下了命令。

兩個男子答應一聲，轉身去了。

山澗因濕潤，旁邊倒是長了幾棵樹。這些貴公子身上都帶有鋒利的匕首，不一會兒就弄來四根長長的樹枝。

夏衿脫下外袍，將兩根樹枝穿過袖子，做了簡易的擔架，將岑子曼抱到上面躺好；又叫了一個男子把他的外袍脫下，如法炮製，再將夏祁抱到上面。

「妳……」一個男子倒是熱心，不光脫了外袍幫著做擔架，還想幫著把夏祁抱上擔架。沒承想剛要行動，夏衿就把夏祁輕易地抱了起來，放到擔架上。這男子看得眼睛都直了，半天說不出話來。

旁觀的閨秀們看向夏衿的眼神就不對了，大概覺得她太不顧及女子清譽了。

夏衿雖對這些人沒好感，但為了不讓自己成為別人飯後談資，還是解釋了一句。「他是我哥，同父同母的親哥。」

大家這才恍然。

「妳力氣真大。」一個閨秀道，話語裡倒沒有惡意。

對於善意的人，夏衿也不吝於表達善意，她對那女子微微一笑。「我天生力氣大。」擔架做好了，人也放上去了，現在要考慮的是抬擔架的人。夏祁倒好辦，安以珊那個小隊有兩個幫忙拿獵物的小廝，叫他們來抬擔架就是了；只是岑子曼這裡，倒有些難辦。

夏衿掃了大家一眼，問道：「阿曼的擔架，我抬一頭，不知哪位幫抬一抬那頭？」

大家你看我，我看你，俱不作聲。

岑子曼是女子，抬擔架的自然也該是女子；但這些閨秀都嬌滴滴的，連瓶子倒了都不扶一下，哪裡抬得了擔架？

「我、我自己走。」岑子曼骨子裡有著傲氣，見這些平時見面姊姊、妹妹叫著的人都不願意抬自己，掙扎著就想坐起來。

夏衿連忙把她按住，唬著臉訓她。「給我老實待著！蛇毒還在妳體內，妳一動它就會順著血液流動，流到心臟人就完了。現在妳該做的是靜靜躺著不動、不說話，更不要情緒激動，別的都交給我。」

岑子曼聽了臉色一白，躺在那裡不敢亂動了。

那個脫外袍的男子聽了，見大家都不動，走上前來對岑子曼道：「岑妹妹，我幫妳抬擔架不介意吧？」

岑子曼搖搖頭，低低吐出兩個字。「謝謝。」

夏衿見狀大喜，指揮道：「你背過身去，抬起樹枝，走前面。」

她自己在後面也將擔架抬了起來，同時叫鄭婉如。「鄭姑娘，麻煩妳把阿曼受傷的那隻腿放下來，讓它垂著。」

中了蛇毒，要讓患部低於心臟，以防毒液流往心臟。夏祁那邊，她剛才已將他的頭仰放在擔架邊沿，比身體略低。

第八十七章

於是兩個小廝抬著夏祁走在前面，夏衿和那男子抬著岑子曼走在後面，一齊往山坡上去。

好在坡雖長，坡度倒不陡，四人咬咬牙，就把人從澗底下抬了上去。

到了有馬的地方就好辦了，夏衿把夏祁扶上那熱心男子的馬，再讓他翻身上馬，把夏祁攏在他前面；自己依法炮製，也同樣把岑子曼固定在胸前，策馬慢行。

夏衿出品，必是精品。服了她的蛇藥，待到集合地點時，夏祁和岑子曼的臉色都已好了很多。

雪兒、董方和徐長卿已駕了馬車過來，等候多時了。

看到自家姑娘無力地被夏衿抱下馬，雪兒的臉色一片煞白，說話都不索利了。「姑、姑娘，您怎麼了？」

相比之下，徐長卿倒鎮定不少。在他看來，只要少爺還剩下一口氣，姑娘就能把他救活。現在姑娘一臉泰然自若，那少爺即便受了傷，也絕對不會有生命危險。

夏衿道：「雪兒，妳家姑娘被蛇咬了，需要靜養，別跟她說話。」又吩咐。「趕緊拿披風來，給她披上。」

雪兒連忙拿了披風來，蓋在岑子曼身上。

夏衿將岑子曼放到馬車廂裡，對她道：「再等等，等藥效再擴散些，再換衣服。」

岑子曼感激地對她點了點頭。

今天要不是有夏家兄妹，她恐怕就死了。在她看來，跟生命比起來，閨譽這些浮名真算不得什麼。又有那些貴女、貴公子的表現作比較，夏祁和夏衿的所作所為看在岑子曼眼裡，就彌足珍貴。

她心裡此時充滿了對夏祁兄妹的感激之情。

許晴看表妹中了蛇毒，嚇得不知如何是好，爬上馬車一個勁兒地問：「妳被咬了哪裡？」又急急叫人。「快去請郎中！」

還有哥哥要安置，夏衿也懶得跟她多作解釋，轉身下了馬車，卻看到夏祁已被那男子安置在另一輛馬車裡了。

他們出來時都騎馬，丫鬟、小廝都是後面跟來的，只帶了一輛馬車。夏祁躺的這輛馬車不知是誰的，不過此時已顧不上這些了，所欠下的人情，以後自有宣平侯府去還，不勞夏衿操心。

「多謝陳公子。」不過夏衿仍然上前給那男子行了一禮。

「不必多禮。」陳公子擺手笑道，對夏衿剛才處理事情時的冷靜幹練，印象十分深刻。他不由得問道：「妳以前看人被蛇咬過？」否則怎麼會知道如何處理蛇傷？

夏衿笑道：「我從南邊來的。南邊暖和，草木茂盛，蛇也較多。南方人對於處理蛇傷，都有幾分經驗。」

說到這裡，她的眼眸漸漸冷了下來。「不過我倒奇怪，蛇才從冬眠中甦醒過來，不會輕易咬人，不知阿曼怎麼就被蛇咬到了，而且還是毒蛇。」

陳公子聽得這話，沈默下來。

安以珊臉上浮起一絲慌亂，鄭婉如則眸光一閃，不過很快就恢復平靜。

其他人則轉過頭看向岑子曼所在的車廂，想知道她是怎麼被蛇咬到的。

夏衿在說這話的時候，注意力就放在安以珊和鄭婉如身上，看到她們微小卻異樣的表情，她心裡便有了數。

有人被蛇咬了，這些公子、小姐自然不敢在這裡再待下去，而安以珊和岑子曼之間的賭注也沒有人再提起。待了一會兒，見岑家和陳家兩輛馬車離開獵場往城裡去，其他人也都散了，各自尋找自己的馬，準備回家。

得知岑子曼和夏祁都中了蛇毒，蕭氏嚇得魂飛魄散。

直到看到女兒好端端地從馬車裡出來，夏衿也說已經服了藥，沒有危險了，她這才按下派人通知丈夫的衝動，抓住女兒的手一連串地問道：「怎麼會被蛇咬？獵場怎麼會有蛇？」

岑子曼搖搖頭，望向夏衿。

夏衿笑道：「現在沒事了，蛇毒已被藥清乾淨了，妳可以說話了。」

岑子曼吁了一口氣，對母親道：「我也不知怎麼回事。當時我們跟著劉姑娘追兔子，我的馬忽然就不聽話起來，直往山澗跑。」

說到這裡她轉頭看了夏衿一眼，表情複雜道：「夏公子見了不放心，就跟著過來。可我那馬跑得太快，跑到山澗時我一下沒騎穩，就滾落到下面，緊接著小腿就被蛇咬了。」

此時宣平侯老夫人聽到消息，也急匆匆趕過來了。聽了此話，她的臉上閃過一絲怒意，安撫孫女幾句，便將蕭氏叫了出去。

「夏姑娘既說曼姐兒和夏公子無事，就不用擔心。現在最要緊的，就是如何防止流言蜚語；要是鬧得滿城風雨，即便彭家不退親，我們也不好意思再將曼姐兒嫁過去。」

蕭氏沈著臉，搖搖頭。「母親，曼姐兒這事，怕是被人算計了。流言，恐怕防不住。」

宣平侯老夫人嚴肅道：「就不知道這件事是衝著曼姐兒的親事來的，還是衝著侯爺出征的事去的；要是涉及到朝中大事，才是最難辦的。」

婆媳倆對視一眼，俱都嘆了一口氣。

防民之口甚於防川，當天下午，流言還是流傳開來。

宣平侯父子這幾日忙著軍中的事，早出晚歸，忽然聽到流言，大吃一驚，待到傍晚有了空，便回家一趟，詢問此事。

蕭氏將事情的經過說了一遍，然後忐忑地看著公公。

宣平侯一眼就看出兒媳婦在擔心什麼，他安慰道：「妳別擔心，這事跟朝爭無關。要不就是湊巧倒楣，遇上這種事；要不就是哪個姑娘家爭風吃醋引出來的麻煩。」

「爭風吃醋？」宣平侯老夫人皺起眉。

事情一出，她就往這方面想了。畢竟岑子曼名聲受損，最大的損失就是失去彭家這門親，於宣平侯府的地位完全沒有影響。

但彭喻璋雖說頗有才名，本人卻只是一個舉人，其父彭博又是個清流小官，彭喻璋和岑子曼也不是剛訂親，有誰會在這時候來為彭喻璋爭風吃醋呢？

「曼姐兒的情緒如何？」宣平侯問道。聽到流言，他最擔心的就是孫女，別的並未放在心上。

說起這個，蕭氏十分欣慰。「還算平靜，她說如果彭家聽了流言要退親，那便退好了，她沒什麼大礙。」

宣平侯父子聽了這話，頗為詫異。

當初岑子曼才十二歲，在一次宴會上看到彭喻璋作詩，就驚為天人，哭著鬧著要嫁給他。大房這邊只有她一個女孩，岑家也不用藉由聯姻提高地位，看彭喻璋人不錯，便託人作媒，給她訂下這門親事。

這幾年，彭喻璋逢年過節來拜會，岑子曼也曾找藉口跟他見面，兩個年輕人相處得似乎不錯。

彭家那種清流人家最重名聲，現在京城裡出了這種流言，他們很有可能退親。這時候岑子曼不是該擔心不已，以淚洗面嗎？

「派人盯著她，別讓她做出傻事來。」岑長安吩咐道。

蕭氏明白他的意思，點頭答應。「世子爺放心，我會的。」心裡卻不以為然。

知女莫若母，岑子曼說這話是真心還是假意，她這做母親的，還是能分辨出來的。

「曼姐兒說，當毒蛇咬住她，她以為自己快要死了，想到的是捨不得人世、捨不得家人。她對夏公子不顧性命救她，很是感激，讓我們不要因流言遷怒於他。」

岑長安愕然。「她這是……」下半句話，他便不好說了。

蕭氏怕他想歪了，忙道：「她這是想得開，覺得活著最重要。她說一想到如果她不在了，我們為她傷心流淚，她就難受得不行，因此越發覺得活著好。」

「曼姐兒這是活明白了呀！」宣平侯感慨道。

他自己是在戰場上幾生幾死的人，最是知道活著的可貴。為了些虛名就枉顧性命，在他看來，就是輕慢上蒼的恩賜。孫女經歷一次生死，能明白這一點，比什麼都難得，令他倍感欣慰。

「如果彭家派人打探或退親，這樁親事就作罷。我岑毅的孫女，不愁嫁！」他擲地有聲道：「至於外面的流言，妳去查一查，看看是誰在背後搞鬼。哼，我倒要看看，大戰在即，到底是誰膽子那麼大，跟我岑府過不去！」

蕭氏站了起來，恭敬地答道：「父親，我明白了。」

宣平侯一擺手。「行了，你們都退下吧。回去好好感謝一下夏家兩個孩子，這次要不是他們，曼姐兒的性命難保。」說著將臉一板。「誰要是因為流言遷怒夏公子，就自己提板子來見我。」

蕭氏知道公公在敲打自己，忙表態。「父親放心，沒有誰會那麼糊塗，好歹不分。」見公公、婆婆沒有別的吩咐，便退了下去。

而夏衿這邊，見岑子曼喝了安神藥睡得香甜，便去了外院，想看看夏祁怎麼樣了。到了那裡，看到夏祁正在書房裡看書，神情專注，她的一顆心便放了下來。

她放重了腳步，又敲了敲門，才出聲問道：「怎麼不好好歇息一下？」

夏祁抬起頭來，看到是她，笑了一下。「沒事，不累。」站起來給夏衿拉了一張椅子出來。

跟在夏衿身後進門的徐長卿趕緊倒了一杯茶，放在夏衿面前，退了出去。

夏衿並沒有喝，只把茶杯攏在手上，靜靜地注視著夏祁。

「我不會有什麼想法的，妳放心。」夏祁知道妹妹關心什麼，主動道：「訂親、退親是關乎兩個家族的大事，如果彭家是講究人家，不會為了這件事退親的，我也不希望彭家退親。」

夏衿點了點頭。

不管夏祁心裡是難受還是平靜，他能說出這番話，就說明他的理智大於情感，令人放心。

「爹、娘再過幾天就能到京城了。那邊宅子進展很快，後天應該修繕得差不多了，爹、娘一到，咱們就搬過去。」她道。

「好。」夏祁回答得很乾脆。

說完這話，他猶豫了一下。
「還有什麼事？」
夏祁抬起眼來。「今天的事，我總感覺蹊蹺。那位劉姑娘會不會是故意走開，讓我跟岑姑娘孤男寡女在一起？即便沒有後來的事，想來流言也會四起吧？」
夏衿很欣慰，她一直擔心夏祁為人太單純，沒想到遇上事情他也能看得出其中的端倪。
「放心，我會查清楚的。」
如果夏祁不對岑子曼有意，她或許就會把自己的猜想跟岑家人說一說，便不管了；說到底這件事還是跟彭公子有關，她插手太過，等岑子曼和彭喻璋成了一家人，她這個多事的外人便不討喜了。
但夏祁既對岑子曼有情，這件事似乎又跟鄭婉如有牽扯，彭喻璋脫離不了干係，那麼她就得好好查查，讓事情朝另一邊發展了。
雖然她口口聲聲說她地位太低，配不上蘇慕閑，但其實連皇帝她都沒看在眼裡，所以她從不認為夏祁配不上岑子曼。
拜她所賜，夏衿相信，說到對女性的尊重，這時代沒有幾人能比得上夏祁。岑子曼要是能嫁給他，是她的福氣。
夏衿回到後院，天便漸漸黑了下來。她讓董方點了燈，準備看幾頁書，等大家都熟睡了再出去，然而剛翻了兩頁，她就將書放了下來。
昨晚待在屋頂的那人，現在又來了。

她吹熄油燈，換上夜行衣，坐著靜靜地聽屋頂的動靜。

那人似乎認定了廳堂的那塊屋頂，坐在那裡一動不動，並不因她的燈滅有所改變，頗有些坐到天荒地老的架式。

夏衿將窗戶推開一條縫，一個翻身便上了屋頂。

今晚沒有月亮，星星卻布滿天空。

她收斂了氣息，繞了個彎，再輕躍到廳堂上，便見一個熟悉的身影，手背托著下頷坐在那裡，臉正對著她所住的廂房。

她輕輕地嘆了一口氣。

聽到聲音，蘇慕閑倏地閃了過來，下一刻，一支冰冷的匕首就抵到夏衿脖子上。

「不錯，有進步。」夏衿讚道。

聽到是夏衿，蘇慕閑手上一鬆，將匕首收了回去，眸子深深地看了她一眼，轉身又在屋脊上坐了下來。

夏衿走過去在他身邊坐了下來，望著滿天星星，她輕聲道：「你表妹的事，你知道了吧？」

「知道。」蘇慕閑的聲音低沈而雄渾，充滿男子氣息。「我下午聽到這事就過來了，然後我又去了一趟燕王府。」

夏衿訝然。「你去找了嘉寧郡主？她怎麼說？」

本來從安以珊身上是最容易查出真相的。因為不管是誰布局，都得讓安以珊配合，而且她心機並不深沈，在她身上很容易得到答案。

但燕王府那地方太危險，夏衿掂量了一下，不想為這事冒那麼大風險，所以放棄了。

沒想到蘇慕閑卻去了那裡一趟。

蘇慕閑很鬱悶。「她一口咬定跟她無關，而且……」他皺皺眉。「我想不出，攪了阿曼的婚事於她有什麼好處。」

夏衿也蹙起眉頭。

這也是她想不通的地方。

她站了起來。「我要去鄭婉如那裡一趟，你要不要一起去？」

「鄭婉如？為何不是劉悅兒？」蘇慕閑奇道。

「劉悅兒只是一顆棋子，能命令她的，只有安以珊。」夏衿道。

蘇慕閑想了想又問：「鄭婉如喜歡彭喻璋？」

夏衿讚許地看他一眼。能在短時間內猜到這一點，蘇慕閑的腦子相當好使，畢竟這裡頭，繞了好幾道彎。

她道：「我也是這麼猜想的。」

蘇慕閑站了起來。「走，去鄭府。」

第八十八章

一頓飯工夫後，兩人到了鄭府，正要尋找鄭婉如住的院子，沒想到剛走到後門，就聽到一男一女爭吵的聲音。

那女的，正是鄭婉如。

「……妳不用再說了，我說了不會退親的。」另一個是男子的聲音，聲音倒挺悅耳，鏗鏘有金石之聲，但聲音裡的不耐煩，就像美味的食材被放多了鹽似的，讓人遺憾而不喜。

鄭婉如哀哀地哭泣起來。「為什麼？你明明喜歡的是我，為什麼卻一定要娶那個女人？莫非、莫非你騙我……」

那男人的聲音頓時軟了下來，溫柔地哄道：「別哭了，快別哭了，讓人聽到就不好了，乖。」

待鄭婉如哭聲小了，他又道：「父母之命、媒妁之言。我父親的命令，我不聽行嗎？妳家也給妳訂了親，這段感情咱們以後就埋在心底，好好過日子吧。」

「可、可是我們……」鄭婉如的哭聲又大了起來。「我們都那樣了……」

男人聲音微揚，打斷她的話。「這事別再提，再提對妳我都沒好處。妳聽好了，到時候……」他壓低聲音，似乎在耳語。

鄭婉如停止了哭啼，靜靜地聽他說話，說完之後，她的哭聲再次響起，這一次哭得更響、更淒涼。

「我不要，我不想嫁給別人，除了你，我不想讓別人碰我。咱們去求舅舅，舅舅一向疼我，肯定會讓你退親改娶我的。」

抱成一團的黑影動了一動，一團黑影分成了兩團，顯是男子把鄭婉如推開了，他的聲音也不耐煩起來。「這話妳又不是沒說過，結果呢？除了父親把我打得皮開肉綻，咱們還得了什麼？妳還想再害我挨打不成？行了，時辰太晚了，我回去了。」說著就往後門處走。

鄭婉如跑過去摟住他的腰，哭著怎麼也不肯放手。

那男子將她的手指一根一根掰開，對旁邊的黑影道：「菊影，過來扶住妳家姑娘。」那邊過來一個丫鬟，將鄭婉如拉住，男子從後門處離開了。

「姑娘，咱們回吧。」菊影低低地勸著鄭婉如。

啪地一聲清響，顯然是鄭婉如打了這丫鬟一巴掌，隨即聽她罵道：「吃裡扒外的狗東西。」

菊影卻悶不吭聲，用力拽著鄭婉如離去。

一直躲在陰影處的夏衿拍了拍蘇慕閑，便一躍而起，朝那男子離開的方向奔去。蘇慕閑微微愣了一下，也趕緊起身，跟在後面。

此處都是達官貴人的住處，夏衿極為小心，特意放輕腳步。她看看身後跟著的蘇慕閑，見他的腳步聲竟然也很輕，她要是不凝神細聽，竟然察覺不到。

這小子，功夫有進步呀。夏衿在心裡滿意地想。

兩人不遠不近地追在那男子身後，既不讓人發現，在這四處拐彎轉角的街道也不至於跟丟。

好在那人的住所離鄭府沒多遠，穿過一條巷子再拐了兩個彎，便「呀」地一聲推開一扇門，閃身進去，復又將門關上。

夏衿躍到那門頭上一看，上面寫著兩個大字——彭府。

果然是彭喻璋！

「公子，老爺叫您一回來就到書房去。」守在那裡的小廝迎上前來。

彭喻璋冷道：「是誰告訴老爺的？」

「是伺墨。」小廝說完，又替同伴辯解道：「他也是沒辦法，老爺說他要是不說，就把他姊姊賣到窯子裡去。」

彭喻璋沒有再說話，直接穿過幾幢房屋，去了燈火通明的書房。

夏衿見狀，趕緊尾隨前行。

岑子曼那事，是鄭婉如布的局，這無庸置疑了。只是為何彭喻璋和鄭婉如明明兩情相悅，彭老爺卻死活不同意親事，硬是要拆散兩人，讓兒子娶岑子曼呢？

他是清流文官，而鄭婉如的叔叔是文官之首，以後彭喻璋的前程如何，更在尚書大人手上。彭、鄭兩家結親，對彭家大有好處，為何他卻冒著得罪彭家的危險，執意要娶岑家女為媳？

她想不明白的地方，或許，一會兒就有答案……

彭喻璋雖是文弱書生，行事卻十分男人，即便知曉父親有可能正拿著大板子等他，他依然大步流星地進了書房。

「爹。」他對著上首的一個中年男子輕喚一聲，輕掀衣襬，老老實實地跪了下去。

彭老爺是個相貌極為清俊的男子，頸下留著半尺長的美髯，此時正單獨一人在書房裡看書。

他放下書，靜靜地望著彭喻璋，並不說話，但身上的怒氣極盛，即便隔著門都能感受得到。

廳堂裡安靜得落針可聞。

彭喻璋不知是不是習慣了這樣的場景，他姿態雖然恭敬，神色卻很自在，頗有些安之若素的味道。

彭老爺似乎頗為滿意兒子的表現，惱怒的臉稍稍緩和了些。

他開口道：「我明明告訴過你，不要再去見如姐兒，你怎麼不聽？」聲音裡雖然低緩，但隱含的怒氣卻很明顯。

彭喻璋低下頭解釋道：「她情緒十分激動，竟然做出今天這種事來，連嘉寧郡主都牽扯進去了；要不去安撫她一下，我擔心她還要做出更瘋狂的事，到時候……」

他抬頭看了父親一眼，沒有再說下去。

這時候，趴在屋頂偷聽的夏衿看清楚彭喻璋的長相，不由得在心裡喝彩一聲。

縱然她前世見過無數英俊男人，眼前這一個，仍然出類拔萃。

他不光面如敷粉，唇若施脂，那雙眼睛如星辰一般漆黑深邃，高挺的鼻梁，瘦削卻十分立體的臉型，無不恰到好處。這樣容貌的男人，不但才高八斗，還頗有心計……

難怪岑子曼為他迷得顛三倒四；鄭婉如對他更是死心塌地，即便被他破了身還不願意娶她，她也沒有大吵大鬧。

此時，夏衿終於知道為什麼鄭家要把鄭婉如嫁到臨江去了。

想來鄭婉如與彭喻璋的關係，他們是清楚的吧？

「你去見她，她就不瘋狂了嗎？」彭老爺的咆哮打斷夏衿的思緒。「你這樣藕斷絲連，優柔寡斷，她豈不是生出更多希望，惹出更多事來？這次惹出來的麻煩你要怎麼處理？岑府要是因此退親，你豈不是壞了王爺的大事？」

王爺？

夏衿抬起頭，朝蘇慕閑看了一眼，正對上蘇慕閑望過來的目光，兩人的眼神都震驚而詫異。

他們顧不得想別的，又低下頭去繼續聽牆根。

「不會再惹麻煩了，父親。」彭喻璋道：「明日如果父親領著兒子去岑府商議婚事，提出儘早將岑子曼娶進門來，岑府不光不會拒絕，反而要對我彭家感激萬分，大家也得誇咱一聲仁義。只要我娶了親，表妹那裡就會死心了。」

彭老爺撫著鬍鬚，沒有說話，但臉上的怒意漸漸消散，最後竟然哈哈大笑起來。

他站起來走到彭喻璋身邊，拍著他的肩膀。「好、好，真不愧是我彭其錚的兒子。不錯、不錯。」說著又抬了抬手。「起來吧，趕緊起來。」

彭喻璋臉上也露出笑意，對彭其錚拱了拱手。「多謝父親。」隨即站了起來。

「行了，就照你說的做。明兒一下衙，我就跟你去岑府，定要在宣平侯出征前把他孫女抬進府來。」彭其錚滿面笑容道。

「是。」得到父親讚許，彭喻璋的臉上沒有一絲得意，仍是那一副謙恭守禮的樣子。

他這模樣，讓彭其錚再次露出讚賞之色，他揮揮手道：「行了，時辰不早，趕緊回去睡覺吧。」

「孩兒告退。」彭喻璋施了一禮，退了出去。

出去之後，他沒有馬上就走，而是站在廊前，望著滿天星星，長長地嘆了一口氣，這才舉步下了臺階，回了自己的院子。

夏衿跟蘇慕閑對視一眼，見屋子裡的彭其錚沒有要離開的意思，而四周並沒有守衛的高手，兩人輕輕地將掀開的瓦片放了回去，然後幾個縱身，便消失在茫茫夜色之中。

到了一個僻靜之所，夏衿叫住蘇慕閑。「你打算怎麼辦？」

「自然是將此事告訴宣平侯爺。」蘇慕閑輕聲道：「咱們大周朝，皇家子嗣都不豐。皇上那一輩，只得兄弟兩個，除了皇上，便是燕王。皇上也只有兩個兒子，一個養到十五歲還病逝了，餘下那個才五歲，被封壽王。」

說著他的聲音放得更輕。「剛才彭其錚嘴裡所說的王爺，自然不會是才五歲的壽王，而是燕王。但彭其錚為何要效忠燕王，又一定要把岑家女兒娶進門呢？這其中的奧妙……」

說到這裡，他笑了一下，笑容卻有些陰沈沈的。「再想想前段時間皇上中毒，這陣子邊關蠢蠢欲動，想來這已不是鄭家和彭家設計表妹親事那麼簡單的事了。」

他抬起頭，望著滿天星辰，聲音更加飄渺。「恐怕，有人想變天……」

他吐出一口濁氣，朝夏衿看來。

他本以為夏衿即便能幹，也不過是個閨閣女子，又一直生活在臨安小地方，並不懂得朝廷之爭，傾覆大事。所以聽到他剛才的分析，她即便不驚慌失措，也應該有片刻的失神才對。沒想到他對上的，卻是夏衿欣慰的目光，那是一種「你長大了，終於懂事了」的欣慰，他不由得怔了一怔。

「妳……」他一時說不出話來，只覺心裡艱澀難言，五味雜陳。

在她的心裡，他一直是不懂事的小孩子嗎？難怪她不願意嫁給他。

這一刻，蘇慕閑很想向夏衿證明自己。經歷了親人的遺棄與生死，他早已不是當初剛從寺廟裡出來的蘇慕閑了。

可現在不是兒女情長的時候。

他深吸一口氣，摒棄各種私心雜念，繼續道：「所以，我得把這些事跟宣平侯爺說清楚，並且跟他進宮，向皇上稟報。」

夏衿點點頭。「這事確實應該這麼做。」

她轉過身去，一縱而起。「走吧，回岑府。」

蘇慕閑跟在她身後，望著她輕盈的身影，心緒繁亂。

路上兩人雖遇上一些在屋頂上高來高去的人，但因隱匿功夫厲害，都順利地避了過去。

半晌之後，兩人回到岑府。

夏衿停下腳步。「你去吧，不要提到我。今晚之事，都是你對鄭婉如起了疑心，然後一路跟蹤發現的。你從未見到我，更不是跟我一起去的。」

蘇慕閑的眉毛緊緊地皺了起來。

「可這樣，終是不妥。」他低聲道：「這麼大的功勞，妳讓給我，我會良心不安，除非……」他凝視著夏衿，聲音低沈，帶著一種說不出的魅惑。「妳給我機會，讓我彌補。」

夏衿望著蘇慕閑，只覺得他的眼神配著這聲音，有如一片羽毛輕輕拂過心間，讓她有種異樣的感覺。

她不由得認真地看了蘇慕閑一眼。

朦朧的星光下，蘇慕閑的長相似乎並不比那彭喻璋差。許久不見，他不光人變得成熟，也更有男子漢的味道了。

如果說初次見面時他如同一條小溪，清澈澄淨，一眼能看得到底；那麼這一刻，他似乎匯聚成河流，聲勢浩淼，已經有了自己的氣韻。

望著這樣的蘇慕閑，她有片刻的目眩神搖。

見夏衿朝自己看來，眼眸熠熠，比天上的星辰還要耀眼，蘇慕閑沮喪的心又生出了希望。

他很想靠近一步，離她更近一些。

可那日在岑府，脫口而出的魯莽宣言，讓她義正辭嚴地拒絕了自己，隨即便是有意無意地疏遠。這一刻，他不敢貿然行動了。

來日方長，他總有一天會讓她明白，嫁給他，是她最佳的選擇。

夏衿凝了凝神，道：「我在醫術上顯出一些本事，就已被禁錮在這京城，要是再在武功上頭角崢嶸，甚至可以出入內禁，你以為有人還願意我活在這世上嗎？」

「我明白，我不會跟人說的。今晚只我一個人，鄭家和彭家的事，都是我一人發現的。」蘇慕閑發誓似地道，心裡卻有一種小孩偷吃到糖的快樂。

她有絕世武功，能做許多別人做不到的事，可這一切，這世上或許只有他一個人知道。

夏衿對人心的微妙變化也極敏感。蘇慕閑心裡想什麼她不清楚，但他望向她的眼神變得歡喜，還有一種勢在必得的堅毅。

她莫名地也變得鬆快起來，輕聲道：「那我走了。」轉身朝她的院子躍去。

走了幾步，她正要離開這間屋頂往別處去，鬼使神差地，她回頭望了一眼，看到蘇慕閑仍然站在那裡癡癡地望著她，她不由得停下腳步，心跳微微加速。

蘇慕閑見她停下，擔心起來，跑過來問道：「怎麼了？」

「沒什麼。」夏衿臉上有些發燙，她急急躍下地面，朝迴廊的屋頂掠去。

蘇慕閑望著她的背影，站在那裡好一會兒，才去了宣平侯所住的正院。

「你說什麼？燕王？」宣平侯聽到蘇慕閑的猜想，大吃一驚，站起來走到他面前，盯著他問：「你確定你說的都是真的？」

宣平侯老夫人跟太后關係甚密，宣平侯在朝中所有大事，都有她在後面出謀劃策。此時她也沒有迴避，跟丈夫一起聽著蘇慕閑這一番大膽的猜測。

此時見宣平侯完全失去冷靜，問出這樣一番話來，她怕蘇慕閑多心，趕緊嗔道：「老頭子，你問的這叫什麼話？閑哥兒要是不確定，怎麼可能跑來跟咱們說？我看唄，十有八九，就是閑哥兒所猜想的那樣。你原來不也懷疑過燕王嗎？畢竟皇上出事，壽王只有五歲，太后年老，唯有燕王身強力壯。，他要是在朝中暗自培養勢力，篡位奪權，再合理不過了。」

宣平侯也冷靜了下來。

他重坐回椅子上，想了想，一拍桌子，重又站起來對蘇慕閑道：「事不宜遲，咱們現在就去宮裡面見皇上。這件事必要查個水落石出，否則，我在外打仗也不安心。」

「姨祖父，這一切只是我的猜想，後面還要經過多方查證，所以此時不宜打草驚蛇，免得他們縮回去，再抓不到任何證據。」蘇慕閑道：「現在進宮，未免讓人懷疑，而且事情還不到萬分緊急的時候。明日我當值，您也出征在即，面見皇上再正常不過，到明兒下了朝，咱們再稟報皇上也不遲。」

「閑哥兒說得有理。」宣平侯老夫人讚道，又轉頭瞪了丈夫一眼。「不像你，一大把年紀了，還這麼毛毛躁躁，叫人不放心。」

第八十九章

宣平侯摸摸頭，訕訕地笑道：「我這不是急糊塗了嗎？一想起這些王八羔子我就來氣，恨不得直接扒他們的皮、抽他們的筋。」說到後面，他咬牙切齒。

宣平侯老夫人的目光也冷了下來。這些人不光給皇上下毒，妄想奪權篡位；還利用岑子曼姑娘家的感情，想要藉由聯姻，把毫不知情的岑家拉到同一條船上！

如果沒有發現他們的陰謀，待哪日他們發動政變，把岑子曼當作人質，逼岑家站在他們那邊，岑家該何去何從？從大義出發，自然該維護正統；但割捨心愛的孫女，又於心何忍？到時候，豈不是戳他們的心？

再者，如果燕王陰謀失敗，岑家因是彭家姻親，必然會遭到皇上和朝臣的猜忌；即便皇上知他們忠心，不治其罪，但朝中那些看他們不順眼的人，豈會放過？

到時候，岑家真是裡外不是人。

這麼一想，宣平侯老夫人驚出一身冷汗。

「閑哥兒，這事多虧你。要不是你察覺不對，跑去一探，我岑家怕是要陷入萬劫不復的境地了，你是我們岑家的大恩人啊。」她嘆道。

蘇慕閑心裡一嘆——夏衿才是你們家大恩人！

可惜，這話他不能說。

「姨祖母快莫這樣說。當初要不是你們護著，我早已被人殺死了，又怎會活到今天，還保住我爹傳給我的爵位？再說，知道這些也是機緣巧合，我可不敢居功。」

宣平侯長嘆一聲。「大恩不言謝。感謝的話，我就不說了，以後有什麼事，直說就是。」

蘇慕閑點點頭，笑道：「姨祖父的話，我記住了。」說著站起來。「時辰不早，我這就告辭了。」見宣平侯夫婦倆站起身來，作勢要送，忙道：「不必送，否則被人發現就不好了。」拱了拱手，一個躍步閃身出門，直奔府外而去。

宣平侯老夫人看著他的背影，嘆息道：「當初就不應該由著曼姐兒性子胡鬧，讓她跟彭家訂親。看到閑哥兒回來，我心裡就直後悔，老覺得讓曼姐兒嫁給閑哥兒才好。」

宣平侯可沒有心情在這時候討論兒女親事。他心裡思忖著燕王和彭家勾結的可能性有多大，彭家作為清流，又能起什麼作用，嘴裡敷衍道：「到時候退了親，再讓曼姐兒嫁他就是，閑哥兒除了咱們，又沒別的親近人。」

宣平侯老夫人眼睛一亮。「這倒是個好主意。」

第二天早朝，宣平侯耐著性子站了一早上，剛一退朝，他便求見皇上。被召見之後，他又求皇上將蘇慕閑叫了進去，三人說了一個時辰的話。待得出來，他便拉了當初的媒人直奔彭家，藉口岑子曼名聲受損，無顏以對，要求退親。

彭其錚這些年躲在暗處，幫著燕王四處拉攏朝臣。

宣平侯手掌重兵，正是他千方百計想要拉攏的對象。好不容易兒子施了美男計，迷住宣平侯的孫女，此時正想將兩家牢牢地綁在一起呢，沒承想剛要出門，便遇到來退親的宣平侯。

他自然百般不肯退親。

可宣平侯完全演示了一遍什麼叫「秀才遇著兵，有理說不清」的霸道蠻橫，叫下人將聘禮如數放下，退了彭喻璋的庚帖。

「我剛才在宮裡稟事，便把這事跟皇上說了。皇上說一切以朝中大事為重，既然這親不退，我出征不安，那便退好了。」又問彭其錚。「要不要我去找皇上討道旨意來？」

彭其錚氣得鬍子亂顫。

這老傢伙，仗著出征在即，連皇上都不敢得罪他，竟然連孫女親事這種小事也要拿到皇上面前去說，逼急了，沒準兒他還真能幹得出去討旨意的事來。皇上不方便下旨，讓太后傳一道口諭還是可以的，到時候彭家的臉面可不好看。

待哪一日我做了首輔，第一個要治的就是這死老頭子！他恨恨地想著，叫人將岑子曼的庚帖拿來，摔在宣平侯面前。

宣平侯退了親，心滿意足地走了。

「父親，會不會是咱們的事被他察覺了？」彭喻璋擔心地問道。

「不會。」彭其錚否認得斬釘截鐵。「他要是真懷疑我們，必會偷偷查證，而不是跑到咱們面前要求退親，他不怕打草驚蛇嗎？」

彭喻璋一想有道理，遂放下心來，轉而請求。「父親，岑家既然退了親，那鄭家那裡……」

「你表妹已訂親，她你就別想了。等過一陣，我另給你覓一門妥當親事。」

「父親……」彭喻璋還想爭取。

彭其錚一甩袖子，佛然道：「就這麼定了！」

宣平侯回到岑府，把退親的事情告訴老妻，讓她和兒媳婦好好安撫一下孫女。豈知當宣平侯老夫人和蕭氏將退親的消息小心地告訴岑子曼時，她表現得十分平靜。

岑子曼並不知道這裡面還有朝堂上的牽扯，只以為是彭家聽到外面的流言，派人過來打探消息，然後祖父為了維護岑府臉面，主動退親。

「妳們不用擔心。」她仰起小臉，對祖母和母親笑了笑。「這就是緣分，我明白的。」

因為彭喻璋的出色，京城閨秀沒少背後嘲諷，說她將門小姐粗俗，這門親事是可惜了彭喻璋；彭喻璋每次見著她，表情也是淡淡的，從未有未婚夫見到未婚妻時那種期待、欣喜的情緒——大哥娶大嫂時，她可是見過大哥那種表現。為這事，她沒少流眼淚。

她曾一萬次地想像她跟彭喻璋成親後的情景，可每次她都十分沮喪，因為她實在想像不出那是怎樣的情景。

跟彭喻璋待在一起，她可能連話都不會說。

如今退了親，雖說心裡難過，但又隱隱地鬆了一口氣。

見到孫女這種表情，宣平侯老夫人原來準備許多安慰的話，都堵在心口說不出來。

「祖母會為妳安排一門好親事的。」她只得道。

因為這事還牽扯到夏祁，猜想到宣平侯老夫人和蕭氏的來意，夏衿有意避開，待她們走後，她從岑子曼口中得知這個消息。

「妳很難過嗎？」她問。

岑子曼搖了搖頭，抬起頭對夏衿一笑，笑容有些說不清、道不明的意味。「我以為我會很難過；但很奇怪，不光不難過，竟然有一種鬆快的感覺，看來我並不如想像中那麼喜歡他。」

夏衿安慰地拍拍岑子曼的肩膀。

兩人都沒有再說話。

岑子曼在想什麼，夏衿不知道；而她自己，則想到蘇慕閑。

岑子曼不小了，又因退親損了名聲，如果再不抓緊時間、趁著宣平侯出征再立新功之際，為她訂一門親事，等她年紀再長些，親事就難辦了。

而且戰場上的事，誰也說不清。要是宣平侯或世子有個三長兩短，或是戰敗，岑家的權勢必然大大降低，更有甚者，會成為口誅筆伐的對象，到時候誰還願意娶岑家這個名聲受損的姑娘呢？

所以，在出征前為岑子曼訂下一門親事，是勢在必行的。

雖說抬頭嫁女、低頭娶媳，但夏家在門第上與岑府實在相差太遠，夏祁更是連個舉人功名都沒有，即便他與岑子曼有了肌膚之親，但岑家第一首選的，不是他，而應該是蘇慕閑吧？

想到這裡，她微微失神。

人總是在失去才發現東西的可貴。經過昨晚微妙的心理轉變，再說很高興看到蘇慕閑跟岑子曼成親，她就太自欺欺人了。

那麼，她需要做些什麼呢？使些手段，把岑子曼推向夏祁，而把蘇慕閑留給自己？

這念頭一出，她就晃了晃腦袋，將這念頭趕了出去。

且不說這樣做有悖她做人的底線，光是從情感上，她就接受不了。

如果岑子曼選擇蘇慕閑而非夏祁，蘇慕閑也願意娶岑子曼，那麼這兩人，他們不要也罷。天涯何處無芳草，何必單戀一枝花？沒把他們兄妹倆看在眼裡的人，他們自然也不會放在心上，更不要說還動手去搶了。

岑子曼性子單純一些，人卻不笨。

事關她自己，夏衿能想到的，她自然也能想到。

躺在床上發了一會兒呆，她忽然坐了起來，對夏衿道：「我去找一下祖父。」說著對丫鬟喊道：「給我梳頭，再拿件外裳來。」

而那邊，宣平侯將退親的事告訴妻子後，算算日子，不敢耽擱，立刻派人將蘇慕閑叫了過來，開門見山道：「你表妹今兒已跟彭家退了親。我出征在即，這樣離開我不放心，我想在出征前為她訂下一門親事。」他頓了頓，看著蘇慕閑。「你可願意娶她為妻？」

蘇慕閑大吃一驚，他雖然知道宣平侯一定會給岑子曼退親，但沒想到他會把主意打到自己身上。

他思索了一陣，想找些適合的話，儘量委婉地拒絕，卻覺得怎麼說都不合適。

他乾脆不掩飾了，直接道：「對不住，姨祖父，我心有所屬，不能娶表妹。」

宣平侯呆愣了好一陣，才問道：「此話當真？」

蘇慕閑苦笑一下。「姪孫可不會拿自己的終身大事來開玩笑。如不是這樣，以您和姨祖母對我的恩情，您說了這句話，我絕不會說個不字；但我心裡裝著別的女人，娶了表妹，是對不起她，也對不起你們。」

宣平侯看著蘇慕閑，久久沒有說話。

在他心裡，自己的孫女是天底下最好的姑娘，即便退了親，配蘇慕閑，也完全配得上，所以沒想過他會拒絕。

心有所屬？

他喜歡的是誰？

過兩日就要出征了，軍中還要許多事要他處理，他也沒精力去管蘇慕閑的終身大事。

他疲憊地揮了揮手。「行了，我明白了，你先回去吧。」

蘇慕閑坐在那裡卻沒動彈，問道：「您有沒有想過把表妹嫁給夏祁？」

「夏祁？」宣平侯的眉頭皺了起來。

他搖了搖頭。「我不是沒想過他。你表妹跟他有了肌膚之親，按理說，把她嫁給夏祁再合適不過了，但……」他嘆了一口氣。「我不是嫌他家窮，也不是嫌他出身低，我自己就是個泥腿子爬上來的，夏祁比當初的我可強多了。只是他連個舉人功名都沒有，而且我還聽說，他家在臨江所置的財產，全是夏姑娘賺回來的；京城的房屋、田地也是夏姑娘得的賞，這哥哥、妹妹，相差也太遠了些。」

蘇慕閑無言以對。

因為當初要給皇上治病，怕擔上欺君的罪名，所以夏衿沒有再女扮男裝。而且宣平侯能把夏衿推薦給皇上治病，自然要將她在臨江的情況調查一遍，她以前的事，除了晚上進行的那些隱密行徑，其餘的沒有宣平侯不知道的。

有夏衿這麼個出色的妹妹相比，夏祁即便是個十五歲的縣案首，也被比成了渣渣，看不進宣平侯眼裡去了。

「一母同胞，有夏姑娘那麼一個能幹妹妹，夏祁又能差得到哪裡去？即便比夏姑娘差，但與京城的其他紈袴比起來，也要強上不少。夏祁小小年紀就能拿下案首，假以時日，中個舉人、進士，想來也不是難事；再說他武功也不錯呢，能文能武，為人真誠勤懇。我看，倒比那裝模作樣的彭喻璋好多了。」

蘇慕閑喜歡夏衿，自然極力推薦夏祁，而且他說的確實是實話。

見宣平侯點頭，他又道：「二表哥這段時間一直跟夏祁在一起，想來對他頗為瞭解。姨祖父不如叫二表哥來問一問，聽聽他的意見。」

「還真得問問他。」宣平侯也不是覺得夏祁很差，只是原來有蘇慕閑作比較，他自然就看不上夏祁。

蘇慕閑相貌英俊，武功高強，還是個侯爺，家裡無長輩，一進門就當家，不用伺候公婆，無論拿哪個方面出來，都比夏祁強上一條街。這樣的孫女婿，說出來都倍有面子。

最重要的是，有彭喻璋這樣的未婚夫在前面，要是找個各方面都差太遠的，他擔心孫女會接受不了。要是岑子曼不情不願，把日子過壞了，他岑家豈不是對不住夏家？夏衿、夏祁，可是救了好幾次岑家人的性命；岑家不報恩，反而嫁個孫女去結仇，做人也不帶這樣的呀。

現如今蘇慕閑斷然拒絕親事，他自然認認真真地考慮起夏祁來。

「我找舟哥兒問問，再問問曼姐兒。如果曼姐兒不情願，這事就當我沒提過，你也不要去跟夏家兄妹說。」宣平侯道。

蘇慕閑正要開口，門外忽然闖進一個人來，聲音清脆道：「祖父，我願意嫁給夏祁。」

兩人轉過頭去，便看到岑子曼站在門口，一身紅色衣裙，明豔的臉上滿是堅毅。

「曼姐兒，妳……」宣平侯不知道孫女來了多久，聽了多少去，他倉皇地轉頭看了蘇慕閑一眼，全然沒有他在戰場上叱吒風雲的英雄氣概。

蘇慕閑不由好笑。

自己這個姨祖父，英雄一世，但或許從小是孤兒的緣故，對家人特別看重。不光對老妻敬重有加，更是把孫女捧在手心裡，寶貝得不行，從不捨得給她一丁點委屈受。如今岑子曼因為朝堂之爭而被迫退親，他對孫女自然更加小心翼翼，生怕她再次受到傷害。

「妳不必委屈自己。」宣平侯清了清嗓子。「祖父一定給妳訂一門好親事。」

「我不委屈，從夏祁幫我吸毒那一刻起，我就下定決心了。」岑子曼走到祖父身邊，抱住他的胳膊，將頭靠在他的肩膀上。「這世上能不顧自己的生死，毫不猶豫救我的，能有幾人？嫁給他，我一定會幸福的。祖父，我不委屈。」

宣平侯不知孫女這番話是真是假，當著蘇慕閑的面，他也不好多問。

「行了，祖父知道妳心意了。等夏祁的父母來，我叫妳母親探探他們口風。」

「嗯。」岑子曼點點頭，站起來走了出去。

岑子曼一走，蘇慕閑也跟著告辭了。

出來的時候，他特意問了一下一直待在外面的小廝阿硯。「表姑娘是什麼時候進去的，你看見了嗎？」

「看見了，她剛進去沒多久就出來了。」阿硯回道。

「她可有在門口站了一會兒？聽我們說話？」

阿硯搖頭。「沒有啊，她過來直接就進去了。」

蘇慕閑點了點頭，放下心來。

他倒是不怕得罪岑子曼。

他當著大家的面說過要娶夏衿，岑子曼是知道的。這姑娘也是個心高氣傲的主兒，即便他答應宣平侯的提親，岑子曼定然也會極力反對。

他只是想知道，岑子曼說願意嫁給夏祁，是為了賭氣，或心灰意冷，還是心甘情願的決定？

第九十章

蘇慕閑走後，宣平侯站了起來，回了後院，將剛才的事跟老妻和兒媳婦說了一遍。

豈知剛說到蘇慕閑拒絕那一段時，宣平侯老夫人就大吃一驚。「閑哥兒心有所屬？我怎麼沒聽那孩子說起？這滿京城閨秀的眼睛可都盯著他呢，他倒好，不聲不響就有了心上人。只是他年紀不小了，既有了心上人，為何不讓人去提親？」

這一連串的問題砸過來，宣平侯也吃不消。「這個……我也不清楚。」又好聲好氣地勸道：「現在是曼姐兒的事比較著急，閑哥兒的事先放一放。」

宣平侯老夫人回過神來。「這倒是。」又道：「你繼續。」

宣平侯遂把岑子曼撞進來，要求嫁給夏祁的事說了。

宣平侯老夫人先沒表態，而是轉頭問兒媳婦。「妳怎麼看？」

蕭氏雖然對蘇慕閑不能娶自家女兒有點小失望，但岑子曼自願嫁給夏祁，還是讓她挺滿意的。

她最擔心的就是岑子曼心裡還裝著彭喻璋，退親的時候表現淡然，但心裡的疙瘩遲遲解不開。如果那樣的話，不管她嫁給誰，都不能好好過日子。

「我覺得挺好的，夏家雖說門第不高，但夏祁那孩子確實不錯。京城這麼個繁華之地，他來了後沒出去逛過一次，整日待在書房裡看書，用功得很。我還沒見過舟哥兒像誇他這樣誇過別人，這孩子以後定然前途無量。

「再說他們現在在京裡有宅子、有田地，一家子的醫術又那麼高明，這日子絕對窮不了。我以前聽曼姐兒說過，夏太太是個極和氣的一個人，夏衿又跟曼姐兒和親姐妹似的，這樣的人家再好不過了。而且夏祁就在國子監讀書，夏衿又不能離京，夏家老爺和太太以後還是要留在京城的。成了親，曼姐兒不用跟著他們去外地，就在咱眼皮子底下，咱們還能讓他們把日子過差了？」

「妳能這麼想，再好不過了。」宣平侯老夫人欣慰道。

說著她長嘆一聲，正要再說話，卻見岑雲舟走了進來，行了一禮，便看向宣平侯。「祖父，您找我有事？」卻是宣平侯特意派人從軍營把他叫回來的。

宣平侯指了指旁邊的椅子。「不急，先坐下喝杯茶。」

岑雲舟只得坐下，端起丫鬟上的茶連喝了兩口，這才抬頭看向祖父。

彭家的事，還沒有確實證據，不宜讓太多人知道，以免走漏風聲。因此宣平侯只將那日在獵場的事說了一遍，道：「你妹妹今兒個說，發生了這種事，她不想嫁給彭喻璋了，要嫁給夏祁。所以，我剛剛去了彭府，幫你妹妹退了親。」

「不嫁彭喻璋就對了。」岑雲舟雖然覺得妹妹發生這種事很不幸，但他一向不喜歡彭喻璋。

那人就是個小白臉，裝模作樣的，一身酸腐氣，還自以為是得很，能寫兩首酸詩就彷彿是天下第一了。無奈妹妹眼光不好，硬是要嫁給他。

想起這事岑雲舟就氣不打一處來，還無可奈何。逢年過節彭喻璋來走禮，他還得耐著性子相陪，實在讓人著惱。

現在聽說妹妹終於把那小白臉拋棄了，轉而嫁給他喜歡的夏祁，岑雲舟覺得就算那天有人在獵場搞鬼，也算得上積了大德，拯救自家妹子的人生。他決定放那人一馬，不再追查那天獵場上發生的事。

看到岑雲舟歡天喜地的樣子，屋裡三個長輩都無奈地對視一眼。

岑雲舟腦子不笨，思維卻十分單一，除了他感興趣的武功，別的都不放在心裡。別人都年慕少艾，十四、五歲的年紀就知道哪個姑娘漂亮，暗地裡考慮自己的終身大事；而岑雲舟腦子裡，除了槍棒拳法，就沒有別的了。

想到這裡，三人不約而同地皺起眉頭。

促成岑子曼和夏祁的婚事，把岑雲舟和夏衿的婚事廢掉，真的合適嗎？

宣平侯朝老伴看了看，看到她眼裡也全是無奈，不由低聲道：「要不，再勸勸曼姐兒？」

宣平侯老夫人嘆息道：「怎麼勸啊？出了那檔子事，曼姐兒不嫁給夏祁還能嫁誰去？說起來都是我們對不住那孩子，雲舟這做哥哥的，只能讓著妹妹了，唉！」

岑雲舟見祖父三人看向自己的眼神怪怪的，還聽到祖母說出這樣一番話，不由得一愣。「什麼哥哥讓著妹妹？有什麼事自然是先讓妹妹呀，不用考慮我。」

看到孫子仍是一副愣頭愣腦的模樣，宣平侯老夫人就嘆氣，她橫下心道：「舟哥兒，你可想過沒有，如果你妹妹嫁給夏祁，你就不能娶夏姑娘了。」

「什、什麼？」岑雲舟話都說不索利了。「怎麼……」他望著祖父，再望望母親，腦子終於拐過彎來了。「怎麼會這樣？」

宣平侯老夫人以為孫子還不懂，輕聲細語解釋。「是這樣的，舟哥兒，這哥哥、妹妹不能跟同一家人結親，否則就成了換親。」

「換、換親怎麼了？」岑雲舟心裡明白，卻仍萬般不情願。他在感情上就是個榆木腦袋，萬年不開竅，可是一旦開起竅來，那就是一門心思全想著那個姑娘。

自從他看上夏衿以來，怎麼看、怎麼想都覺得她很好，連帶著小舅子夏祁都愛屋及烏，覺得是個再好不過的人，沒承想這個「再好不過的人」，卻來跟他搶媳婦。

「換親怎麼了？」想到夏衿，他聲音越發高了起來。「哪朝哪代規定不能哥哥、妹妹跟同一家人結親了？」

那氣勢洶洶的樣子，似乎只要確定是誰做了這規定，他就要跟人拚命。

「唉，你這孩子！」宣平侯老夫人看著寶貝孫子著急成這樣，既心酸又無奈，明知孫子是個明白事理的人，她仍耐著性子說一遍。

「換親是窮人家出不起彩禮，才做出的最最無奈的事。換了親，媳婦就是女兒換回來的，不管女兒在對方家裡過得再不如意，被打被罵、受虐待，也不能和離回娘家，否則自己哥哥或弟弟的婚姻也要破裂。最重要的是，孩子出生了，都不知道應該叫嫁出去的那個作姑姑還是舅母，這是破壞人倫，為人所不齒。要是咱們家跟夏家換親，兩家以後在外人面前都要抬不起頭來，走到哪裡都要受人恥笑，指指點點。」

這話說完，岑雲舟抱著頭坐在那裡，再不吭聲。

屋子裡其他人都不說話，心情沈重地看著岑雲舟。

「唉，是祖父對不住你。」還是宣平侯打破屋裡的寂靜。「你以後就知道了，彭家這門親事，你妹妹是萬不能結的。而且她在獵場上的事鬧得流言四起，又跟彭家退了親，要是不嫁給夏祁，以後她就難辦了。她是女孩子，在名聲上有了瑕疵，往後再說親就艱難很多；你不一樣，即便錯過夏家這門親事，還有許多選擇。所以我們商量來、商量去，還是讓你退一步，成全你妹妹。」

岑雲舟點點頭。「祖父，您別說了，這道理我明白。即便你們決定成全我，讓妹妹做出犧牲，我也不會同意的。我是男人，皮糙肉厚的，怎麼都行。我只是一下沒拐過彎來，過會兒就好了。」

宣平侯欣慰地拍了拍孫子的肩膀。「好小子，不愧是我們岑家子孫。岑家的男人就應該為家裡的女人擋風遮雨，不讓她們傷心流淚。」

夏衿可不知道，一樁看起來還不錯的姻緣，還來不及讓她知曉就杳無聲息地飛走了。

她此時正坐在院子廊下，手裡端著一杯茶，看書正看得入迷。院子裡來來往往的丫鬟、婆子都放輕了腳步，生怕驚擾到她。

夏衿狀似在看書，實則心神並不在書上。她也不知道為什麼心神不定，這對她來說，是很少有的事。

岑子曼去前廳只一盞茶的工夫就回來了，她本就性子直爽，此事拿定了主意，也不拐彎抹角，直接對夏衿道：「我祖父已經幫我跟彭家退了親。我跟他說，我願意嫁給妳哥哥。」

夏衿吃了一驚，沒想到岑子曼會做出這樣的決定。

雖然她很好奇岑子曼為什麼不願意嫁給蘇慕閑，但當初他那番表白的話是當著岑子曼面前說的，這話她便不好問出口了。

她露出吃驚的表情，親熱地挽住岑子曼的手，笑道：「沒想到妳竟然會成為我嫂子。」說著又眨眨眼。「要是我哥哥知道這個消息，不知道有多高興。妳知不知道，我哥一直很喜歡妳，只是因為妳訂了親，才把心思壓在心底，不敢表露出來。」

女孩子總是敏感的，尤其是關係到自己的情事上。對於夏祁的心思，岑子曼也隱隱猜測到一點，所以她才那麼大膽跟長輩說要嫁給夏祁。

此時聽夏衿這麼一說，她心裡跟灌了蜜似的，臉上卻作出羞惱的表情，紅著臉嗔道：「我是拿妳當知己才告訴妳的，妳要取笑我，我以後有什麼心事就不跟妳說了。」

「好嫂子，妳是當嫂子的人，不要跟小姑子計較好不好？」夏衿撒嬌似地搖了搖岑子曼的胳膊。

「死妮子，看妳敢再嘲笑我。」岑子曼作勢要打夏衿，夏衿連忙起身躲避，兩人笑鬧了好一陣方才作罷。

直到最後，岑子曼也沒提蘇慕閑當時也在場的事。

她心裡猜測到祖父叫蘇慕閑來是為了什麼，她怕夏衿知道此事，在心裡跟岑家有了隔閡，自然不會主動提及。

兩人笑鬧得累了，正坐下來喝茶、吃點心，便見一個丫鬟跑了進來，稟道：「姑娘，臨江城的羅夫人來了，老夫人和夫人讓您去見客。」

「臨江城的羅夫人？」岑子曼詫異地跟夏衿對視一眼。「跟她來的還有誰？」

「似乎只有羅夫人一個人，帶著幾個下人。」

「我這就去。」岑子曼說著，轉頭看向夏衿。「妳要不要去見一見？」

她並不知道夏衿和羅騫的事，只是宣平侯老夫人和蕭氏只叫她去見客，沒有提及夏衿，她才有此一問。畢竟夏衿跟羅夫人是相熟的，如今羅夫人從臨江來，夏衿又住在岑府，於情於理，夏衿都應該去打聲招呼。

夏衿雖然跟羅夫人有過幾次不愉快，但不見卻不行，太過失禮，容易給宣平侯府留下不好的印象。此刻正是夏祁跟岑子曼議親的關鍵時刻，她可不能扯後腿；而且她也好奇，羅夫人到京城來幹什麼？

她站起身道：「行，我跟妳過去見個禮吧。」

兩人到了後院正廳，便看到羅夫人坐在客位上，正跟宣平侯老夫人和蕭氏說著話。

岑子曼和夏衿上前分別給她們見了禮。

看到夏衿，羅夫人倒不驚訝。

當初宣平侯請夏衿，用了自己的權杖出入臨江城門，這事自然瞞不過羅維韜這個父母官。為怕羅夫人再去夏家鬧事，他便把這件事告訴妻子。
所以夏衿在京城，而且是為宣平侯看病，羅夫人是知道的。她此次來京，一半為鄭家，一半也為夏衿。
羅夫人一到府上，便先問候了宣平侯的安康，連著宣平侯老夫人和岑家大小的身子都問候過了。此時跟岑子曼和夏衿見了面，她便沒話找話地笑道：「曼姐兒越長越標致了。」又問宣平侯老夫人。「曼姐兒的婚期訂在什麼時候？可別忘了告訴我一聲，我定要來喝杯喜酒。」
這真是哪壺不開提哪壺，屋裡其他人不約而同地望向岑子曼，生怕她傷心難過或是尷尬生氣。
沒承想岑子曼仍一臉平靜，讓宣平侯老夫人和蕭氏都放下心來。
宣平侯老夫人這才有心思理會羅夫人，淡淡道：「曼姐兒跟彭家退親了。」
「啊？」羅夫人本來看大家的神情很怪，猜想著自己說錯了話，沒想到還真是這樣。她趕緊道歉。「對不住、對不住，我不知道這事。」
「這不怪妳，妳剛從臨江來，哪裡知道這事呢。」宣平侯老夫人甚是明理，倒沒遷怒羅夫人。
不過她也不欲再繼續這個話題，轉而問道：「妳這次來京城，可是到鄭家下聘的？騫哥兒怎麼不一起來？」
羅夫人笑容明顯一僵，她嘆了一口氣，苦澀道：「我今兒來，是來跟您和鄭家賠禮的。

我們家騫哥兒性子倔得很，聽說邊關不安定，他竟然留了一封信，便背著我們跑到邊關去了，說不把北涼國打敗，他就不回來。」

這話一出，大家面面相覷，不知羅騫是鬧哪一齣，唯有夏衿心裡一驚。

羅騫當初說要從軍，她以為他只是說說而已。

羅騫一個官家少爺，從小生活優渥，一群下人伺候著，哪裡吃得了軍營的苦？而且他只是婚姻不如自己的意而已，並不是家破人亡、國仇家恨。

這世上不如意事十有八九，順著心意跟意中人成親的，能有幾人？跟父母看中的姑娘成親，好好過日子，時間久了，又有了孩子，當初的銘心刻骨都會淡忘。

何必為了她，為了這麼一段不被母親祝福的感情，置性命和前程於不顧，跑到邊關從軍呢？這小子傻了吧？

這麼一想，她心緒煩亂，久久不能平靜。

第九十一章

羅夫人繼續道：「騫哥兒這一去，也不知何時才能回來。好在跟鄭家也只是議親，還沒到換庚帖、下聘的地步。騫哥兒這麼一去邊關，怕是要耽擱鄭姑娘，所以我這次上京來，是想跟鄭家道一聲歉。如果鄭家就此將親事作罷，我們也不會有一聲怨言。」

說著，她站起來，走到宣平侯老夫人面前端端正正地行了一禮，滿臉羞赧。「這事對不起您老人家，您幫著牽線搭橋，費了多少心思，才幫我們說了這一門親事；而且……」

她臉上的羞愧之意更濃。「我家老爺能升任知府一職，也多虧鄭大人幫忙。如今說親事作罷這話，實在有忘恩負義之嫌，只是真的沒辦法……」說到這裡，她的眼淚一滴滴地落到前襟上，哽咽難語。

其實自從知道彭喻璋和鄭婉如有私情後，這兩日宣平侯老夫人已將那日獵場裡發生的事都打聽清楚了——所有的事都直指安以珊；而幕後主使者，則是鄭婉如。

鄭婉如以「岑子曼跟蘇慕閑十分親近，蘇慕閑遲遲不肯娶妻，就是為了表妹」這樣的話糊弄安以珊。安以珊是個沒腦子又衝動的人，鄭婉如這麼一說，便被當了槍使，幹出獵場和流言的事來。

所有的矛頭都指向安以珊，鄭婉如卻連個話柄都沒留下，滑溜得如同塘裡的泥鰍。

把這樣的女子介紹給羅騫，宣平侯老夫人一想起就滿心愧疚，總想著要給羅夫人遞個話、提個醒，最好是退了這門親事。

但燕王之事還在調查，彭家那裡不宜打草驚蛇，鄭婉如的事自然也不好拿出來說。思來想去都找不出一個好藉口讓羅夫人退親，為了這事，宣平侯老夫人這兩日是吃不香、睡不著，折騰得夠嗆。

所以聞知羅夫人到來，她才異常親熱，明知羅家在京城也有宅子，還硬是留了羅夫人在岑府住，想的就是找機會把這事透露一下。

沒承想瞌睡遇著枕頭，還沒等她提起話頭呢，羅夫人便說出這麼一番話來。

因此滿心忐忑的羅夫人在宣平侯老夫人臉上並未看到惱惱不悅的反應，反而隱隱透著喜色，直叫她丈二金剛——摸不著頭腦。

「姨母，您看這事……」她不安道。

宣平侯老夫人心裡高興，臉上也不遮掩，站起身上前一把扶住羅夫人，哈哈笑了起來。

「我道是什麼事呢，這事不算什麼，包在我身上。鄭家這門親事成不了，以後我再給妳找一門更好的親事。騫哥兒能以國家為重，不顧自身安危，這樣的行為值得嘉獎。待侯爺回來，我把這事跟他說一說；他那頭不行我就去宮裡跟太后聊聊，總得讓那深明大義的孩子在皇上或太后面前露露臉，以後凱旋歸來，封個功名；要是再考科舉，在殿試上也能占個大面子。」

羅夫人聽了這話，滿心苦澀，可又不得不強裝笑容，推辭道：「姨母在皇上、太后面前還是莫提得好。這孩子嬌生慣養的，我怕他吃不慣邊關的苦，沒幾日便回來了，到時候豈不鬧了笑話？還是以後他真打了仗，有了些功勞，再提也不遲。」

「這話有道理，是我心急了。」宣平侯老夫人笑道。

說完這事，羅夫人像是放下了一半的心事，臉上露出疲憊之色。

宣平侯老夫人見狀，連忙道：「鄭家的事不急，妳且好好梳洗歇息一下，等明日再說也不遲。」

「也好，等我梳洗之後再來跟姨母說話。」羅夫人也不推辭。

宣平侯老夫人轉頭吩咐蕭氏。「好好安置阿瑩。」

羅夫人卻笑道：「嫂子事多，就別麻煩了。我也不是第一次來，府裡各處都是熟悉的，不如讓衿姐兒陪我過去。」

說著向夏衿招招手。「衿姐兒，來，陪我過去說說話。」

夏衿很是納悶，不知羅夫人葫蘆裡賣的什麼藥。

她離開臨江時，羅夫人可是恨她入骨，跑到夏家指著她鼻子大罵。可這會兒卻像是見到親閨女一般，親熱到不行。

可當著岑家人的面，她只得點點頭，笑道：「行啊。」

羅夫人便跟岑家人告辭，拉著夏衿的手離開了。

夏衿不習慣被羅夫人這麼拉著，一出了院門口，她便將手抽了回來。

羅夫人只看了她一眼，並沒有什麼表示。

兩人當著岑府管事嬷嬷的面也不好說什麼，悶聲不響地去了客院。

羅夫人是一下馬車便去見了宣平侯夫人和蕭氏，一身風塵僕僕，這時本應該沐個浴、換個衣才對；可當岑府的管事嬤嬤將各處交代好，客氣了一番離開後，她一坐下來，便屏退下人，對夏衿道：「妳寫封信，讓騫哥兒回來吧。」

「這……」夏衿怔了一怔，才反應過來，趕緊搖搖頭。「對不住，這信我不能寫。」

「妳……」羅夫人的厲聲剛一出來，便又放軟聲音道：「我家騫哥兒是為了妳才去邊關的。他留信說，讓我們把鄭家的親事退了，如果不退親，他就不回來。」

夏衿的瞳仁一下放大，咬了咬唇。

「妳給他寫封信，讓他回來吧。」羅夫人央求道：「我只有這麼一個兒子，要是他有個三長兩短，我也活不了了。」說到這裡，她的眼淚禁不住流了下來，聲音嗚咽。

夏衿聽著這哭聲，忽然也有流淚的衝動。

想到羅騫知道她離開後，不知是什麼樣的感受；想到他不顧一切帶著包裹，孤獨地奔赴前線的身影，她的心就隱隱作痛。

「妳怎麼不說話？」羅夫人抽出帕子，抹著眼淚。「妳讓他回來吧，告訴他我同意你們的婚事了。」

夏衿倏地抬起眼，看向羅夫人。

羅夫人紅著眼睛，朝她用力地點了點頭，表示她沒聽錯，她確實同意他們的婚事。

「我……」夏衿覺得喉嚨乾澀，說話十分艱難，她垂下眼。「羅大哥做什麼事，不是我能勸的，這信我不能寫。」

「什麼？」羅夫人的聲音拔高了幾分。「我不惜得罪鄭家，答應你們成親，妳還要我怎樣？難道還要我給妳跪下嗎？」

頓了頓，她忽然睜大了眼睛，望著夏衿。「妳、妳不會……不願意嫁給我家騫哥兒吧？」

說著她的眼淚又流下來了，嗚嗚地哭出聲來。「他都為妳這樣了，妳要是不願嫁他，妳得多鐵石心腸啊！」

「不是，我不是這個意思。」夏衿連忙搖頭。

她這個人，最怕欠人人情。上輩子被人所救，到最後她是用性命來還上了。如今羅騫不顧危險跑到邊關博取功名，只為了能夠跟她在一起，她這個時候對羅夫人說不願意嫁他，豈不是沒有良心？

「現在邊關正在打仗。」她耐心地跟羅夫人解釋。「岑家上下老小都在準備出征，岑家二公子也同樣尚未娶親，他都能去邊關，為什麼羅大哥不能去？如果此時羅大哥還沒出發，倒還罷了，他是文人，邊關之難自是武將的責任；但現在既然已去了，這時候又因為兒女私情回來，這豈不是恥辱？這種臨陣脫逃的行為，如果被人奏上一本，讓皇上知道了，羅大哥這一輩子可就完了，不光做不了官，走到哪裡都要被人看不起。」

羅夫人的哭聲漸漸停了，她凝神思索了一陣，待把夏衿所說的道理想通，又大哭起來。「這可怎麼辦哪？回又回不來，在邊關又危險……嗚嗚，我的命怎麼這麼苦！好不容易養大個兒子，卻又這麼犯強，為了娶個媳婦連命都不要了！」

夏衿聽得這話，緊抿著嘴不再作聲。

可等了一會兒，見羅夫人哭得實在傷心，她只得開解道：「羅夫人您別擔心，前段時間岑家二公子跟我哥哥對練，我見過他的武功，他的武功還不如羅大哥呢，他幾次上戰場都能全身而退，難不成羅大哥還不如他不成？

「而且羅大哥是舉人，軍中最缺乏的就是熟讀兵書的人才，那些將領絕不會把羅大哥當一般士卒來使喚的，在將領身邊做個謀士才是人盡其才。您想想，羅大哥待在指揮大本營裡，哪裡會遇上危險？即便有危險，以他的武功也能避開，不會受傷喪命。您啊，還是把心放回肚子裡去吧。」

「真的？」羅夫人將眼淚一抹，滿懷希冀地望著夏衿。

夏衿點了點頭。「自然是真的。您自己仔細想想，我說得有沒有道理。」

羅夫人仔細思忖，心情漸漸也平復了些。

「如果沒別的事，那我就先回去了。」夏衿見羅夫人不哭了，眸子亮亮的，一改來時的憂慮忐忑，便站起來告辭。

信不能寫了，鄭家那邊的親還沒退，此時說什麼也為時尚早。羅夫人也不好再留她，點點頭道：「行，妳先回去吧，有什麼事到時我再找妳。」

夏衿回到住處，岑子曼好奇地問她。「羅夫人找妳說什麼？」

自從聽到岑子曼說要嫁給哥哥，夏衿對她就更親近了幾分。而且羅騫從軍這件事，對她觸動很大，她現在亟需有個人幫自己拿主意，於是她就把自己與羅騫的糾葛，還有羅夫人的來意說了一遍。

「什麼？羅公子為了妳去邊關？」羅騫這瘋狂的舉動，讓岑子曼大吃一驚。

聽到夏衿說她不能寫信給羅騫的理由，她摟著夏衿的胳膊，點點頭道：「妳做得對，我祖父、我爹、我哥哥都去邊關，為什麼他就不能去？難道他的命就比我家人的命更值錢不成？」

說著她望著夏衿，羨慕道：「妳真好，羅公子和我表哥那麼出色的兩個人都喜歡妳。」

夏衿笑道：「我哥哥也喜歡妳呀，他也願意為妳做任何事，比如吸蛇毒什麼的，這可比從軍危險多了。」

「哎呀，我不跟妳說了。」岑子曼頓時羞紅了臉。

兩人笑鬧了一陣，岑子曼正經地問：「妳到底是怎麼想的？羅公子和我表哥都想娶妳，妳到底喜歡哪一個？」

夏衿嘆了一口氣，苦惱道：「我也不知道。原本我是喜歡羅騫的，但他母親……」她苦笑著搖了搖頭。「她還跑到我們家大吵大鬧，讓我爹娘難堪，現在她是為了兒子的性命，才答應這門親事，但從骨子裡還是看不起我。」

岑子曼點點頭。「對，我表哥更好。我那個表姨這一輩子都不會再回來，就怕被我表哥剋死。妳嫁了我表哥，沒人會給妳氣受。」

客院裡，羅夫人沐了浴、更了衣，便坐不住了，起身去了主院，跟宣平侯老夫人道：「鄭家那邊，還是我去說吧，這樣也有誠意一些。」

宣平侯老夫人知道她是寧願自己得罪鄭家，也不願意讓岑府遭罪，倒是挺欣賞她的做法。

她也不阻攔，對羅夫人道：「妳既要去，那便去吧。不過去到那裡，妳也別說退親的事，只說聽說我病了，到京城探探病，順便拜訪他家一下。」

「為什麼？」羅夫人奇道。

難道……她的思維轉了好幾道彎，以為是剛才她跟夏衿說的話被宣平侯老夫人知道了。她心裡這麼想，嘴裡也就試探著問了出來。「是不是夏衿跟您說了什麼？」

「夏衿？」宣平侯老夫人詫異道：「沒有啊！」又好奇地問：「怎麼？妳跟她說了什麼？」

「沒、沒什麼。」羅夫人不想讓人知道，正是因為她嫌貧愛富，才讓兒子離家出走。

宣平侯老夫人見狀，也不好再問。

「那我去鄭家了。」羅夫人站了起來。

「去吧。」

第九十二章

既是上門拜訪，羅夫人先派人遞了帖子，待收到鄭家的回帖，這才坐車去了鄭府。

鄭夫人正在家裡為女兒的事苦惱呢，接到帖子，看到竟然是遠在臨江的羅夫人來訪，不由得甚是詫異，遣了下人送回帖，便換了衣服去了前廳，等著羅夫人到來。

而那頭鄭婉如聽說羅夫人來了，以為是來下聘的，在屋子裡大吵大鬧。丫鬟沒法，只得匆匆出來，悄悄告訴正在待客的鄭夫人。

鄭夫人心裡煩躁，臉上卻是一點也沒表露出來，笑問羅夫人。「怎的忽然到京城來了？也不事先說一聲，我們好派人去接妳。」

羅夫人道：「聽說我那姨母身體不太好，所以過來看看。」

鄭夫人心不在焉地跟羅夫人聊著，見她並沒有說聘禮的事，心裡鬆了一口氣。

知道彭喻璋退親的事，鄭婉如在家裡又哭又鬧，甚至鬧著絕食。如果這時羅夫人再來下聘，那無異於雪上加霜，把她女兒推到深淵裡去。

想到這裡，她不由得埋怨公公。自家姪兒那麼優秀的一個人，不知為何伯父和公公就是看不上，不同意將鄭婉如嫁給他。

羅夫人謹遵宣平侯老夫人的囑咐，就當走親戚，半個退親的字也不提，說了一會兒閒話，便告辭離開了。

鄭夫人匆匆回了後院，看到女兒把東西扔得到處都是，躺在床上淒淒婉婉地哭著，一屋子的丫鬟都手足無措。

她嘆了一口氣。「別鬧了，羅夫人不是來下聘的。」

「娘，您就去求求祖父，讓我嫁給表哥吧。」鄭婉如紅腫著眼哀求著。

鄭夫人嘆了口氣，只得起身去了前院。

鄭婉如的祖父是鄭尚書的親弟弟，因仕途不順，早已致仕，平時只在家裡吟詩作畫。聽聞兒媳婦有事求見，他只得將棋譜放下，讓她進來。

待聽兒媳婦吞吞吐吐地將來意說了一遍，他便嘆了一口氣。「這件事不用再問了，妳只需要記得，這親事是妳伯父做的主，他覺得彭家不宜結親，那便不宜結親。如果如姐兒對羅家這門親不滿意，倒是可以另選一門。」

聽得這話，鄭夫人十分不悅。她就是彭家的女兒，公公當著她的面說彭家不宜結親，是個什麼意思？

她賭氣道：「我們彭家門戶低，配不上鄭家，我也沒眼光，不知道應該找什麼樣的人家才配得上鄭家姑娘，還請公公明示。」

鄭老太爺見兒媳鑽了牛角尖，眉頭不由得皺了起來。

他雖然官做得不大，人卻不糊塗，自然知道大哥不同意讓鄭婉如嫁到彭家，是什麼原因。

前幾年彭其錚沒少在他們耳邊嘀咕，說燕王如何好。

他們都是在朝堂上打滾幾十年的老狐狸，哪裡不知道彭其錚話裡的意思？只是鄭家已做到文官之首，潑天的富貴就在手中握著，哪裡用得著再去依附逆賊？

他們只裝作聽不懂彭其錚的意思，自然也不同意將鄭婉如嫁到彭家去。

鄭婉如的娘，是十幾年前娶進門的，那時候燕王還是個毛頭小子，不成氣候，即便燕王謀逆事發，皇上是個明君，也不會因為十幾年前的一門親事遷怒鄭家。但要是讓鄭婉如跟彭喻璋成親，意義就不一樣了，鄭家要說不知道燕王要謀逆，跟他們不是一夥的，誰也不會相信。

當然，退一萬步來說，如果燕王謀逆成功，鄭家憑著跟彭家的姻親關係，只會成為新君拉攏的對象，絕對不會被清算。

左右逢源，何樂不為？

這些話他並不好跟兒媳婦說，只拿出公公的款來，喝斥道：「妳伯父做的決定，自有他的考慮，又豈是妳能明白的？彭家的親事不行，叫如姐兒趁緊死了這份心，不要有不該有的想法。」

鄭夫人沒法，只得把這些話跟女兒說了。

鄭婉如見這麼鬧沒用，只得使出殺手鐗，把被表哥破了身的事情告訴母親。

鄭夫人大吃一驚，叫道：「如姐兒，妳怎的這麼糊塗？還沒成親就這樣，即便嫁了他也要被他看輕的！」

鄭婉如大哭。「我有什麼辦法？事情都這樣了，不能嫁給表哥，讓我死算了！」

她跟彭喻璋自小一塊兒長大，一直以來家人都拿他們打趣，說他們兩小無猜，她也以為自己長大了定然要嫁給表哥，沒承想羅家忽然來提親，然後兩家就訂了親。她這才懵了，使出渾身解數讓彭喻璋喜歡上她，甚至不惜委身於他，就想挑唆彭喻璋去跟長輩鬧，讓他退了親事轉娶她。

沒承想彭喻璋吃乾抹淨後卻死活不去退親，她現在是有苦說不出了。

鄭夫人看女兒鬧得實在太厲害，沒有辦法，只得去找丈夫。

鄭老爺也是個頭腦清醒的，此時見妻子來說女兒的親事，他便搪塞道：「這門親事不光是伯父、父親不同意，即便是妳哥哥也不同意，這可不是我能決定的。」

鄭夫人只得回了娘家。

彭其錚和妹妹見了面，聽她吞吞吐吐的把來意說完，便道：「我聽說血緣太近，生出來的孩子十有八九都會有問題。璋哥兒和如姐兒是親親表兄妹，我們彭家子嗣不豐，我只得璋哥兒這麼一個兒子，如果他生的孩子有問題，我們彭家可就斷了香火，為了子孫後代著想，這門親事我不能答應。」

這話說得鄭夫人啞口無言。

她又氣又惱，勉強坐了一會兒，跟哥嫂說了兩句客套話便告辭回家，回家之後極力勸說鄭婉如。「妳跟彭喻璋無緣，這門親事還是放棄吧。」

鄭婉如哭得昏天黑地，卻又沒有辦法，只得收拾好心情，等著嫁給羅騫。

羅夫人一回到岑府，宣平侯老夫人便叫她去，細細地問了她在鄭府的情況。

羅夫人將情況說了一遍，又問道：「姨母，鄭家這是出什麼事了嗎？」

剛才在鄭家，她雖不明所以，但也看得出來，她沒提下聘的事，鄭夫人不光沒有責怪之意，反而隱隱有鬆一口氣的感覺。

宣平侯老夫人讓羅夫人別提退親一事，是不想讓羅家揹上悔婚的罵名。她聽說鄭婉如在家裡鬧得厲害，以為鄭家肯定會忍不住先開口悔婚。

然而一問之下卻發現，鄭夫人十分沈得住氣，根本沒有一點悔婚之意。

沒奈何，她只得把獵場之事說了一遍。「這事我們查了很久，才知道是鄭姑娘在背後指使嘉寧郡主幹的。其原因是她喜歡她彭家表哥，兩人似乎有些首尾，為了這事，我們已跟彭家退親了。」

羅夫人對京中的人事不大熟悉，在腦子裡轉了好幾個彎，才明白宣平侯老夫人嘴裡的「彭家表哥」，就是岑子曼的前未婚夫彭喻璋。

她頓時倒吸了一口涼氣。

難怪鄭家這麼顯赫的人家，卻要把嫡女嫁給外地一個六品官的兒子呢。

這麼一想，她就禁不住地後怕。要是真娶了鄭婉如進門，這樣的媳婦會安生跟兒子過日子嗎？看看她這些下作手段，那真是個蛇蠍婦人啊！到時候不管她要做什麼，兒子恐怕都管不住她，更不要說自己這個婆婆了。家無寧日的情景，她想想就害怕。

要是當初同意兒子娶夏衿，如今一家子正好好地在臨江待著呢。兒子本就十分孝順，娶進門的夏衿門第低，擺不起架子，自然也會好侍奉她這個婆婆，到時候再生個大胖小子，一家子和和美美地過日子，豈不是要羡煞章姨娘和一直冷待她的羅維韜？

可一切都讓她的固執給毀了。

那頭的宣平侯老夫人可不知道她已經想到很遠的地方去了，她深知這個名義上的外甥女容易鬧擰了，忙又道：「我原本不跟妳說這些，就是怕妳控制不住脾氣，到了鄭家言語裡帶出來。鄭姑娘雖然行為不端，但鄭家的權勢不是妳能得罪得起的，到時候不光羅大人，便是騫哥兒的前程也要受影響。」

她說這話，是深知羅騫就是羅夫人的軟肋。

「本來我還期望著鄭夫人能先提出退親，這樣妳也不用做惡人，可現在看鄭家這情形，似乎有些不妙。」

說到這裡，她歉意地說道：「唉，也是我老糊塗了，竟然不知道鄭姑娘是這樣的人，這門親事要不是我牽線，也不會連累妳鬧到這般地步。這樣吧，我趕明兒邀請鄭夫人過來，妳把騫哥兒的情況跟她說說，我也旁敲側擊一下。她家姑娘做下的事，我想她心裡也清楚，咱們悔婚的緣由不用解釋，想來她也明白，臉皮再厚，她也不敢責怪於妳。」

能不得罪鄭家是再好不過的了，羅夫人站起來恭恭敬敬地施了一禮。「多謝姨母。」

鄭家的事有望解決，羅夫人本應放寬心歇息才是，但想到兒子，卻又思緒難安。待在客院坐立不安了一陣，她便又去找夏衿，想要磨她給羅騫寫一封信。

「妳信裡別寫讓他回來的話，只告訴他我來京城找妳了，並且同意了你們的婚事。他這麼大個人了，自然有分寸，肯定會找個妥當的藉口悄悄回來，不讓人議論他的。」

這封信一寫，那便表明自己答應嫁給羅騫；但夏衿對羅夫人實在心結難了，對以後的婚姻生活更是沒有信心，自是不肯寫。

岑子曼見羅夫人老來纏著夏衿，一旦夏衿鬆口，那便是羅家婦了。她心裡甚是焦急。

當初在臨江時，她只覺得夏衿比起那些矯揉造作的閨秀來，性格更爽利，相處起來更輕鬆，因此願意跟她玩；待到後來越接觸，越覺得她就像一罈老酒，越品越香醇，本事更是一樁一樁大得叫人驚喜，還沒有自以為是的習氣。她現在不光喜歡夏衿，更是打心眼裡佩服她，她能下決心嫁給夏祁，夏衿可謂加分不少。

這麼一個良師益友，她當然希望能跟自己更親近；而且夏衿嫁給蘇慕閑，要比嫁給羅騫要好。羅騫有這樣的母親，他本身再出色努力，也不是個好歸屬。

如今得知夏衿有些躊躇猶豫，她自然要助自家表哥一力。

她當即寫了一封信，叫人送去給蘇慕閑，信裡把羅騫跟夏衿的糾葛和羅夫人的來意說了一遍。

蘇慕閑現在暫時不在御前當值，他得到了新的任命，即謀逆事件調查頭目，領著十來個大內高手，化妝成各種職業的人，輪流監視燕王府和彭府，以期拿到實證，將他們一網打盡，所以時間相對比較自由。

接到岑子曼來信，他頓時一驚，匆匆忙忙便到了宣平侯府。可是到了府門前，他又猶豫了。夏衿並未應承他什麼，這樣貿然進去，怕是又要惹她不高興。

想了想，他轉身策馬，去了京城最有名的芙蓉齋買了些點心，這才回到宣平侯府，叫丫鬟通報之後，直接到了岑子曼的院子。

此時羅夫人還待在夏衿屋裡不肯離去。

「表哥，你怎麼來了？」岑子曼故作驚訝，親親熱熱地迎了上來。

蘇慕閑高高抬起手中的點心。「聽說妳心情不好，過來安慰妳。」

「呀，芙蓉齋的點心，我最愛吃了。」岑子曼高興地接過點心，轉頭吩咐丫鬟。「趕緊去請夏姑娘出來吃點心。」

院子就這麼大，蘇慕閑和岑子曼的聲音又不低，這話夏衿在屋裡自然聽見了。

她心裡膩煩羅夫人，但在岑家又不好惡言相向，如今聽到岑子曼叫她出去吃點心，她頓時鬆了一口氣，站起來道：「岑姑娘叫了，咱們出去吧。」

說著不等羅夫人反應，她就出了門。

羅夫人只得跟了出去。

岑子曼早已讓人將桌子搬了出來，擺上蘇慕閑買的點心，又沏了茶，只等夏衿和羅夫人出來。

等羅夫人一出來，她便給她和蘇慕閑做了介紹，主要是介紹蘇慕閑的新身分——武安侯爺。

在臨江時，蘇慕閑自然是見過羅夫人的，但那時他還是個侯府世子，身分雖高，卻不是正經爵位。羅夫人是岑子曼的長輩，他便依著岑子曼，對羅夫人執晚輩禮。

如今他已襲爵，羅夫人便得給他見禮。對於這個來跟自己搶媳婦的老婦，蘇慕閑自然不會客氣，實實在在的受了羅夫人一禮。

「來，坐下吃點心。」見了禮後，岑子曼便招呼大家坐下，拿了一塊點心放到羅夫人的碟子裡後，又遞了一塊給夏衿，笑道：「嚐嚐看有沒有妳鋪子裡的點心好吃，這芙蓉齋可是京城最有名的點心鋪子。」

看到有好吃的，夏衿自然十分高興，拿起點心細細地嚐了嚐，點點頭道：「我的點心可不比這個差，味道上算是各有千秋吧；不過論新奇，我的可是更勝一籌。」

蘇慕閑聽得這話笑了起來，露出潔白整齊的牙齒。「妳還真是一點也不謙虛。」他俊朗的笑顏在這春光明媚的午後，十分賞心悅目，讓人一看就心情大好。

夏衿被羅夫人煩得不行，本就鬱悶，見了蘇慕閑這燦爛的笑容，心情一下子舒展開來，白了他一眼。「我說的是實話好不好？這芙蓉胭脂餅雖然餡料不同，口感有些差異，但形狀味道卻也屬於餅的一種，司空見慣。我那些點心，綿軟的蛋糕，再配上滑膩美味的奶油，除了知味齋，你還見過誰人會做？」

「是是是，妳那點心最是新奇，我說錯話了，在此跟夏姑娘賠個不是，望姑娘不要跟小人一般見識。」蘇慕閑站起來，朝夏衿一揖。

岑子曼在一旁大笑起來。

「說真的。」蘇慕閑將臉一正，坐下來對夏衿嚴肅道：「咱們三人在京城裡再合開一家酒樓和糕點鋪子吧。」

岑子曼一怔，繼而拍手叫道：「好呀好呀，這再好不過了。」說著她用手肘拐了拐夏衿。「在臨江妳幫我們賺了許多錢，這一次我們不用妳出本錢了，妳只須把手藝拿出來即可，股份仍按三、三、四分，我跟表哥為三，妳拿四成。」

夏衿慢悠悠地將點心嚥下，這才點頭道：「好，就這麼辦。」

她不能離京，而且京城開放的風氣也甚得她歡心。她是決定定居京城不走了，既如此，那自然得把賺錢的買賣做起來。只是前段時間被禁足，現在好不容易解禁了，岑子曼又出了事，所以一直抽不出時間上街去尋鋪子，這事就耽擱下來了。

如今蘇慕閑一說，她自然沒有不同意的。

至於岑子曼說的分成，她也沒意見。她怕欠人情，想來別人也一樣。能用錢還上的人情不算什麼，她有本事叫岑子曼和蘇慕閑都賺錢就是了，用不著小家子氣，把帳算得那麼清楚。

第九十三章

「哼，妳倒是一點也不客氣。」岑子曼見她這樣，心裡高興，鼻子卻直哼哼。

「有便宜不占，那是王八蛋。」夏衿仍是雲淡風輕的模樣。

「咳，咳咳……」一陣咳嗽聲傳來。

大家轉頭看去，卻是羅夫人被茶嗆著了。岑子曼連忙伸手幫她拍背。

「咳，不用、不用拍了，就是不小心嗆著了。」羅夫人連忙搖搖手，推辭道。

岑子曼收回手來，朝夏衿揚了揚臉。「看吧，口無遮攔的結果。」

夏衿面無表情地朝羅夫人看了一眼，沒有說話。

「不是、不是，我是自己不小心。」羅夫人忙又擺手。

她自己都不知道心裡是個什麼滋味。

以前她總覺得夏衿出身低，即便幾次見面，她在自己面前不卑不亢，羅夫人也從未把夏衿當成同一身分地位的人。骨子裡她是看不起夏衿的，即便同意親事，也有紆尊降貴的味道，實屬無奈，只為了把兒子召回來。

可現在她看到了什麼？夏衿在岑子曼和蘇慕閑這樣的貴女、貴公子面前，態度隨意，笑罵隨心，甚至口出粗鄙之語。岑子曼和蘇慕閑不光不生氣，還很高興，態度裡竟然帶著一抹逢迎的味道。

她也是千金小姐，後來又嫁給羅維韜做了官夫人，也算有些身分地位。但羅維韜官職不大，又在外地，她每次進京，面對京中貴婦以及貴女、貴公子，都無端地自慚形穢，總覺得自己無論衣著或談吐，都差了一截。她跟岑家相熟，在岑子曼面前尚且覺得卑微，更不用說面對一身貴氣的蘇慕閑了。

這一刻她對夏衿再不敢有輕慢之心，待她平復心情回過神來，就聽岑子曼在列數她名下的鋪子。「……東安街有一間兩層樓的、西寧街有一間三層樓的，用來開酒樓都很合適。」

蘇慕閑則打斷道：「妳那些鋪子都做著老營生，一家開茶館、一家開銀樓，妳把這些營生忽然斷掉，損失不小。不如用我的好了，我回來後一直忙著，都沒空管理名下的鋪子，如今也該整頓一下了。到明日我叫老管家跟我說說，把一些不賺錢的營生停掉，到時候恐怕要空出不少的鋪子，多的不說，七、八間總是有的，妳們再看看哪幾間合適，只管用便是。」

岑子曼嘟了嘟嘴，卻沒提反對意見，將頭轉向夏衿，等著她拿主意。

「行，等你把鋪子空出來咱們再說吧。」夏衿拍板道。

她轉過頭，看向岑子曼。「我看妳心情挺好的，那我就不在家陪妳了。我爹娘馬上就到了，到時候搬了家，我得幫我爹把醫館開起來。那處宅子前面沒有鋪面，我要去挑個合適的。」她看看天色。「時辰還早，我半個時辰就回來。」

岑子曼本就不是喜歡悲秋傷春的性子，退了彭家的親，選了夏祁，她心裡更踏實。至於外面的流言，她心中既定，自然不在乎，所以聽得這話，她跳了起來。「我陪妳去。」

蘇慕閑是來追妹子的，也沒有不跟上之理。「我今天沒事，就給妳們當保鏢吧。」

夏衿將臉轉向羅夫人。「羅夫人，那我們就不陪妳了。妳旅途勞頓，不如回去好生歇息。」

羅夫人目瞪口呆，問道：「妳爹娘要來京城？你們要在京城開醫館？」

「嗯，我哥哥要到國子監唸書，我們就一起搬過來。」

「國子監？」羅夫人又是一驚。

當初她也想讓羅騫進國子監，可沒有門路，根本進不去。國子監的門檻有多高，她再清楚不過了。

夏祁怎麼進得去國子監？莫非是宣平侯爺幫的忙？

她轉眼看向岑子曼，十分想問一問這件事。

可岑子曼對她沒好感，哪裡會給她這個機會，轉頭對夏衿道：「趕緊走，再不走天都要黑了，回來晚了母親又要罵人。」說著對羅夫人點點頭，拉著夏衿就往外走。

這是岑子曼的院子，羅夫人這個做客人的自然應該先離開才是，但她想事情想出了神，待岑子曼他們出了院門，她才驚覺過來，連忙對岑家的丫鬟、婆子笑笑，回了客院。

夏衿卻沒有直接出門，而是到了前院叫上夏祁，還理直氣壯地對岑子曼道：「給夏家醫館選鋪面，自然得我哥哥出面。」

岑子曼和夏祁還沒議親呢，這一切還得等夏正謙和舒氏來，所以算不得打破未婚男女不得見面的習俗。

岑子曼允婚之事，那日夏衿就跑來跟夏祁說了。夏祁自然滿心歡喜，此時從院裡出來，看到岑子曼，雖耳根微紅，倒也落落大方，只裝作沒這回事，若無其事地給岑子曼和蘇慕閑見了禮。這份裝模作樣的本事，倒是得了夏衿的九分真傳。

岑子曼原本還有些彆扭，但見夏祁除了看她時眼神含情脈脈，其他方面都大大方方，滿意之餘，心也定了下來，也裝作沒那回事，跟夏衿上了馬車，夏祁和蘇慕閑則騎馬，一齊往夏宅方向去。

岑子曼上了車就跟夏衿嘀咕。「妳那宅子好是好，不過要跟鄭家住對門，真是太討厭了。」

「是啊。」夏衿也有同感。「這是御賜的宅子，即便不滿意也不好不住，總得給太后幾分面子。待以後看看哪裡有合適的宅子，再買一處搬出去。」

岑子曼一笑，擰擰她的臉。「顯得妳是真闊了，一副財大氣粗的樣子，這京城的宅子隨口就說買。」

她掀簾看看外面，對夏衿道：「妳還沒去過我表哥那宅子吧？可氣派了。要不咱們去看了鋪子，到他家吃晚飯？」

蘇慕閑那份心思雖不說人盡皆知，在岑家卻已不是秘密了。夏衿跟他在一起，心裡不自覺的有一種說不出的彆扭，只是外表看不出罷了。

所以岑子曼這話她便不好接。「妳是主、我是客，自然是客隨主便。」

岑子曼心裡一樂，掀簾便對外面叫道：「表哥，過來。」

蘇慕閑策馬跑了過來。

「我們看完鋪子要到你家吃飯，你趕緊叫小廝回去告訴你家廚子，做些拿手好菜。」岑子曼道。

蘇慕閑頓時一喜，應道：「行。」轉頭就去吩咐小廝，又把做什麼菜交代了一遍。待那小廝去了之後，他又將岑府跟出來的護衛叫了過來，吩咐道：「今晚我請你家姑娘和夏公子、夏姑娘吃飯，你回去跟老夫人和夫人說一聲。吃過晚飯後我送他們回家，讓長輩們放心。」

岑子曼見他安排得妥當，遂放下心來。

蘇慕閑吩咐完護衛，又對岑子曼道：「這地方離夏家宅子已很近了，從那邊巷子穿過去走一炷香工夫就能到，而且這條街也挺繁華，附近住的也都是達官顯要，在這裡開藥鋪，生意想來不錯。」

岑子曼也不說話，轉過頭來看向夏衿。

夏衿朝外面看了一眼，點點頭道：「找個地方停車，我們下去看看。」

不一會兒，馬車在巷口停了下來，一行四人帶著下人，在街上慢慢逛了起來。

京城的繁華，從這條街上就能略見一斑。街上人來人往，除了兩旁的店家，街上還有許多挑擔子的商販，吆喝著走來走去。來往行人大多穿著綾羅綢緞，時不時有馬車從街上駛過。

蘇慕閑跟夏祁一人走一邊，把夏衿和岑子曼護在中間，四人將這條街逛了一圈。夏衿又從巷子穿過去，確定這裡離夏宅確實不遠，對這條街的地理位置十分滿意。

「那邊有間茶樓，咱們先到那裡坐坐。我派人找個中人過來，問一問這條街可有鋪面出租。」蘇慕閑道。

岑子曼徵得夏衿同意，便點頭說：「好。」

一行人往茶樓走去，走了幾步，三人卻發現夏衿落在後面，站在原地只往旁邊的綢緞鋪子瞧。三人又退了回去，岑子曼問道：「妳看什麼？」

夏衿微蹙著眉，似乎在思索著什麼，隨即一招手。「董方，妳過來。」

她自從來了京城，就沒作過男裝打扮。董方便也一身女裝，時刻跟在夏衿身邊伺候。此時聽她召喚，董方連忙上前，問道：「姑娘，您喚我？」

夏衿將下巴朝那綢緞鋪子抬了抬。「妳看那店裡穿寶藍色綢緞長衫的男子，是不是你們要找的人？這人跟妳哥畫像上的人長得挺像的。」

董方一愣，轉頭朝綢緞鋪看去，正巧那穿寶藍色綢緞衣衫的掌櫃見四個穿戴不俗的公子、小姐站在自家店門前，以為是生意上門，也來不及叫夥計，殷勤地親自出來招呼道：「各位客官，進來看看吧，我們鋪子裡的綢緞都是上品，花色十分齊全，不妨買些做身新衣服。」

董方的瞳孔倏地收縮了一下。

雖然事隔幾年，她已長大，但這男人並沒有什麼變化。他的樣子刻在她的記憶裡，便是燒成灰她也認得。

這人，正是造成她家破人亡的罪魁禍首。當初就是這個人，扮成客人到她家鋪子買綢緞，結果第二日便有婦人告官，說他一夜未歸。後來便在董家院子發現了面目全非的屍首，跟屍首埋在一起的還有那天賣給這人的綢緞。董父以殺人罪入獄被斬，董母悲憤而死，家中財產賠給了那婦人，家中親戚落井下石，奪取他們的房子，他們兄妹倆這才流落街頭，成為乞丐……

想不到他竟然沒死，還在京城開起綢緞鋪子來。

從靈魂深處升起的憎恨瞬間瀰漫到四肢百骸，她想要撲上去將這人撕得粉碎。

就在她快要失去理智的時候，肩膀上傳來一陣溫熱的重壓，壓得她動彈不得。

她轉過頭，看了夏衿一眼。

夏衿朝她微微地搖頭，低聲道：「不急，待我們查證後再說。妳別讓他認出妳來，否則打草驚蛇，他逃走就麻煩了。」

這話如同一盆冷水，讓董方立刻冷靜了下來。

夏衿轉過頭來，向岑子曼笑道：「我想給我爹娘買些衣料，一起去看看吧。」

對於這種地方的衣料，岑子曼根本看不上眼。不過看夏衿這樣子，似是醉翁之意不在酒，她自然沒有不配合的，笑著點頭道：「好呀。」跟著夏衿一起進了門。

夏衿怕董方失控，對幾個下人道：「你們就在外面候著。」

雪兒甚是機靈，見董方表情不對，趕緊拉著她閃到一邊去了。

夏衿在店裡四處看了看，讓夥計將她看中的料子搬出來，在挑衣料的過程中，時不時地問掌櫃幾句話，然後忽然用臨江話問：「我怎麼聽掌櫃的口音是臨江人？」

掌櫃一愣，隨即露出大大的笑容，驚喜地用臨江話回道：「沒想到姑娘也是臨江人。」說著拱手作禮，又請幾人進內間喝茶。

夏衿轉頭對夏祁笑道：「哥哥，沒想到能在這裡遇見老鄉，真難得。咱們進去喝一杯茶吧。」

岑子曼、蘇慕閑和夏祁早已察覺到夏衿的異樣，雖不明所以，但夏祁還是拱手跟掌櫃作禮，一起去了內間喝茶。

一盞茶工夫後，夏衿拿了兩疋綢緞告辭出來，跟幾人一起上了旁邊的茶樓。

直到上了茶樓坐定，蘇慕閑才問：「那綢緞鋪可有不對的地方？」

蘇慕閑要的是包間，隔音效果還不錯，夏衿便將董方的事情說了一遍。

岑子曼驚愕地睜大眼睛。「竟然會有這種事？」

蘇慕閑眸子發冷，淡淡道：「這世上謀財害命的事多的是。」

想起蘇慕閑被母親、親弟弟追殺，相比起來，董家之事就不算什麼了。大家默然。

蘇慕閑抬眼對董方道：「妳放心，這事交給我，我幫妳查清楚。」

董方撲通一聲跪在地上，眼眶發紅。「多謝侯爺！」

「爺，中人到了。」阿硯進來稟道。

「叫他進來。」

董方連忙起身，抹著眼淚避到一旁。

阿硯領了一個中年男子進來，看樣子是跟蘇慕閑相熟的，一進門就給他見禮。「見過侯爺。」

「起來吧。」蘇慕閑眼中的冷意褪去，請了那人坐下，便把鋪子的要求說了。

那人道：「這條街生意好，目前都沒人出售或出租。倒是街頭有一家成衣鋪，因為掌櫃年紀大了，又沒兒子，便想回鄉養老，將鋪子租出去，每月收點養老錢。如果侯爺覺得那鋪子不錯，小人便去跟他談談。」

蘇慕閑用詢問的目光看向夏衿，見她點點頭，便說：「行，那你帶我們去看看吧。」

一行人便又下了茶樓，跟著那人去看了一回鋪子。

鋪子在這條街的盡頭，門前一棵大槐樹，位置偏僻了些，不過勝在安靜，門前樹下是片空地，能停馬車。鋪子也夠寬大，半間屋子擺著布疋、成衣、荷包、帕子等東西，另半間則是工作間，有兩個女人正在裁剪衣物，鋪子的老闆是個六十來歲的老頭兒，坐在門口一邊喝著茶，一邊等著客人上門。

夏衿看到後面還帶著個小院子，有兩間住房和一間廚房，甚是滿意，朝蘇慕閑點了點頭。

蘇慕閑轉頭便對那中人道：「這間鋪子我們要了。」

這話是當著老頭兒的面說的，所以中人也沒有什麼避諱，直接將來意跟老頭兒說了一遍。

老頭兒倒也乾脆，伸出一個巴掌道：「五十兩銀子一個月，先付半年租金，至少租一年。」

那中人張了張嘴，似乎想說話，不過最後還是什麼也沒說。

夏衿蹙了蹙眉。

在臨江時一處大宅子帶兩間鋪面，也不過是七、八兩銀子一個月，五十兩銀子能在城郊買一處小院子了。京城雖房貴居不易，也沒有貴得這麼離譜吧？

而且看中人這個模樣，這價錢怕是真的高了。

看來這幾天得上街逛逛，問一問行情才行。

她這邊想著，那邊蘇慕閑卻一口答應下來。「行。」說著就去掏荷包。

一行四人，岑子曼和夏祁都是不當家的，不知柴米貴，並不知道這五十兩租金是貴了還是便宜。夏祁本著做人的原則，攔住蘇慕閑道：「這鋪子是我家租的，怎麼能叫你掏錢？」說著看了夏衿一眼。

他們帶來的錢，大多數在夏衿身上。

夏衿這才上前，笑著對那老頭道：「今天出來匆忙，我沒帶那麼多錢。待明兒拿錢過來簽合約。」

「今天中午還有人來問鋪面，說下午過來答覆我，如果他來，我可就跟他簽了。」老頭兒回了一句。

夏衿笑了笑。「自然是先來先得。」

她轉過頭來，招呼大家。「天色不早了，咱們回去吧。」說著，拉著岑子曼就往停馬車的地方走去。

「等一下。」夏祁在後面喊道：「蘇大哥還在後面。」

兩人回頭一看，卻是蘇慕閑還待在那裡，不知在跟那老頭說些什麼。

待他說完話走過來時，岑子曼好奇地問道：「你跟他說什麼？」

「我給了他幾十文錢，叫他等半個時辰，這半個時辰內別租給別人，我們回去取了錢就過來簽合約。」蘇慕閑道，轉頭看向夏衿。「妳是不是嫌貴？這裡地段好，鋪子妳也滿意，貴便貴一些，難得地段好。」

第九十四章

夏衿不答反問：「你家的鋪子有租出去的嗎？多少錢一個月？」

蘇慕閑一愣，隨即搖搖頭，苦笑道：「我家的鋪子，我哪裡得空管，都是老管家在操心。還是你們來京，我想著要合夥做買賣，才問了他一、兩句，原來有多少鋪面、田地我都不知道呢。」

夏衿恍然。

蘇慕閑自幼在寺廟長大，怕是連上街買東西的機會都沒幾次。從他一看到扮作小乞丐的董方可憐，就把銀子掏給人家就知道了。後來他雖回京了，又屢遭追殺；好不容易襲了爵，又為護皇上受傷，在床上躺了幾個月。他如今租鋪面知道找中人，就已是很大的進步了，哪裡還能要求他太多。

不說他，即便是岑子曼，以後嫁了人要主持中饋的，家裡為了培養她，還給了些鋪子讓她管，剛才不也一臉懵懂；夏祁整日埋頭讀書，在這方面也沒經驗。

這麼一想，夏衿心裡的那一點小埋怨就煙消雲散。

武安侯府其實離宣平侯府並不遠，走路也就一盞茶工夫。同樣是七進的院落帶著花園，只是疏於打理，再加上只有蘇慕閑一個主人，下人大概也被武安侯老夫人帶去瓊州了，整個院子冷冷清清的，走了許久才見著一、兩個下人。

走到二門處，一個五十來歲的老頭帶著兩個小廝迎了出來，跟眾人見禮。

蘇慕閑在府裡養傷的那段日子，岑子曼時常跟祖母和母親過來，跟府裡下人都是相熟的，蘇慕閑便給夏祁和夏衿介紹道：「這是我府裡的大管家，叫蘇秦，我名下產業和這府邸都是他在幫我打理。」

說著他又向蘇秦道：「這是我在臨安的朋友，夏公子和夏姑娘，我當初受傷，多虧他們救我。」

蘇秦一聽這話，連忙跪下去磕頭。「蘇秦多謝夏公子、夏姑娘救命之恩。」

夏祁嚇了一跳，連忙上前扶起。「快莫多禮。」

蘇秦卻是個固執老頭，硬是要磕足三個響頭。

當初武安老侯爺重嫡長，堅持讓蘇慕閑回來襲爵。他知曉妻子對長子有成見，臨終前便委託了蘇秦，讓他好生扶持蘇慕閑。蘇秦對老侯爺忠心耿耿，在他死後便將這份忠心轉到蘇慕閑身上。老夫人恨他不知變通，曾將他打發去給老侯爺守靈，直到蘇慕閑襲了爵，才在宣平侯老夫人的提點下，將蘇秦召了回來。

蘇秦對蘇慕閑忠心，蘇慕閑對他也十分敬重，將之當成半個長輩看待。

此時見他對夏祁和夏衿真心道謝，蘇慕閑便覺鼻子酸楚。待他磕滿三個響頭，便親自扶他起來，問道：「酒菜可備好了？」

「冷菜早已備好，安置在花廳裡，因不知你們何時回來，熱菜沒敢上。燉的、蒸的立刻就能上，熱菜還得現炒，須得稍等片刻。」

蘇慕閑轉身問夏衿和岑子曼。「妳們可要歇息更衣？」

岑子曼看看夏衿，點點頭道：「先整理一下吧。」

蘇秦請示蘇慕閑。「那老奴就陪兩位姑娘去聽風軒？」

「行，去吧。」

「兩位姑娘這邊請。」蘇秦作了個手勢，率先走在前面。

岑子曼一邊走，一邊對夏衿解釋道：「表哥接手這座侯府的時候，幾乎是一處空宅，不光財物，便是下人都被他母親和弟弟帶走了。京中這些田地、鋪面、幾處宅子，地契、房契也不見。還是太后下旨，原來那些作廢，讓府尹重新給表哥辦了新的，又賜了他一些財物，他名才下有了財產；至於這些下人，都是蘇秦後來買回來的。宅子太大，主人又少，表哥一來嫌麻煩，二來心疼蘇秦年紀大了，還要操心許多事，便只買了十來個下人，空院子都鎖了起來。」

說到這裡，她笑嘻嘻地低聲道：「妳沒發現嗎？這府裡清一色的男僕，只有兩個漿洗婆子，連個丫鬟都沒有。」

這情況夏衿早就發現了。照理說她跟岑子曼是女客，有管事嬤嬤或丫鬟，就應該跟著蘇秦一起迎客，好方便招待她們。像引她們去內院更衣的事，就應該是丫鬟、婆子幹的事，如今卻是蘇秦這個大管家在做。

「這是為什麼？」她好奇問道。

「哼，還能為什麼？」岑子曼輕哼一聲。「我表哥年紀輕輕就成了侯爺，長得又俊，府裡還沒有女主人，那些丫鬟一個個都不安分，使出各種手段，都想做武安侯府的姨娘，要是能搶先生個庶長子那就更妙了。開始蘇管家是買了一些丫鬟的，結果發生了好幾起丫鬟爬床的事，有一個還給我表哥下藥。表哥一怒之下，就把她們全趕了出去，所以這武安侯府如今就差不多成了和尚廟。」

夏衿無語之餘，十分好奇，不知那些丫鬟得逞沒有。

想起嘉寧郡主的手段，夏衿輕咳道：「妳表哥還真是多災多難哪。」

「所以他這府裡，最缺一個女主人幫他打理。」岑子曼笑嘻嘻道。

花廳裡，冷菜和熱菜都已上桌。

因都是不大拘於小節的年輕人，再加上蘇慕閑的那點小心思，酒桌並未分為兩處，而是男女坐在一桌吃飯。

蘇慕閑是主人，居北坐了上首。時人以左為尊，夏祁作為男客，居西坐了他的左手邊；夏衿居東坐夏祁對面；岑子曼為半個主人，打橫坐在下首。

蘇慕閑舉壺親自給大家斟了一杯酒，笑道：「臨江白大人家的桃花釀，綿柔香醇；京城稻香居的梨花酒，相比起來也毫不遜色。阿祁、阿衿你們嚐嚐。」

在稱呼上，蘇慕閑為難多時。叫夏公子、夏姑娘太過疏離，其他的又太過親熱。他曾叫過夏衿為「衿兒」，這是男女之間最親密的叫法，但夏衿不高興，他也就不敢叫了。而北邊人對於平輩，喜歡在名字前加個「阿」字，就像岑子曼，大家都叫她「阿曼」，他便也採用這個叫法，喚夏祁和夏衿為「阿祁」、「阿衿」。

大家舉杯，碰了一下，然後各自品嚐美酒。

「這酒有梨花的清香，還甜滋滋的，味道也醇，確實不錯。」岑子曼道。

夏祁點點頭。

夏衿卻笑了笑，沒有說話。

「怎麼？阿衿不喜歡這酒？」蘇慕閑察覺到夏衿的淡然。

「還好。」夏衿道。

對於來自現代的夏衿而言，這款梨花酒真的不算什麼，酒精濃度太低。其實夏衿作為一個中、西醫都十分精湛的醫者，蒸餾提煉是基本技能，提高酒精濃度自然不在話下，但她卻不想將這技能顯露出來。

北邊好幾個國家，氣候寒冷，又以游牧為主，糧食產得少，酒的需求量卻大。烈酒一旦出現，必然會成為國家的戰略物資，到時候擁有這一技能的她，會是什麼下場？恐怕太后一道懿旨下來，她就再也沒有自由。

在臨江她賺的錢就能吃一輩子了，她根本沒必要去賺那些招惹麻煩的錢。

還好？蘇慕閑看了夏衿一眼。「等下次，我弄些御酒來給妳嚐嚐。」

夏衿有些訝然，繼而對他一笑，應道：「好。」

那一邊，岑子曼在低聲跟夏祁說著話，兩人臉色都有些微紅，眼眸含情，表情甜蜜。但蘇慕閑並不羨慕他們，夏衿的這一笑，讓他內心的感受一點也不比夏祁差。

「這是我府裡廚子做的桂花鴨，嚐嚐。」受到鼓勵，他挾了一塊鴨肉放到夏衿面前。這次夏衿卻沒有給他面子，她將鴨肉挾到夏祁碗裡，對蘇慕閑歉意道：「這段時間我有些上火，不能多吃鴨。」

「那就多吃些青菜。」蘇慕閑不動聲色，心裡卻有些沮喪。

那邊不管夏祁挾什麼菜給岑子曼，岑子曼都吃得歡啊，即便是她最討厭的那道菜。為何夏衿就不給他點面子呢？可見她心裡，還是沒有他。

因天色已不早，這頓飯只吃了半個時辰便結束了，夏衿等人打道回府。蘇慕閑將他們送回岑府，便又去了秘密監視點執行任務，同時讓蘇秦派人徹查那綢緞老闆。

岑府已是華燈初上，夏衿、岑子曼跟夏祁在路口分手，便進了二門。

沒承想走了幾步，便見一個婆子匆匆忙忙跑過來，差點撞到有些走神兒的董方。

「對、對不住。」婆子嚇了一跳。

「慌慌張張的幹什麼？」岑子曼皺眉道。

蕭氏管理宣平侯府甚是嚴厲，而且這婆子岑子曼也認識，平時不是這樣莽撞的人，所以被派去管理客院，大小也算是個管事嬤嬤，現在這樣著急慌忙的，想來是出了什麼事。

「因夫人叫老奴去請郎中，老奴心急，便走得快了些，沒看路，衝撞了兩位姑娘，還請姑娘責罰。」

岑子曼一驚。「郎中？誰病了？」

「是客院的羅夫人。」

「羅夫人？」岑子曼轉頭跟夏衿對視一眼，蹙眉道：「我們走的時候她還好好的呢，怎麼這會兒就病了？」

「她上了年紀，又是一路奔波，平時沒怎麼吃苦，身體自然受不了；而且她心裡又掛念兒子，憂思過重，原先只憑著信念才到的京城，如今安定下來，便承受不住了。」夏衿道。

她轉頭問那婆子。「羅夫人這病，是不是發得很突然，而且來勢凶猛？」

「對對。」婆子點頭道：「姑娘們走後，她便說要沐浴，結果沐浴完就暈倒了。老奴一摸，發現她額頭燙手，掐她人中也不甦醒。」

夏衿擺擺手。「行了，不用去請了，我給她看看。」

婆子也知道夏衿曾經治好過自家姑奶奶的病，如今聽她這樣說，自然大喜。「那就煩勞夏姑娘了。」

羅夫人現在是宣平侯府的客人，她要是有個什麼好歹，宣平侯老夫人臉上也不好看。現在大軍開拔在即，岑家女人要給男人打點行裝，忙得很，此時能早點治好羅夫人的病，自然再好不過了。

再說，羅夫人還是羅騫的母親，羅騫又因為夏衿去了邊關。

這麼一想，岑子曼便沒有跟夏衿客氣，跟著她一起去了客院。

宣平侯老夫人和蕭氏都在座，看到夏衿和岑子曼進來，兩人都鬆了一口氣。

宣平侯老夫人道：「夏姑娘，快給看看吧。羅夫人燒得人都迷糊了，嘴裡不停說胡話。」

夏衿進了裡屋，便聽到床上的羅夫人不停地念叨。「騫哥兒，別去，有危險，快回來……」

她心裡深深地嘆了一口氣。

不管羅夫人怎麼不好，她這份母愛都是值得尊敬的。兒子於她，想來比自己的性命還要重要。

夏衿淨了手，伸手給羅夫人把了脈，收回手時，神色有些凝重。

「怎麼了？」宣平侯老夫人一看她這神情，心裡一驚。

「不大好。」夏衿照實說：「我開一副白通湯，先試一試。」

旁邊的下人早已把筆墨紙硯準備好了。夏衿寫好方子，遞給岑府下人去抓藥，又問道：「府上可有烈酒？我要用來給羅夫人擦身。」

「有。」蕭氏道。

岑家男人最喜烈酒，所以岑家的烈酒都是極好的。不一會兒，兩個婆子進來，懷裡各抱了一個瓷罈。

「這兩樣酒，夏姑娘看哪樣合適？」蕭氏道。

夏衿用小勺子舀了，各嚐了一小口，眉頭皺了起來。

古人用蘗釀酒，蘗就是發芽的穀粒，釀出的酒被稱為「醴」，是甜酒，酒精度很低，所以古人才說「小人之交甘若醴」，他們剛才在武安侯府喝的就是這種。

還有一種用酒麴釀酒的方法，釀造出來的才是真正的酒，酒精濃度要高一些，大約在10%到18%左右，就是這兩罈所謂的「烈酒」。

這種酒根本起不了作用，夏衿嘆了一口氣。

一個時辰前，她在武安侯府還說不想把烈酒釀造出來，以免惹禍，現在看來，不釀不行啊。

聊勝於無，她叫人把一罈度數稍高的酒倒出來，用帕子沾了，抹在羅夫人的腋下和腿彎等處。

這時候，天已經完全黑下來了。宣平侯年紀大了，不能勞神，而岑府男人出征在即，蕭氏那邊要準備許多東西，這幾日也忙碌得很，如今想來也困乏得緊。

她道：「這熱既然高上來了，不可能馬上就退下去。我今晚就守在這裡，妳們都去歇息吧，反正大家都待在這裡也無濟於事。」

蕭氏看著婆婆，等她發話。

「也好。」宣平侯老夫人點頭道。

「妳有什麼事，儘管派下人來告訴我，我會馬上過來。」蕭氏叮囑道：「我留張武家的在這裡，要抓藥、煎藥，妳吩咐她便是。」

張武家的，是宣平侯府後院的大管事，極精練能幹的婦人。

「好的。」夏衿應道。

「要不，我在這兒陪妳。」岑子曼忽然道。

「不用了。」夏衿笑道：「如果羅夫人病情不加重，看她喝完藥後，我還可以在旁邊的榻上眯一會兒，妳在這裡，我還得陪妳說話。」

「是啊，曼姐兒，妳別添亂。」宣平侯老夫人道，又拍拍夏衿的手。「孩子，辛苦妳了。本來妳是客人，我們做主人的去睡覺，留妳在此辛苦，本不應該；但也只有妳在此，我才放心。請別的郎中，一來男女有別，不方便；二來他們的醫術我也信不過。所以我就不跟妳講客氣話了，待羅夫人病好，我再答謝妳。」

「這是醫者本分，老夫人不必客氣。」

宣平侯老夫人又將屋裡的丫鬟、婆子叫來，讓她們聽夏衿的話，這才扶著蕭氏的手，帶著岑子曼回去了。

夏衿送她們到門口，回過身來，便聽剛才已安靜許多的羅夫人又叫了起來。「騫哥兒、騫哥兒……」

第九十五章

夏衿忙靠過去，便看到羅夫人在床上煩躁地動了動，昏黃的燈光下，她的臉色顯得有些蒼白，閉著的眼底下一片青黑，眼角還有一些細紋。

她不由得一愣，仔細打量了羅夫人幾眼，發現她不光是臉上皺紋出來了，而且散在枕邊的頭髮裡，竟然還夾雜著白髮。

她微微動容。

富貴人家的女兒，嫁的也是不愁吃穿的人家，即便夫妻感情不睦，但羅夫人的脾氣硬，平時並不悲秋傷春。再加上保養得宜，在臨江時，她的膚色雖然不如年輕女子那麼光潔，笑起來也有一點魚尾紋，但總體來說，還顯得十分年輕，頭髮烏溜溜的十分黑亮。

可才多久沒見，她就蒼老了許多。

再加上這次生病，可見羅騫去邊關的事對她打擊很大。她憂心兒子，以至於成了心結。

「騫哥兒你別走，娘答應你，答應你娶夏姑娘……」床上的羅夫人又翻了個身，嘴裡嘟囔著。

夏衿暗嘆一聲，走上前來，對宋嬤嬤道：「我來吧。」

宋嬤嬤是羅夫人的陪房，也是她的心腹。羅夫人有什麼心事，從來不瞞著宋嬤嬤，所以夏衿與羅騫的事，宋嬤嬤都是知道的。

此時見夏衿伸手要過來接自己手中的帕子，她很是意外，愣了好一會兒，直到旁邊的丫鬟柳綠輕輕叫了一聲「宋嬤嬤」，她這才把帕子遞了過去，嘴裡還不安道：「夏姑娘，這怎麼好意思？」

夏衿沒有理她，將帕子浸濕，擰了擰，輕輕地搭在羅夫人的額頭上。

「夏姑娘，藥煎來了。」張武家的見丫鬟端著藥碗進來，連忙輕聲提醒。

「給我吧。」夏衿接了過來，用勺子舀了一點滴到手背上，感覺溫度正合適，便讓柳綠將羅夫人扶起來，她一勺一勺地給羅夫人餵藥。

喝了兩口，羅夫人忽然睜開眼睛，看了夏衿一眼。

「夫人您醒了？」宋嬤嬤驚喜地叫道。

「苦。」羅夫人說了一聲，扭著臉避開夏衿遞到嘴邊的勺子。

這孩子一般的舉動，讓夏衿微微一怔。

宋嬤嬤連忙解釋。「我家夫人打小就怕苦，從來不喜歡喝藥。夏姑娘能不能在藥裡加點蜂蜜？」

夏衿見羅夫人扭來扭去不肯吃藥，只得吩咐岑府下人拿了蜂蜜來，當著羅夫人的面加了兩勺在裡面，她這才肯將藥喝完。

宋嬤嬤用濕帕子給羅夫人抹了抹嘴，便扶著她躺了下去。

夏衿摸了摸她的頭，又擰了帕子來，重新給她敷在額頭上。

大概是藥效發揮了，羅夫人這一下睡安穩了，再沒有先前翻來翻去的煩躁，也沒有再說胡話。

夏衿見她沒有再燒上去，鬆了一口氣，吩咐宋嬤嬤她們輪流盯著，她到外面的榻上歇息。

睡到半夜，宋嬤嬤把她叫醒，羅夫人又燒上去了。

這一下，夏衿只得動用針灸，給羅夫人下了幾針，又叫丫鬟拿酒來給羅夫人搽身。如此折騰了一宿，直到第二天早上，羅夫人的病情才穩定了些。

「夏姑娘，您讓人把隔壁廂房收拾一下，去睡一覺吧。」宋嬤嬤看向夏衿的目光又感激、又歉意。

「好。」夏衿知道發燒的人都是晚上發作比較厲害，到了白天便好很多。她也不推辭，轉身去了廂房。

她離開不久，羅夫人緩緩睜開了眼。

「夫人，您醒了？」宋嬤嬤看到主子目光清明，不像鬧著藥苦時即便睜著眼，也神智不清的模樣，心裡十分高興。

張武家的也高興地湊了過來。

羅夫人看到她，轉眼又看到岑府好幾個丫鬟在這裡，不由得疑惑問：「妳們……怎麼在這兒？」

她進京時，也隨身帶了四個丫鬟和兩個管事嬤嬤，外加一個宋嬤嬤。所以她雖在羅府客居，但在生活上使喚的還是自己的下人。

「夫人，您昨晚發了一夜的燒，可把大家嚇壞了。」宋嬤嬤忙道：「張嬤嬤是奉老夫人和夫人之命來伺候您的。」

「多謝張嬤嬤。」羅夫人虛弱道，又叫柳綠。「拿二兩銀子給張嬤嬤吃酒。」

柳綠便轉身去開箱子拿銀子。

「柳綠姑娘且慢。」張武家的先叫住柳綠，這才對羅夫人道：「老奴可不敢居功。昨晚辛苦伺候夫人的可是夏姑娘，老奴昨晚上就在屋裡當個木樁子，什麼都沒做，實在不敢厚著臉皮接夫人的賞。」

「夏姑娘？」羅夫人一愣，轉眼看向宋嬤嬤。

「昨晚還多虧了夏姑娘。」宋嬤嬤便把昨晚的事一五一十地說了一遍，末了又笑道：「不過張嬤嬤也很辛苦，昨晚熬了一宿，咱們抓藥煎藥、要東要西，全靠張嬤嬤張羅。」

「我不過聽老夫人和夫人的吩咐，動動嘴皮子罷了，當不得辛苦。」張武家的死命推辭，怎麼都不肯受那二兩銀子的打賞。

羅夫人不再堅持，朝宋嬤嬤擺擺手，示意她消停，轉頭環顧了屋裡一周，問道：「夏姑娘呢？」

宋嬤嬤原先因夏衿不肯寫信，心裡還有一點對她不滿，可經過這一夜，她對夏衿只有滿心的感激。「夏姑娘一夜沒合眼，我看您燒退了些，便讓她到隔壁廂房去躺一躺。她說了，您這病沒那麼快好，到了今晚，十有八九還得再燒上去，所以恐怕還得煩勞夏姑娘。」

這話有些不盡實，但宋嬤嬤很希望夏衿能嫁給羅騫，所以願意替她在羅夫人面前說好話。

「一夜沒合眼？」羅夫人眼裡的詫異一閃而過，繼而眼神極為複雜。

她十歲就死了親娘，下面還有兩個弟弟。擔心後娘欺負弟弟，她不得不時時枕戈寢甲，養成了剛硬的性格。

其實外表剛硬的人，心裡最是脆弱。因為害怕受傷害，所以先武裝自己。像羅夫人，從小得不到父母關愛，長大嫁了人，又與丈夫感情不睦，因為缺少，所以對於任何沒有功利的關心，她都會感受至深，滿心感激。

對於夏衿一整晚沒睡守在她身邊，羅夫人感觸很深。如果夏衿一門心思想嫁給羅騫，她還沒這麼感動；但種種跡象顯示，這門親事打一開始，都是羅騫一廂情願，夏衿並不是非君不可。

更何況，夏家搬到京城裡來，跟宣平侯府走得近，夏祁考個舉人指日可待，夏衿想要再找一門比羅家更好的親事，也不是不可能。

正因如此，夏衿能這樣待她，羅夫人才覺得難得。

宋嬤嬤知道羅夫人的心病，本想說幾句夏衿的好話，勸她幾句；但見她滿臉病容，精神似乎很疲憊，把到嘴的話又嚥了下去。

夏衿在廂房裡睡了一覺，醒來時，已是中午。宣平侯老夫人和蕭氏都在羅夫人床前，羅夫人正在跟她們說話，精神似乎好了很多。

看到她來，羅夫人對她溫柔地笑了一下。「昨晚辛苦妳了。」

夏衿給她把個脈，點頭道：「好一些了，但這病沒那麼快好，晚上還會反復。您白天多休息，多喝水，最重要的是，放寬心，別思慮太重。」

「可不是。」宣平侯老夫人接話道：「我正跟她說呢，侯爺和世子常年帶兵打仗，一直平平安安。他們出門在外，咱們就應該開開心心的，過好日子，別讓他們掛念，這才是正理。再說，過幾日侯爺和世子就要到邊關去，到時候定然會好好關照騫哥兒，還能有什麼不放心的。」

「老夫人、夫人，鄭夫人來了，說是過來看看羅夫人。」下人來稟道。

羅夫人一怔，疑惑地問道：「她怎麼會過來？」

宣平侯老夫人先吩咐下人。「請她進來。」這才對羅夫人解釋道：「妳昨兒去拜訪她，她今天一早便派人遞了帖子過來，說要回訪妳。我便告訴她家下人，說妳病了，讓她改日再來。大概是聽到下人回稟，她便過來看看妳。」

「唉，我這一病，給妳們添了許多麻煩。」羅夫人自責道。

她要是在自己家倒也罷了，偏是客居時生病，還處在宣平侯出征之際。如今勞宣平侯老夫人為她操心，她十分過意不去。

「人吃五穀雜糧，哪有不生病的？」宣平侯老夫人安慰道，又吩咐岑子曼。「妳去院門處迎一迎鄭夫人。」

岑子曼看了夏衿一眼，示意她跟自己一起去作個伴。宣平侯老夫人卻一把拉住夏衿，按著她坐下。「妳且坐下。昨晚辛苦了一晚，趕緊好好歇歇。今晚還有得累呢。」又瞪岑子曼。「快去，妳少拉著衿姐兒。」

岑子曼吐吐舌頭，轉身去了。

不一會兒，鄭夫人同岑子曼走了進來。

羅夫人見她是一個人來的，鄭婉如並未來，對這門親事又後悔了幾分。

鄭夫人先給宣平侯老夫人見了禮，又跟蕭氏打了聲招呼，這才轉過頭來，對羅夫人關切道：「昨兒個還好好的，怎麼就生病了呢？可好些了？要不要緊？用的是哪裡的郎中？吃的藥可有效？」

鄭夫人想來昨晚沒有睡好，面容憔悴，眼圈都是黑的，看樣子倒比躺在病床上的羅夫人還要不好。

「多謝妳想著，還親自過來看我。」羅夫人拿帕子捂著嘴咳嗽幾聲。「我家騫哥兒聽說邊關有外敵入侵，留了一封書信就去了邊關，杳無音信，我心裡著急擔心，吃不下、睡不好，上了年紀又旅途勞頓，這才躺倒了。不礙事的，吃了夏姑娘開的藥，現在好多了。」

鄭夫人一怔。「妳剛才說騫哥兒去邊關了？他怎的……」她頓了頓，大概意識到這裡是岑家，岑家男人都是要去打仗的，於是換了個問法。「他不是舉人嗎？」

「是舉人。」羅夫人又咳了幾聲，喘了一口氣。「只是他一腔熱血，說國家有難，匹夫有責，不把敵寇擊退，他誓不回還。」說著，用帕子捂著嘴，嗚嗚哭了起來。「我就這麼一個兒子，要是有個三長兩短，可叫我怎麼活？」

鄭夫人坐在那裡沒有說話，臉色有些難看。

蕭氏見狀，忙上前去安撫羅夫人。

待羅夫人慢慢止住哭聲，鄭夫人勉強又坐了一會兒，說了幾句客氣話，便告辭離開了。

羅夫人吸吸鼻子，問宣平侯老夫人。「姨母，我剛才這樣說，妥當嗎？」

宣平侯老夫人輕拍了她的被子一下。「妥當，甚是妥當！只是妳病成這樣了，還惦記著鄭家的事，有什麼話，病好了有多少說不得？看妳，又咳上了。」用力地給咳嗽起來的羅夫人拍背。

夏衿連忙上前，給羅夫人扎了幾針，待她咳嗽平緩下來，便叫宋嬤嬤扶她躺下。

等宣平侯老夫人從羅夫人房裡出來，送鄭夫人回轉的蕭氏正好在門口跟她碰上。

蕭氏扶著她往外走，一邊道：「母親，我總感覺鄭夫人並不想退親。剛才一路上她的意思，都是讓我轉告羅夫人，讓她把騫哥兒叫回來，好趕緊成親。」

宣平侯老夫人腳下一頓。

她冷著眼眸，鼻子裡哼了一聲。「鄭尚書還真是老狐狸，倒會保全自己，左右逢源。」

蕭氏轉了一下腦筋，也明白了婆婆的意思，她擔憂道：「既如此，想來鄭夫人是不想退親了，那鄭、羅兩家這親事……」

宣平侯老夫人也正為此發愁呢。

鄭家要是也跟彭家一樣作死，那就不用說了，得罪就得罪了。到時候燕王謀逆的證據一確鑿，彭家、鄭家這些依附的藤蔓自然會全倒下。可鄭家只隔岸觀火，並不親身參與。如此一來，即便是皇上心裡不喜，也得掂量掂量，不能輕易動他們。

羅騫要是一心往武將這邊靠還好，有岑家作依靠，再加上他自己能文能武，以後在兵部自然有一席之地；但萬一他在邊關待不住，想要回來參加科舉，得罪了鄭家，勢必會影響以後的仕途。

這事還真難辦。

「唉，昨晚聽到阿瑩的胡話，想來妳心裡也有猜測了吧？騫哥兒那孩子，喜歡的怕是阿衿呢。他去邊關，想來也跟這事有關。」宣平侯老夫人嘆道。

「可不是。」蕭氏道。

昨晚羅夫人高燒時說的胡話她也聽到了，多少猜到些真相。因為岑子曼跟夏衿要好，而且就要嫁給夏祁，岑雲舟原先又想娶夏衿，她愛屋及烏，對夏衿的印象十分好，於是心裡便對羅夫人這行為有些不齒。

只是羅夫人是婆婆好友的女兒，她對羅夫人這行為不好評論，便隨口應了這麼一句話。

卻不料她沒說什麼，宣平侯老夫人卻說上了。「阿瑩這事辦得糊塗啊。阿衿是多能幹的孩子，比起鄭家的可是強太多了，騫哥兒娶了她，一輩子享不完的福，有她輔佐，仕途也會很順。鄭家雖說能在仕途上助他一臂之力，可真要借了鄭家的力做了官，以後還不得仰鄭家的鼻息過日子？活到我這把年紀她就該明白了，無論官大官小，也不過是混口飯吃，最重要的是活得自在。」

「她要有您老人家這麼明白，日子也不會過成這樣了。」蕭氏忍不住還是說了一句。

宣平侯老夫人嘆息著搖搖頭。「她想退親，本無須為難，我下午去鄭家一趟把事情說清楚就行了，別人都求著鄭家，怕得罪他們，我們岑家可不怕。再說當初還是鄭夫人求我給作的媒呢，現在覺得不合適，自然退了的好。她女兒是什麼樣子，大家心裡都有數，她還有臉埋怨誰呢？」

「埋怨？我家曼姐兒的事，還沒找她家算帳呢。」蕭氏眸子微冷。

宣平侯老夫人拍拍兒媳的手。「不急，以後有的是機會收拾他們，現在為了大事，還是先忍忍吧。」

宣平侯老夫人接著道：「但看阿瑩這糊塗樣子，我卻不想管這親事了，她要退親便由她自己退去。種下的因，結出的果，要不是她貪圖鄭家權勢，強逼著騫哥兒娶鄭姑娘，何至於此呢？大不了騫哥兒的前程我多看顧些便是了。」

對於婆婆這做法，蕭氏極贊同。「她也該吃些教訓才好，不過這事還得等她病好再說。」

第九十六章

客院裡，夏衿看羅夫人狀況還好，吃過午飯後便回了岑子曼院裡，好好地睡了一覺，直到傍晚方才過來。

到得夜深，羅夫人的病情果然反復，體溫又高上去了，沒有溫度計，夏衿估摸著差不多到了四十度高溫。她不敢掉以輕心，依著昨晚的方法，使出渾身解數給她降溫，又是一晚上沒合眼。待到天亮，熱度降了下去，羅夫人人也清醒了，夏衿便道：「今天再吃一劑藥，晚上要是再不燒上去，就沒事了。」

「辛苦夏姑娘了，真不知如何感謝您才好。」宋嬤嬤感激道。身在異鄉，最怕的就是生病。雖說有下人、有銀子，宣平侯府也不會不管，但有了夏衿的盡心守護，宋嬤嬤便覺安心不少。

夏衿擺擺手，疲憊道：「我回去歇息了，妳也睡一覺吧。這裡留兩個丫鬟守著就行了。」說著對羅夫人點點頭，便要離開。

「等一等。」羅夫人叫住夏衿。

夏衿轉過身來，看向她。

羅夫人從手上取下兩只鐲子。「這是我娘留給我的，這些年來從來沒有離開我的手。我看妳皮膚白皙，戴這鐲子肯定好看，過來我給妳戴上，算是我的一點謝意。」

夏衿哪裡肯要，搖頭道：「我也算是郎中，病人有病，我自然責無旁貸，夫人這謝禮太貴重，我可不敢收。」說完沒等羅夫人再說話，便轉身離開。

夏衿回去睡到中午，派董方過去探病，董方回來稟道：「羅夫人已經沒怎麼燒了，今天精神比昨日好很多，已能下床活動。」

夏衿放下心來，慢悠悠吃過午飯才去看了羅夫人一眼。

羅夫人果然精神極好，坐在床上正跟宣平候老夫人說話。

「夏姑娘，我們姑娘請您過去。」岑子曼院裡的一個丫鬟進來稟道。

蕭氏聽見，笑道：「那皮猴不知又找妳有什麼事呢。妳不必管她，羅夫人這裡沒事，妳趕緊回去歇息是正經。」

夏衿笑著應了一聲，告退出來。

直到走出院門，丫鬟才悄聲道：「是武安侯爺來了。」

「哦？」夏衿轉頭看了董方一眼。「怕是妳家那事有著落了。」

蘇慕閑雖是御前侍衛，但有時卻跟錦衣衛差不多，時常領命潛察官員的隱密。董家這事，只要找到罪魁禍首，查起來便十分容易。蘇慕閑此來，定然是此事有了結果。

到了岑子曼院中，見到蘇慕閑，蘇慕閑講的果然是這事。「那人叫做許元經，曾是臨江近郊的一個閒漢。」

說到這裡，他看向董方。「他曾跟妳表叔董泉交往甚密。」

董方大吃一驚。「我表叔？」

蘇慕閑點點頭。「董泉只比妳父親小兩個月，兩人一同看上妳母親。董泉先去求親，但妳外祖卻嫌他心術不正，反而挑中妳父親。董泉暗自懷恨在心，後來妳父親做綢緞生意慢慢發家，董泉覺得是條路子，便也跟著開了一家同樣的鋪子。開始生意不錯，後來一次到省城進貨途中，被人搶劫，血本無歸。因他跟妳父親是競爭關係，所以一直懷疑是他做的手腳。因著這事，他生意做不下去，向妳父親借錢周轉，那時妳母親身體不好，家裡急需用錢，妳父親便沒借，他的鋪子便關了門。」

隨著蘇慕閑的講解，董方的臉色漸漸變得蒼白起來。對於這個表叔，想來她印象也很深。

「後來他窮了，覬覦妳家財產，便花重金雇了許元經到妳家買布，發生爭執後離開。董泉從郊外撿了一具剛死的乞丐屍體，處理後跟許元經帶走的綢緞一起悄悄埋入妳家後院。」

蘇慕閑說到這裡，問董方一句。「他家跟妳家只隔一堵牆吧？」

董方白著臉點了點頭。

「許元經拿了錢後就遠走他鄉，來到京城；而他妻子則去喊冤，說他被妳父親殺了，埋屍於後院。妳父親入獄，董泉藉口幫妳父親上下打點，從妳家拿了許多財物，對吧？」

「對。」董方紅了眼眶。「我父親沒有兄弟姊妹，只有表叔這麼一個近親。那時候我和我哥年紀又小，哪裡懂什麼；我母親婦道人家，身體又不好，自然都依著表叔。他時不時來要些財物，說是打點，但我父親最後卻被判了秋後處決。」

說到這裡，她泣不成聲。

夏衿嘆了一口氣，拍了拍董方的背，問蘇慕閑。「案情既查清楚了，接下來要董方去衙門裡告狀嗎？」

蘇慕閑點點頭。「要的。官府必須得有狀紙才能受理此案，而且到時候董岩或董方必須上堂。」

夏衿又拍拍董方的背。「當初岑府送信回臨江時，我便寫了一封信給妳哥，叫他跟著我父母到京城來。」

董方紅著兩隻眼睛，抬起頭來望向夏衿。「真的？」

「自然是真的，我還能騙妳不成？」

董方聽得這消息，高興起來。「姑娘您在京城定居，我哥也不走了？」

「對，我叫他來，是幫我做買賣的。你們兄妹如果願意，自然是留在京城最好。」

「願意，我們願意。」董方脫口而出，不由自主地往蘇慕閑那裡瞥了一眼。

「那就等妳哥哥到了再說。」夏衿說著，向蘇慕閑問道：「那人押在你們那裡，沒有什麼不方便吧。」

「我明日便先跟京城府尹把案情說一下，將許元經移交京城大獄，也方便府尹大人派人去臨江傳訊董泉，以免耽擱太多時間。」

「董方還不謝謝侯爺？」夏衿推了董方一下，眼神意味深長。

董方卻眸子一閃，對蘇慕閑道：「侯爺，不必那麼麻煩，我明日便上堂告狀。」

「妳？」大家都詫異。

因為上堂時會被人圍觀，一般女子都不願意在那裡拋頭露面，被人指指點點。

「這些年，我哥幾乎將浙省翻了個遍，甚至蘇省也尋了一遭，甚是辛苦，我身為董家女兒，自然也要盡一分力，不能什麼事都依靠哥哥。」董方神色堅毅。

蘇慕閑沒有馬上答應，而是轉頭看向夏衿。

夏衿笑了笑。「我雖是她的主子，但這是她家的大事，她想去，我自然沒有阻攔的道理。」

蘇慕閑只得道：「行，那明日我有空就過來接妳。」

董方眼裡瞬間迸發出的亮光，讓夏衿不忍直視，所以在蘇慕閑問她明日要不要一塊兒去的時候，她搖了搖頭。「羅夫人還病著，離不了郎中，我就不去了。」

那天晚上，羅夫人沒再發高燒，只是微微有些低燒，到了下半夜體溫就恢復正常了。

夏衿見羅夫人恢復得極好，她開了一劑調理的藥，第二天便跟夏祁、岑子曼去選家具。眼看著父母就要到京，她得趕緊把房子佈置起來。

三人剛出府門，還未上車，便看到蘇慕閑騎馬過來。

「表哥，你怎麼來了？」看到蘇慕閑，最高興的是岑子曼。

夏衿也詫異地望了過來。

「董方的事處理完了，我無事就過來一趟。」蘇慕閑深深地看了夏衿一眼，從懷裡掏出幾張銀票，遞過去。「我曾借過夏姑娘銀子，今天是來還銀子的。」在這人來人往的地方，他倒不好叫夏衿為「阿衿」。

看到蘇慕閑手裡的銀票，夏衿蹙眉想了一下，才想起蘇慕閑第二次被人追殺，她救了他，又教了他藏匿、追蹤功夫後，因為他身無分文，便給了他二百兩銀子。

「沒這麼多，當時只借了你二百兩。」她從他手裡抽出兩張，心裡倒是挺高興。她來京城時太過匆忙，身上只帶了三百兩銀子。不用錢時還覺得挺富餘，但買家具這三百兩銀子怕是就不夠了。

蘇慕閑送來銀子，倒正合適。

「我今天不當值，正好陪你們逛街，走吧。」蘇慕閑不等夏衿他們說話，就翻身上了馬。

岑子曼對夏衿擠了擠眼，拉著她上了馬車。

夏祁也騎馬跟上。

因為要買的家具太多，夏衿的眼光又挑剔，足足挑了一天，才把所有的家具都訂好，讓人送到夏宅。

中午是蘇慕閑在附近酒樓請他們吃的飯。

待在酒樓裡坐下來，岑子曼用手肘拐了拐夏衿，悄聲笑道：「喂，發現沒有？桌上有一大半都是妳喜歡吃的菜。」

夏衿張眼一瞧，還真是。

她不由得看了蘇慕閑一眼，正對上那雙漆黑深邃的眼眸，她連忙將目光收回來，卻聽到岑子曼的一聲輕笑。她面上不動聲色，卻在桌下踩了岑子曼一腳，由於繡花鞋沒有前世的高跟鞋給力，她還在上面蹍了兩蹍。

「哎呀，我的腳，疼死我了！」岑子曼誇張地叫了起來。

「怎麼了？怎麼了？」夏祁伸手就要把桌布掀開，想看看岑子曼的腳是怎麼一回事。

岑子曼臉上一紅，連忙拽住桌布，不讓他掀開。「沒事沒事，剛才不小心踢了一下桌腳，現在沒事了。」

女人的腳哪能被男人輕易看了去。

夏祁看岑子曼臉紅，才反應過來，當即臉也紅了。「沒事就好，小心些。」

夏衿看著兩人，抿著嘴正偷樂呢，不想那邊蘇慕閑就挾了一筷子菜到她碟子裡。「上次我見妳喜歡吃這道油燜筍，今天特意點了，妳嚐嚐看合不合口味。」

夏衿只得道了一聲謝，低下頭去吃東西，察覺到蘇慕閑注視的目光，那天晚上的異樣感又湧上心頭，她不由得也紅了臉。

蘇慕閑見狀，心裡暗喜，手上再接再厲，繼續將夏衿喜歡吃的東西都挾到她的碟子上。也難為他，夏衿只跟他同桌吃過一頓飯，他就能清楚記得她喜歡吃什麼，不喜歡吃什麼。

夏衿前世又沒談過戀愛，今生即便跟羅騫有過一段曖昧，也從未一起吃過飯。羅騫為人略微正經，又因母親不同意親事，在行為上不敢越雷池一步，生怕唐突了夏衿，在一起時，從來沒有親暱舉動。所以蘇慕閑這個動作，不知不覺中觸動了夏衿心底那一處最柔軟的地方。

一個女子，不管再能幹，在男女相處時，依然是願意讓男子呵護照顧的。

岑子曼跟夏祁甜蜜之餘，也不忘顧及一下知己，待她察覺到夏衿和蘇慕閑之間這一點微妙的感覺時，不由得心裡一喜，越發覺得以後要常一起出門，給夏衿和蘇慕閑製造相處機會。

這頓飯吃了足有大半個時辰，夏衿前所未有地感覺彆扭。

蘇慕閑那邊有公事，不能在此久留，吃過飯把他們送到家具鋪子前，便又匆匆離開了。傍晚看著鋪子夥計將家具送到夏宅，再一一擺放妥當，岑子曼才和夏家兄妹一起回了家。

「姑娘。」夏衿一進門，董方就迎了出來，幫她打起簾子，又泡上茶來，神色卻是不安，欲言又止的。

「怎麼了？」夏衿問道。

「沒事。」董方搖了搖頭，轉過頭去看了清影一眼。

清影是個極有眼力的丫鬟，見狀忙笑道：「姑娘累了一天，先沐個浴再吃飯吧？奴婢去叫人準備熱水。」說著掀簾出去了。

這時董方才輕聲道：「姑娘，羅夫人今天去了鄭府，給羅公子退了親事。」

「哦？」夏衿很是詫異。

羅夫人的病雖說好得差不多了，但再怎的也得休養兩日再出門吧？她這樣病都還沒痊癒就跑去串門子，又是為哪般？

董方見她沒想明白，提醒道：「聽說，宣平侯爺他們後日就開拔。」將這兩句沒多少關係的話連在一起想一想，夏衿就明白了。

合著羅夫人這是想把親事處理妥當，好讓宣平侯府的人把消息帶給羅騫。沒準兒羅騫聽到鄭家的親事已退，又知道羅夫人生病期間她衣不解帶地伺候，心裡生出希望，就找藉口跑回來了。

夏衿剛把這件事想明白，董方那裡又拋出一個消息。「岑府有個護衛快馬加鞭送了信來，說老爺和夫人已到四十里鋪，明日中午就能到京城了。」

「真的？」雖然估計父母這兩日能到，聽到這個消息，夏衿仍然十分驚喜。

董方見夏衿光顧著驚喜，並未想到別處，只得再次提醒。「姑娘，沒準兒老爺、夫人一來，羅夫人就提親呢。」

「嗯？」夏衿一愣，抬起眼看向董方，片刻後才一副恍然大悟的樣子。

董方見夏衿明白了，這才鬆了一口氣，猶豫了片刻，輕聲勸道：「姑娘，雖說羅公子不錯，但跟武安侯爺比，還是差了一截，您……您不會選羅公子吧？」

夏衿盯著董方，直到把她盯得神色慌張，咬著唇低下頭去，再不敢看她，這才收回目光，冷冷道：「這件事，不是妳該操心的。」

「是，姑娘。」董方低頭應聲。

「出去。」

「是。」董方輕手輕腳地退了出去。

夏衿坐在那裡思忖片刻，這才端起茶杯飲了一口，放下茶杯時，目光堅定有神，似乎拿定了主意。

在外面累了一天，夏衿沐了浴，吃過晚飯便睡了，並沒有去羅夫人那邊給她把脈。

如果夏、岑兩家不準備議親，憑著夏衿對岑府的恩情，宣平侯老夫人完全可以把夏家新宅的家具、用品包下來，並叫下人辦理妥當，不讓她出一文錢。

可現在兩家既要結親，再這樣饋贈就不合適了。

得知夏衿挑齊了家具，第二日宣平侯老夫人便將她叫了過去。「妳爹娘上京，帶的下人恐怕不多，大家新來乍到，旅途勞累，也沒精力張羅各種物事。我這幾日已叫妳伯母把被褥、帳子、各色窗紗、簾子準備好了。妳等會兒去看看，如果感覺適合，我就叫下人去幫你們裝起來。家裡還有些多餘的杯盞碗碟，拿去用著，等你們空閒了，再添些合意的就是。」

這些東西並不值多少錢，但費的工夫卻大。而且宣平侯府家底厚，隨便拿出些東西都是極好的，夏衿拿著錢到街上買，也不一定能買到這麼好的。

這是既顧全了夏家的面子，又幫了大忙。宣平侯老夫人這體貼周全的行事風格，讓夏衿十分佩服。

她起身恭敬地行了一禮。「多謝老夫人想得周全，我代母親先謝謝老夫人。」

夏衿這大大方方的態度，最得宣平侯老夫人的喜歡。她扶起夏衿，按著她的肩膀讓她坐下。「妳是個有主意的孩子，在妳娘到之前，有一件事我便不得不先告知妳。」

夏衿抬起眼來，注視著宣平侯老夫人，心裡好奇什麼事讓她如此鄭重。

「羅夫人昨日去鄭家退了親。回來後，她來找我，託我給她作媒，欲聘妳為羅家媳。」宣平侯老夫人看著夏衿的眼睛，不急不緩地道：「不過，我拒絕了。」

夏衿愕然。

羅夫人託宣平侯老夫人作媒不奇怪，她奇怪的是宣平侯老夫人會拒絕這個請求，而且還把這事告訴她。

看到夏衿面露驚詫之色，宣平侯老夫人暗自點頭，又道：「當初曼姐兒出了事，我們第一個考慮的不是令兄，而是蘇慕閑那孩子。」

她嘆了一口氣。「不是我們覺得妳家門第低，而是閑哥兒那孩子的為人我們更瞭解一些，曼姐兒嫁給他，日子必然會過得舒坦；而嫁到妳家，畢竟要伺候公公、婆婆，妳父母和哥哥的為人，我們相處日淺，瞭解不深。妳是個明白孩子，想來我們做長輩的顧慮，妳能理解吧？」

夏衿點點頭。「我明白。」她抬起黑漆漆的眸子。「我只是不明白，老夫人您為何跟我說這些。」她就不怕夏家人心存芥蒂嗎？

「一來這親事是曼姐兒自己請求的，她直言要嫁給妳哥哥，你們知道此事只會對她更好，不會心存芥蒂；二來……」

說到這裡，她頓了頓，望向夏衿的眼神滿是笑意。「蘇慕閑那孩子拒絕了我們的提議，他說他心有所屬，不能娶曼姐兒。」

夏衿心裡一跳，臉紅了起來，她趕緊低下頭去。

「這也是我不給羅夫人作媒的原因。」宣平侯老夫人繼續道：「閑哥兒那孩子可憐，明明父母雙全，卻從小在寺廟長大。好不容易長大被接了回來，父親病死，母親和弟弟為了私心竟然派人追殺他。如今偌大一個武安侯府，只有他一個主子和十幾個下人。我啊，想起他就心疼。」

她伸出手，慈愛地撫著夏衿的頭髮。「這兩樁親事，妳到底是怎麼想的？說給我聽聽。雖說這事由妳爹娘作主，但羅夫人和閑哥兒跟我都關係匪淺，妳又是曼姐兒的小姑子，知道了妳的想法，我也好提前準備一下，免得鬧出不愉快來，大家都下不了臺。」

她本以為夏衿會感到嬌羞，一如其他女孩一樣；然而她僅是眉頭微蹙，直直地望著她，倒是讓宣平侯老夫人怔了一怔。

「對不住，老夫人。」夏衿黑白分明的清澈眸子裡，一片坦然。「我現在還做不出決定，或許說……」她頓了一頓，一字一句咬字清晰。「在羅公子平安回來之前，我不能做決定。」

她抬起頭看向別處，露出無奈的神色。「不知羅夫人跟您提起過沒有，羅公子是為了我，才去了邊關，他在邊關出生入死，我卻……」

她低下頭去。「我如果在這時候跟別人訂親，會良心不安的。」

宣平侯老夫人的臉上綻放出一個大大的笑容，眼裡的慈愛比剛才更盛。「我總算沒有看錯妳。」

她嘆了一口氣。「閑哥兒是我的姪孫，又是可憐孩子，所以我幫他說話；但騫哥兒一介書生，卻能上戰場，英勇殺敵，作為將門女人，我打心眼裡喜歡他、佩服他。兩個都是好孩子，妳選哪一個祖母都祝福妳，只是現在，確實不是談這個的時候。」

第九十七章

「我明白，謝謝老夫人。」夏衿感激道。

她終於知道宣平侯老夫人為何要插手此事了。她不是真的好奇她想要嫁給誰，而是因為羅夫人說明日就提親，宣平侯老夫人擔心她陷入被動，所以提醒她，讓她有個心理準備。

選蘇慕閑，會讓知情的人覺得她涼薄。畢竟羅騫是為了她才去邊關，那邊出生入死，浴血奮戰，這邊她卻跟別的男人勾勾搭搭，像什麼話呢？可選羅騫，在長輩們看來也是極不妥當的。因為誰也不知道羅騫在邊關會如何，如果死了，她就成了望門寡；要是殘了，她就得伺候他一輩子。

在回答宣平侯老夫人的時候，她倒沒想那麼多。如果她真的喜歡羅騫，非他不嫁，即便他殘了，她也願意照顧他一輩子；如果他死了，她也會為他守喪三年。所以宣平侯老夫人顧慮的，她從未考慮過。

可是她對羅騫的喜歡並未到那地步。因為擔心在感情上受傷害，她總是把自己龜縮在硬殼裡，感覺到羅騫的深情，她曾試探地把觸角伸了出去，想要嘗試愛一回。但隨即羅夫人反對，兩人成親的希望渺茫，她立刻就把觸角縮了回來，將感情抽離，在接下來的相處中，她始終很理智。

所以後來分手時，她並不覺得痛苦。

在其他事情上她殺伐決斷，但在感情上，她從來不是個勇敢的人。

而對於蘇慕閑，從以為他想娶她只是出於報恩，到感覺他是真心喜歡她，她這才認真考慮是否可以嫁給他。而這時候，羅夫人卻帶來羅騫為了她去邊關的消息……

她暗嘆一聲，收回思緒，站起來對宣平侯老夫人行了一禮。「如果老夫人沒什麼事，我就回去了。」

「去吧。」宣平侯老夫人也站了起來。「別發愁，有什麼要幫忙的儘管說，我可是一直把妳當親孫女看待的。」

「多謝老夫人。」

待夏衿的身影消失在院門口，裡屋裡才出來一個人，原來是事先躲在裡面的岑子曼。

「怎麼樣這下放心了吧？」宣平侯老夫人對她嗔道。

「放心？」岑子曼睜大眼睛望著自家祖母。「為什麼放心？她又沒選表哥。」

宣平侯老夫人搖搖頭。「旁觀者清，當局者迷。想來連她自己都沒明白自己的心。這段時間我觀察過她，明知給皇上治病，一旦治不好就會有殺身之禍，但她仍出手治了，而且治好後並不提要求，可見她是個俠義心腸、淡泊名利之人。如果她真想嫁給羅騫，戰場上的危險根本不在她的考慮之列。她是個聰明人，一定知道這時候答應羅家的親事，要比等羅騫功成名就後回來再答應要強，起碼羅夫人對她的態度會好很多。可見，她並不想嫁給羅騫。」

「那這麼說，她喜歡的是表哥了？」岑子曼喜道。

宣平侯老夫人搖搖頭。「這倒不一定。這孩子對待感情太理智，不是那等看到別人條件好，又願意娶她就動心的人。妳表哥想要抱得美人歸，還得繼續努力。」

「不管怎麼說，這對表哥來說也是個好消息。」岑子曼說著就要跑出去。「我寫信跟表哥說一下。」

「曼姐兒。」宣平侯老夫人一把拉住她。「這件事妳別插手。」

「為什麼？」岑子曼不樂意了。「我覺得她嫁給表哥比嫁給羅公子好。那羅夫人以前可是嫌她門第低，配不上她兒子，現在有求於她才對她好，往後成了親，還不知道怎樣對待她呢。」

「妳跟夏衿也相處這麼長時間了，應該知道她是個極有主意的人。跟誰成親、不跟誰成親，這件事還是讓她自己想清楚得好，否則以後夫妻倆不和睦了，她沒準兒會在心裡埋怨妳。畢竟妳以後是她嫂嫂，是一輩子都避不開的親戚，不比朋友，不喜歡了，可以少來往或是不來往。」

岑子曼嘟了嘟嘴，沒有說話。

「好好聽祖母的話！祖母還能害妳不成？」宣平侯老夫人拍拍她的手。

夏衿出了宣平侯老夫人所住的正院，正要去書房叫夏祁，好一起去夏宅看看，就聽岑府下人來報。「夏姑娘，夏老爺和夏太太到了，剛進大門。」

「啊？這麼早？」夏衿一陣驚喜。

從四十里鋪到京城雖不是很遠，坐馬車最多一個時辰，但進了城後還得再走半個時辰才能到宣平侯府，算算時間，她以為父母得中午才能到呢。

她忙轉了個方向。「我去迎迎他們。」

夏祁所住的外院離大門近，待她走到外面時，夏祁已跟夏正謙、舒氏一起往裡走，到了二門處了。

蕭氏聽得下人稟報，也迎了出來。

夏衿只得挽著舒氏的胳膊，聽她們寒暄。

「院子早已給你們準備好了。那個院子夠大，旁邊帶著兩個小院，如果祁哥兒和衿姐兒想要搬過去跟父母住，也是使得的。」蕭氏道。

「這個……」舒氏轉頭看向夏衿。

「不用了伯母。」夏衿笑道：「我們的宅子都收拾妥當了，擇日不如撞日，待我爹娘給侯爺和老夫人見了禮後，我們就一起搬到那邊去。」

早上羅夫人請宣平侯老夫人保媒的事，蕭氏也是知道的。如果夏家不允婚，夏家夫婦和羅夫人住在一個宅子裡，便多有不便。再說，她還想在丈夫出征前，把夏祁和岑子曼的婚事訂下來呢，夏家夫婦住在岑府裡，議親就不方便了，容易讓人誤會夏祁要入贅岑家。

「來日方長，我就不跟你們客氣了。」她爽快道。

宣平侯和世子都在軍營裡，家中只有女眷，但兩家馬上就要成為親家，此時也就不用避諱那麼多，蕭氏直接將夏家夫婦帶到正廳。

宣平侯老夫人早已得了下人稟報，到那裡等候著了。

雙方又是一陣見禮寒暄，夏家夫婦送上臨江土儀，這才到了蕭氏為他們準備的院子梳洗歇息，準備吃過午飯就去夏宅。

「爹、娘，我要跟你們說一件事。」夏衿待父母梳洗出來，便將岑家欲把岑子曼許給夏祁的事說了。「明日侯爺和世子就要出征了，老夫人想在他們出征前把哥哥和阿曼的婚事定下來，免得他們掛心，你們覺得呢？」

夏正謙和舒氏聽了又驚又喜，同時又覺得不可思議。

舒氏疑惑地問：「這事……真的能行？咱們家的門第，配不上岑姑娘吧？」

這可是侯府的嫡女呀！這樣的人會嫁給夏祁？他們倒不是說自家兒子不好，而是當初羅家不過是六品小官，就覺得夏衿只配給羅騫作妾，這巨大的反差，實在讓她不敢置信！

夏衿轉頭看了夏祁一眼，見他點了點頭，便將獵場上的事和彭家退親的事說了一遍。關乎夏祁的終身大事，這些事是不能瞞著夏正謙和舒氏的。

當然，彭家疑似謀反的話她沒有說。

聽完事情的始末，舒氏才鬆了一口氣，對夏祁道：「雖然岑姑娘訂過親，又是這樣才嫁給你，但可不許你看輕了她。金尊玉貴的侯府大小姐，即便退了親，名聲受損一些，但過了這陣風聲，再為她選一門門當戶對的好親事，是不成問題的。她能答應嫁給你，岑府上下也同意這門親事，絕不是情勢所逼，而是他們看重你，你可要好好對待她，要是讓我知道你有一點輕慢之心，我是饒不了你的。」

夏祁唯唯稱是。

廊下，靜立著的一個婆子輕輕下了臺階，往宣平侯老夫人院裡去。

夏衿好不容易等舒氏從夏祁的婚事上平靜下來，準備跟她說說羅夫人提親的事，好做個防備，沒承想還沒開口呢，就聽到丫鬟進來稟道：「羅夫人聽聞夏老爺、夏太太到了，便說過來看一看，不知夏老爺和夏太太是否方便？」

「羅夫人？」舒氏和夏正謙面面相覷。

「怎麼了？」夏衿見他們表情怪異，忙問道。

「妳上京沒兩天，羅夫人就衝到家裡來，說羅公子留書離家，去邊關從軍了。她問妳在哪兒，我們告訴她妳被宣平侯老夫人接到京裡來了。沒過幾天，她便也上京了。」舒氏說著，關切地看著女兒。「怎麼，她到了京城一直住在宣平侯府？她對妳有沒有怎麼樣？」

夏衿聽出這話裡透露出來的資訊，問道：「她那天到家裡去，是不是又對你們惡言相向了？」

舒氏嘆息道：「她就這麼一根獨苗，看得跟眼珠子似的。這一下去了邊關，死生難料，情緒激動在所難免，都是做母親的，我能理解她的心情。」

她說著，試探地看向夏衿。「怎麼聽羅夫人說，羅公子去邊關，是為了妳？」

說起這事，夏衿頗有些煩躁。這「為了她」三個字，跟一座大山似的壓在她的心口，要是羅騫在戰場上有個三長兩短，這座山就得壓她一輩子。

在她看來，羅騫去邊關，並不全是因為她，有很大一部分原因是羅夫人強迫他接受鄭家的親事，但這話她不能說，否則就是沒良心。

「您還是趕緊讓丫鬟回覆羅夫人吧，她還在那邊等著呢。」她避而不談。

都是臨江來的，又同在一座宅子裡，一會兒吃飯沒準兒還會碰面。羅夫人既傳話拜訪，夏家自然沒有拒絕的道理。

「讓她過來吧。」舒氏對丫鬟道。

趁丫鬟去傳話的工夫，夏衿趕緊把羅夫人來京後的事揀要緊地說了。「她大概認為只要咱們兩家口頭把親訂下來，就代表了她的誠意；到宣平侯爺把這消息傳過去，羅騫就會高興地回來成親，所以急著在侯爺出征前把親議定。她現在急急來拜訪，沒準兒就是說這件事。」

「那妳的意思是……」舒氏看著女兒。

現在她生活順遂，唯有一雙兒女的婚事讓她操心。一進京就聽到岑子曼這麼一個大喜訊，這會兒如果夏衿的親事也議定，那真的算得是雙喜臨門了。她這一輩子，就沒有什麼不滿意的了。

羅騫能為女兒去邊關，這一舉動立刻就擄獲她這丈母娘的心。夏衿要是願意嫁給羅騫，即便羅夫人這個婆婆不好，她也會同意這門親事。

「您就說長幼有序，總得待哥哥議了親，才輪到我，這事不著急。」

舒氏明顯一愣，夏衿這話說得委婉，但拒絕的意味很濃。

待要問清楚她是怎麼想的，門簾一掀，一個丫鬟進來稟道：「太太，羅夫人已經到了，岑府的丫鬟引她去了偏廳。」

舒氏只得起身，整了整衣衫，去了偏廳。

夏衿才得空閒，跟夏正謙聊了聊別後情形，給皇上治病的事，對於別人是秘密，但在親人面前，夏衿並不想隱瞞，否則御賜的宅子和田地就說不清來源。

「蠱毒？」夏正謙聽了，大吃一驚，上下打量夏衿，彷彿不認識這個女兒似的。「連蠱毒妳都能治？妳那個師父還真是厲害！」

「嗯，是挺厲害。」夏衿附和一聲，又把邵家的事跟夏正謙說了。

「不管是不是妳師父的家人，至少他們忠君愛國，又是被人陷害的，妳幫他們一把，也是應該。」夏正謙說著，心裡無限感慨。

在夏衿顯露了她的醫術後，夏正謙便知道自己這個女兒不凡。但他以為夏衿最多會在臨江成為名醫，從未想過她能來京城給皇上看病，連御醫都束手無策的病也治好了，還得了許多賞賜。小小年紀，以區區女兒之身，卻做了許多男人終其一生都做不到的事情，有女如此，夫復何求？

「祁哥兒，你這段時間有沒有鬆懈？」他關心起兒子來。

夏衿原以為舒氏和羅夫人的談話會比較久，怎知道舒氏只出去了一盞茶工夫，就回來了。

一進門，她就對夏衿道：「羅夫人過來什麼都沒說，只問了一下途中是否順利，聊了一會兒臨江的事，然後留下兩包燕窩她就離開了。」弄得她很莫名其妙。

「她不提最好。」夏衿倒鬆了一口氣。

因夏正謙和舒氏兩人旅途勞頓，岑府的午飯並未鋪張。夏正謙由岑子曼的大哥接待，把飯開在外院；舒氏則跟岑府女眷、羅夫人一起在內院吃飯。

「你們要結為親家？」羅夫人在席上聽到蕭氏和舒氏談話，得知岑家要把岑子曼嫁給夏祁，不由得大吃一驚，說話都不索利了。「這、這怎麼可能？」

「這有什麼不可能？」宣平侯老夫人淡淡地看她一眼。「我們家可沒有門第之見，只要孩子好，比什麼都強。」

羅夫人總覺得宣平侯老夫人這句話是在敲打自己，她臉上火辣辣地有些發燒。想起岑子曼和夏祁，再想想羅騫和夏衿，她暗自嘆了一口氣，心裡頗為後悔。夏祁能娶岑子曼為妻，在門第上就不能算寒微人家了。要是當初她能答應羅騫娶夏衿，現如今就能跟岑府成為實在親戚了；最要緊的是，兒子也不會跑到邊關去，生死不知……

「老夫人、老夫人……」一個丫鬟嘴裡嚷嚷著跑了進來。

宣平侯老夫人放下箸子，斥道：「有話好好稟，慌慌張張的做什麼？」

丫鬟連忙行個禮。

「什麼事？」宣平侯老夫人這才問道。

「侯爺讓奴婢來給老夫人和夫人報個喜訊，說邵將軍一家已進京了。」

「真的？」宣平侯老夫人很是驚喜。「他們現在在哪兒？」

「已入宮面聖去了。」

第九十八章

舒氏不知邵家是什麼人，她也不關心，見宣平侯老夫人這邊有客人要來，她吃過飯後，就要告辭離開。

宣平侯老夫人也知道，夏衿對邵家的大恩，不是輕飄飄一聲「謝謝」就能報答的。邵家的人即便是回來了，也得先梳洗一番，然後帶上禮物，登門拜謝，才顯得尊重，以後更是要把夏家當親戚來往，方是正理。所以她也不挽留，讓蕭氏和岑子曼送舒氏到了大門口，跟夏正謙和夏祁會合。

「娘，我送夏太太和阿衿她們過去吧？」岑子曼捨不得跟夏衿分開，悄悄跟蕭氏耳語。

蕭氏瞪了她一眼，轉頭對舒氏笑道：「我們就不多送了，待明兒你們安頓好了，我們再去府上拜訪。」

目送夏家的馬車離開後，她才得空訓斥女兒。「妳的親事，咱們兩家都議定了，只等擇吉日下聘禮。這時候妳不避避嫌，還跟著一起去夏家，就不怕別人嚼舌根呀？」

岑子曼嘟了嘟嘴。「哪怕我什麼都不做，外面還不是有流言？阿衿在我這裡住那麼久，我都習慣跟她在一起了，她這一走，我心裡空落落的，一個人待著好沒意思。」

蕭氏瞅了瞅女兒，臉上似笑非笑。「要不快些把妳嫁過去，以後妳就跟她又住一個宅子了？」

岑子曼臉上飛起兩朵紅雲，跺著腳道：「哎呀，人家跟您說正經事，幹啥打趣人家！」說著轉身飛快地跑了。

「唉，女大不中留啊。」蕭氏在後面慢悠悠地嘆了一口氣。

跟在她身後的趙嬤嬤湊趣地接話道：「也是姑娘選了個好人家，即便出嫁了，夫人也不用擔心。那夏家太太一看就是個極和善的；小姑子又跟姑娘好得跟親姊妹似的；夏公子也一表人才，性情溫和，對姑娘也極好。姑娘出了嫁，也必是跟在娘家差不多。」

這話蕭氏十分愛聽。「今天見到夏家夫婦，我就一直感慨曼姐兒是個有福氣的。彭家是個大家族，還是個書香門第，最是迂腐講規矩，曼姐兒的性子既直又憨，去了彭家，暗地裡還不知怎麼遭罪呢。夏家人口簡單，關係又和睦，再合適曼姐兒不過了，她這也算是因禍得福。」

「是啊是啊。那夏太太說話細聲細氣的，對我們下人都極和氣呢。有這樣的婆婆，姑娘只是多一個人疼愛而已……」這些管事嬤嬤們一路奉承著，陪著蕭氏進了二門。

菖蒲和薄荷是跟著舒氏一塊兒來的，不光她倆，連她們的家人也一塊兒來了。先前夏衿忙著跟父母說話，忙著陪母親跟宣平侯老夫人見禮寒暄，直到上了馬車，才有空跟兩個丫鬟說話。

「姑娘，這是羅公子託奴婢給您帶的信。」菖蒲見車廂裡除了夏衿和薄荷，再沒別人，從懷裡掏出一封信，塞給夏衿。

夏衿怔了一怔，這才接過信拆開來，將信紙展開。

衿兒惠鑒：

忽聞汝上京，晴天霹靂，如失魂矣。混沌幾日，終決定上邊關投軍。如吾勝歸，或能達成心願，與汝有再重聚日。望善自保重，至所盼禱。

騫頓首於燈下。

信寫得很短，寥寥幾語。裡面沒有情深似海，沒有海誓山盟，但夏衿卻讀出了隱藏的無奈。

他這封信寫在她上京後，那時羅夫人已為他訂下鄭家女，他作為已有未婚妻的男子，不能對她再傾吐相思，也不能跟她立下盟約，讓她等他歸來。所以只能寫這麼些話語，傳達深藏在心底的情意。

她深深地嘆了一口氣，慢慢地將信紙撕碎，再裝進信封裡，遞給菖蒲道：「一會兒把它燒了。」

菖蒲驚得目瞪口呆，口吃地道：「姑、姑娘，為什麼把它撕了？」

「留著它做什麼？被人發現又是一場麻煩。」夏衿淡淡道。

菖蒲張了張嘴，想要說些什麼，最後無言以對。

可不是？夏衿是個未婚的年輕姑娘，身上留著一個男子的信，這算怎麼一回事呢，要是被人知道，她的名聲還要不要？不要說羅騫能不能回來娶自家姑娘還是未知，即便他倆真能終成眷屬，這種私相授受的行為，也是個把柄，以後婆媳不和，沒準兒羅夫人就會拿來羞辱自家姑娘一番。

「姑娘，奴婢……」菖蒲羞愧地低下頭，嘴裡囁嚅著不知該說什麼。

「行了，我又沒怪妳。」夏衿拍了一下她的肩膀。

她當然知道菖蒲為何如此。小姑娘對愛情總是懷著滿心的幻想憧憬，當一個男人為了個女人，不惜拋卻一切，上邊關殺敵，聽起來是那麼令人感動；即便是心冷如她，在聽聞這個消息時，不也深深動容，有過一時的徬徨動搖嗎？

在菖蒲想來，她跟羅騫只是因為羅夫人的反對才不能在一起，如今羅騫為了她上了戰場，她定然會感動得痛哭流涕，發誓一定要等他回來；即便他不能回來，她也會抱著他的牌位與他成親，這才是完美的愛情故事，不是嗎？

王子與公子結婚了，但這不是結局，僅僅只是故事的開始。

為了她，羅騫一怒之下去了邊關。可是這一去之下，他會不會後悔、會不會內疚、會不會擔心母親呢？答案是肯定的吧。

既對母親愧疚，若他們成了親，一旦她跟羅夫人有衝突，他定然會勸她多忍忍，不要跟長輩計較吧？理由是——他都為了她上戰場，她就不能為了他多忍忍，包容他的母親嗎？

小事忍忍，大事呢？一次忍忍，兩次、三次呢？

她重活一遍，不是來伏低做小、委曲求全的。

快意恩仇，才是她的風格。

話說到最後，仍是那一句——她對羅騫，當初僅僅是心動，還沒情深到不能自拔，非他不行的地步。

看菖蒲仍是不安，她乾脆換了個話題。「對了，董岩一起來了沒有？」

「來、來了。」菖蒲說話仍不索利，說完這句話，臉竟然還紅了起來。

「呃。」夏衿一愣，隨即似笑非笑地看著菖蒲。「莫非我不在臨江的日子，妳跟董岩發生了什麼事不成？」

董岩跟菖蒲？以後一個在外幫她打理生意，一個在內幫她管家，再好不過了。

菖蒲的臉頓時紅得要滴出血來。

薄荷見狀，在一旁邊咧嘴笑道：「不是在臨江，而是在來京的路上。姑娘您不知道，路上董公子病了，菖蒲姊姊……」

「啊，妳不說話沒人把妳當啞巴。」菖蒲不敢對夏衿怎樣，但對薄荷卻沒那麼多顧忌，撲上去就去摀她的嘴，臉上的紅暈都蔓延到耳根去了。

夏衿剛剛因羅騫的信帶來的一點鬱卒，被這消息一下驅散到九霄雲外了。她在一旁笑道：「菖蒲，妳要真對他有意思，趕緊來求妳主子我呀。我心情一好，沒準兒就把妳指給他了。」

「姑娘，您也來取笑奴婢。」菖蒲一向穩重，現在被夏衿臊得直跺腳，一副小女兒嬌態。

三人正笑鬧著，車窗被人敲了兩下，夏祁的聲音在外面響起。「妹妹，到了。」

大家這才發覺馬車不知何時已停了下來。

「走吧，回家。」夏衿起身，率先下了馬車。

以往總緊跟著的菖蒲這一會兒卻沒有下來，而是在車裡磨磨蹭蹭了一陣，這才下了馬車，下車時，臉上的紅暈還未褪去。

偏董岩下一刻就過來了。「董岩給姑娘請安。」

夏衿瞥了菖蒲一眼，見她的頭快要低到胸口了，再看董岩行完禮後，目光不自覺地朝菖蒲看了一眼，她心裡暗喜，面上卻絲毫未顯，對董岩道：「剛才在岑府，都沒能第一時間見到你，想來你已從你妹妹口中知道許元經那事了吧？」

得知董岩也跟著一起來了，在夏正謙和舒氏進門後不久，夏衿就遣了董方去見董岩，讓他們兄妹團聚。

董岩一聽這話，顧不得這裡是夏家新宅大門口，一掀衣襬就跪了下去，給夏衿扎扎實實磕了三個響頭。「姑娘的大恩大德，董岩沒齒難忘。董岩也無什麼本事，只學得一點陶朱公之術，願一輩子為姑娘盡犬馬之勞。」

「快快請起。」夏衿示意了一下，旁邊的男僕趕緊將董岩扶了起來。

舒氏走了過來。「先進門吧。有什麼話，進去再說。」

夏衿看到對面的鄭家已有下人探頭探腦，連忙道：「走吧，先進去。」

一家子一起進了門。

原先夏衿還擔心家中東西不齊全，舒氏來了之後還得再勞累，沒承想進去一看，各處的被褥、帳子、窗紗、桌布，全都置辦好了；房裡的花瓶、茶壺、茶杯，廚房的碗碟筷子、鍋碗勺盆也都不缺；甚至書房裡的多寶格都放滿擺設，文房四寶、鎮紙、筆筒色色齊全。要不是昨天晚上搬家具時她進來看過一遍，絕對想不到這些東西是岑府下人在一個早上佈置妥當的。

舒氏進門就已被這宅子的大小震住了，待得進了正院，看到她住的屋子外間，迎面的朱紅漆條案上，擺著一個三足獅鈕纏枝花卉鎏金銅胎掐絲琺瑯薰爐，旁邊是一個天青釉暗刻紋雙耳瓶，紫檀木八仙桌上，放著一套精美的霽藍票口六棱底瓷壺、瓷杯，薰爐裡還幽幽地燃著味道清淡的檀香。

「這、這也是御賜的？」她的聲音都帶著些許顫抖。

「不是，這是宣平侯老夫人、世子夫人讓人送過來，並在今天早上一一佈置起來的。」夏衿道：「這院子也是岑府叫人來修繕的，原來長時間沒人住，都荒廢了；等修繕好，昨天我才跟哥哥去買了家具，各處的小東西和被褥、帳子等，都是岑府的。」

「那怎麼好意思？」舒氏向來不願意占小便宜，一聽這話就渾身不自在，又捨不得責怪女兒、兒子，便自責道：「我們就應該叫幾個下人先來，幫你們把家裡佈置一下的。都是娘考慮事情不周全，唉，倒累得岑家出物又出力，這欠下的情可怎麼還。」

夏衿勸道：「以後阿曼嫁進來，您對她好一些就是了，這些個錢財，沒必要斤斤計較。」

見舒氏還是有些不安，她又道：「娘，阿曼嫁了哥哥，以後咱們接觸的可就不是小門小戶人家了。那些貴夫人、貴女，最講究的就是面子，錢這東西，在她們眼裡就是俗物，幾兩、幾十兩甚至幾百兩銀子，她們還真看不進眼裡，如果太過計較，會被人笑擺脫不了窮酸小家子氣。咱們如今也有錢了，您還要娶宣平侯府的嫡孫女為媳，以後處事可得大氣一些，私下裡咱們該怎麼著還怎麼著，但面上可得裝著毫不在乎，也學一學她們裝模作樣。」

舒氏被她說得笑了起來，伸手擰了擰女兒的臉頰。「妳這促狹鬼，什麼話到了妳嘴裡就變了樣。」

夏正謙在一旁見妻子跟女兒說說笑笑，兒子站在一旁，玉樹臨風，只兩個月不見，就有了一股說不出的清貴之氣。他撫著鬍鬚，含笑不語，心裡有說不出的暢快。

舒氏是主母，即便旅途勞頓，也不得歇息。她得給下人們分派院子，指揮他們出門採買，好讓這一家子十幾口人接下來有熱水用、有飯吃。

「太太，廚房的菜都極齊全，雞鴨魚肉，各色菜蔬，燕窩、香菇等乾貨，應有盡有。乾柴也堆得高高的，夠燒一個月了。」管廚房的婆子來報。

舒氏正要說話，就聽守門的下人來稟。「老爺、太太，有幾個姓邵的客人前來拜訪。」

「姓邵？」舒氏疑惑地望向兒女，她以為這客人是衝著兒子或女兒來的。

在宣平侯府吃飯時聽那一耳朵，因事不關己，她都沒怎麼在意，根本沒想到這邵家人就是去宮裡見皇上的那些人。

沒承想夏正謙微微驚訝了一下，接著很淡定地對下人道：「請他們到正廳。」

下人答應一聲退下了。

夏正謙站了起來，對舒氏和夏衿道：「一起去吧。」

舒氏越發疑惑。「一起去？為什麼？」她看看兒子，又看看女兒，不明所以。

平時有客人來，自然是男客由男主人在外院接待，女客由女主人在內院接待；除非是家中至親，否則沒有女主人攜女兒去招呼外男的道理。

「衿姐兒對邵家人有大恩，人家是專門來感謝她的，妳陪她一起出去，會好一些；再說咱們小戶人家，沒必要裝豪門貴族，不必拘泥於規矩。」

舒氏被這番話說懵了。要知道，剛才夏衿才說了一番大道理，就想讓她裝得貴氣一些，一切規矩都照著豪門大戶來；現在丈夫卻這麼說，她就不知該聽誰的了。

夏衿對父親這話也有些訝然。

在她的印象裡，夏正謙是最重規矩的。當初她女扮男裝出門，夏正謙答應得可是十分勉強。

夏正謙看了夏衿一眼，對舒氏道：「妳要真按豪門大戶的規矩來，衿姐兒就得整天關在家裡，不能出門。咱們的女兒，是那天上的飛鷹，豈可被關在家裡做那籠中鳥雀？所以這事妳要靈活，該講規矩的時候就講規矩，不該講規矩的時候也不必拘泥。」

丈夫這麼一解釋，舒氏就釋然了，很贊同地點頭稱是。「還真是這樣，咱們女兒比別家的男子都強百倍。」能得皇上和太后賞宅子、田地的，能有幾人？

不過說完這話，她擔心夏祁多心，又趕緊補一句。「咱們祁哥兒也不差，小小年紀就中了秀才，往後當侯爺那樣的大官，也不是沒有可能。」

夏衿正因父親的話而心暖呢，就聽母親說了這麼一段話，不由得噗哧一聲笑了起來。「侯爺是爵位，不是官，那是因跟皇家有親或有大功勞，由皇上封賞並可以世襲的，就跟王爺一樣。」

「那不管，反正我兒子也是很能幹的。」舒氏難得固執了一下。

夏祁被母親誇得臉色脹紅。「還是趕緊去正廳看看吧，要誇您兒子、女兒，等有空了再誇。」

一家人笑了起來。

第九十九章

大家一起往正廳走去。

正廳設在第二重院落，離內院較遠，他們到時，邵家人已在廳裡坐著了。

進了門，夏衿怔了一怔。她自然知道來拜訪的邵家人就是她幫著求情的那一家，不過想著來道謝的應該只是邵家主事之人，沒承想她竟然看到了男男女女、大大小小十幾口人。年紀最大的六十多歲，最小的才兩、三歲。

夏正謙進了廳堂，還沒看清楚人，臉上就堆起笑容，拱手見禮。「迎接來遲，各位見諒。」

然後就看到滿屋子人變得一臉呆滯，剛才還說說笑笑十分熱鬧的屋子，瞬間一片寂靜。

「各位這是……」夏正謙茫然地打量了屋裡人一下，隨即看向一個六十來歲的老頭。

這老頭站在上首座位前面，身上穿的衣衫雖不華貴，人卻精神抖擻，目光炯炯有神，站在那裡不動、不說話，自有一種威嚴之氣，讓人不能忽視。

這人應該是邵家家主了。

發現屋裡忽然一片寂靜，正背對大家欣賞牆上一幅書法的中年男子轉過身，看到夏正謙，不由得「咦」了一聲，快步走到近前，站到他面前，仔細打量。

這一下，輪到夏家人呆滯了。

這人長得……跟夏正謙簡直是一個模子刻出來的。如果不是衣服不同、氣質也有些差異，走在街上，夏祁和夏衿都能把他當成自家老爹。

莫非……一個念頭忽然跳進夏衿的腦海裡。

而那邊，站在老頭旁邊的老太太顫抖著聲音問道：「你……你……你可是姓邵或姓秦？」

見夏正謙仍跟那中年男子正對著發呆，母親和哥哥也沒反應過來，夏衿便應道：「秦？不是，我們姓夏。」

「夏？」老太太呆了一呆，轉過頭去望向老頭。「老頭子，怎麼會是姓夏？」

老頭沒理會她，而是對夏正謙比劃道：「你爹是不是這麼高，大大的眼睛、高高的鼻梁，左邊鼻翼上還有一顆痣？」

夏正謙已被舒氏推醒，反應過來，搖搖頭道：「不是。我爹中等個子，眼睛不大，鼻子上也沒有痣。」

「不是？」老太太彷彿被人打了一拳似的，搖搖欲墜。

旁邊一個婦人趕緊扶住她，安慰道：「娘，夏老爺跟相公長得如此相像，不會不是的，也許秦伯伯只是將小叔託給別人來養。」

老太太聞言，眼睛立刻恢復了神采，她急急又問：「那你身上有沒有一塊玉珮？上面刻著這麼個形狀。」她伸出手比劃了一下。

也不知是太過激動，還是圖案抽象，老太太比劃了半天，夏衿也沒看出她比劃的是什麼東西，不過玉珮卻是有的。

舒氏早已喊了起來。「有的、有的，我家老爺有一塊玉珮。」說著推了推夏正謙。「你把玉珮拿出來給老太太看看。」

夏正謙從懷裡掏出一塊玉珮，捧到老太太面前。

老太太死死地盯著玉珮，眼淚卻像斷了線的珍珠，一滴滴落了下來。

而一直強裝鎮定的邵老頭，這會兒也忍不住了，顫抖著手接過玉珮，看了看，抬起頭來時，眼裡的淚水也流下來了，對著夏正謙喊了一聲。「我的兒，我找得你好苦啊。」一把將他抱住，嚎啕大哭。

其他人都不停地抹淚，那個跟夏正謙長得一模一樣的男子，卻沒跟著大家一起流淚，而是呆呆地看著夏正謙，似乎要從他臉上看出花來。

「我、我真是你兒子？」夏正謙也沒有流淚，他僵硬著身子立在邵老頭的懷裡，望著邵老夫人，嘴裡結結巴巴地問道，眼裡是既渴望又不敢相信的目光。

他是渴望母愛的，否則不會被老太太虐待那麼多年依然孝順她，後來聽到老太太說他的生母是青樓女子，他那段時間幾乎把從青樓裡出來的年老女子都訪了個遍，卻一無所獲。沒承想，在踏入京城的第一天，他竟然找到了自己的親生爹娘。

「是，你是我兒子！」老太太流著淚道：「我當年剛剛生了一對雙生子，結果有人報信，說有人告我們叛國，皇上馬上就要派人來捉拿我們。這是重罪，會被滿門抄斬。你爹說要留個邵家的種，到時候對外說我只生了一個孩子，於是就讓個忠心的下人秦林生抱了你逃了出去。
「後來岑毅他們幫著求情，太后也在旁邊幫著說話，說證據不足，不能服眾，會寒了許多將士的心，先皇才將抄斬改成了流放。聽到消息，我們讓人四處尋找，都沒找到秦林生和你，沒奈何，只得去了北邊。」
「那、那我怎麼又被夏家人收養了？」夏正謙已完全相信了，但心裡還有疑問。當然，這句問話不是問邵家人，而是自言自語。
畢竟夏老太爺對他不錯，甚至有時比對夏正慎、夏正浩還好。正因如此，他從未懷疑自己不是夏老太爺親生的。
「或許是秦林生死了，將你託付給你養父。」老頭抹了抹眼淚，慢慢平靜下來。「不管怎麼說，有玉珮在，你就是我邵玄霖的親生兒子。」
「邵？我姓邵？」夏正謙一臉呆滯，喃喃自語。
這消息實在太不可思議，他一下子接受不了。
邵老夫人見狀，直接將那跟夏正謙長得一模一樣的中年男子拉了過來，含著淚道：「看，這就是你的雙生兄弟，看他跟你長得一模一樣。」
她抹了一把眼淚。
「我們秦家歷來有雙生的遺傳，我跟我姊姊就是雙胞胎，我父親，跟我姑姑也是一胎所生。」
聽到這話，舒氏的眼淚洶湧而出。她轉過頭，淚眼婆娑地望向夏祁和夏衿。

雙胞胎往往有遺傳的因素，身為醫家人的夏老太太也知道這一點，在舒氏生下龍鳳胎後，夏老太太沒少拿這話挑撥他們夫妻關係，話裡話外都說她不守婦道。好在夏正謙相信她的人品，待她如故。夏老太爺也訓斥了幾次，老太太才不說這話。

但她心裡始終有一根刺。因夏祁和夏衿跟夏正謙並不相像，倒是鼻子、下巴像她多一些，那雙如墨一般的大眼睛，卻是她和夏正謙都沒有的。她都絕望了，以為再也沒有能證明自己清白的那一天，沒承想，原來夏祁、夏衿那雙眼睛不像夏正謙，而是像祖母。

扶著邵老夫人的中年婦女注意到舒氏的激動，順著她的目光朝夏祁、夏衿看將過來，緊接著就是激動大喊。

「娘，您看，這兩個孩子的眼睛跟您的一模一樣！」

她這一喊，大家的目光就落到夏祁和夏衿身上。

邵老夫人走過來，用那雙滿是皺紋的手捧著夏衿的臉，看了看，眼淚又流了下來。「孩子，我是妳祖母啊，親祖母。」

夏衿的身體裡住著異世的靈魂，對於家族、血緣沒有太多的認同感。她之所以對夏正謙和舒氏、夏祁有感情，還是相處出來的情分，所以她跟那些邵家媳婦一樣淡定。邵家人能不能得到她的認同，依的不是血緣，而是他們的處世態度與性格，這些還得在以後的相處中認證。

但饒是這樣，她眼裡依然含著淚花——她是為夏正謙高興。夏老太太對夏正謙的傷害、夏正謙在青樓附近四處尋找生母，她都看在眼裡。如今能認祖歸宗，她真的替父親高興。

聽到邵老夫人這句話時，她含著熱淚清脆地喊了一聲「祖母」。

「唉。」邵老夫人高聲應了一聲，緊接著又看向夏祁。

「祖母。」夏祁不用提醒，對邵老夫人喊了一聲，然後又轉過頭，對邵老太爺叫一聲「祖父。」

邵老太爺一大老爺們，戰場上出生入死的錚錚漢子，被夏祁這一聲喊得眼淚漣漣。而那頭，已有邵家媳婦提醒夏家下人了。「快拿蒲團來。」

下人就很快將蒲團拿來了，邵老太爺拉著老妻坐到正位上，等著兒子、媳婦和孫子、孫女給自己行禮。

夏正謙和舒氏先上前，給兩位老人磕頭行禮；他們起身後，夏祁和夏衿也上前行禮。待夏祁和夏衿起身後，邵老太爺又叫四人跟其他的邵家人見禮，並一一介紹各自的身分。

邵家長子叫邵恒定，比夏正謙大三歲，娶妻郭氏，育有四子兩女；兒子都在北邊娶妻，女兒也嫁在了北邊。

夏正謙的雙生兄弟叫邵恒國，是邵家次子，娶妻楊氏，育有三子三女。他雖跟夏正謙同歲，但夏正謙成親晚，舒氏又被夏老太太害得流過產，所以邵恒國的子女都比夏祁、夏衿大。兒子俱已娶妻；最小的女兒比夏衿大半歲，雖未嫁，卻已跟北邊的人家訂了親，明年便要嫁人。

邵老夫人剛生下雙生子後，就逢大變遭流放，月子沒坐好，又去了極寒北地，此後沒能再生孩子，老夫妻倆只得這三個兒子。

夏衿聽了，暗自抹汗。

饒是如此，她現在就有兩個伯伯、兩個伯母，八個哥哥（包括夏祁）、五個姊姊，姪兒、姪女十二個，外加外甥、外甥女七個；要不是四個姊姊都嫁在北邊，沒有跟夫婿、兒女一起回來，這屋子恐怕都要站不下。

這還是老太太生得少、邵家男人也沒有納妾的關係，要是邵家沒發生變故，一直順遂，這還得了？

能生雙胞胎的人太可怕了，生個三回，能抵別人生六回。

待一屋子人鬧烘烘地各自行禮，終於消停之後，邵老太爺便看向夏衿。「妳是衿姐兒？」

「是的，祖父。」夏衿站了出去。

邵老太爺扶著椅子扶手站了起來，走到夏衿面前。「本來老夫要給妳行個大禮的，但如今成了妳祖父，這禮便不好行了，恐折了妳的壽。妳沒吃邵家一口飯、沒用邵家一文錢，卻救了邵家；即便現在成了邵家孫女，這份恩情，我們全家都銘刻在心。現在，便讓妳幾個哥哥代祖父和伯伯們行禮道謝吧。」

說著，他便抬手示意了一下。

邵家跟夏衿同輩的七個哥哥都站了出來，排成兩排，就要跪下行大禮。

夏衿嚇了一跳，連忙躲到舒氏後面。

「使不得、使不得，我也沒做什麼，就是順嘴兒跟太后她老人家提了一提。全是太后仁慈，皇上英明，沒我什麼事，不必如此。」

夏正謙和舒氏也道：「她年紀小、福氣薄，可受不住這個。」連連幫她推辭。

邵老太爺也沒辦法，對七個孫兒一揮手，讓他們退下，又道：「剛才我們進宮面聖，皇上不光賜還了咱們邵家被抄的家產，另外又賞賜了黃金二百兩、田地三百畝。那就將所有的家產與賞賜拿出一半來，作為衿姐兒的嫁妝，剩下的，我和老太太百年後，再由你們三房平分，你們覺得如何？」

他話聲一落，大伯邵恒定便道：「孩兒沒有意見。」

二伯邵恒國也立刻跟上。「我也無異議。」

七個孫輩想來是訓練有素的，拱手齊聲道：「孫兒們也無異議。」

這幾聲都聲音洪亮，中氣十足，尤其是後面那一聲，差點要把屋頂掀起。

邵老太爺卻對這響亮的應聲極為滿意，也中氣十足地高叫一聲。「好！」

轉過頭來，他對夏衿道：「妳不願意讓哥哥們給妳下跪，這些個身外之物要是再推辭，祖父可就不高興了啊！」

邵老夫人也慈祥道：「衿姐兒，妳就收下吧。妳伯伯、哥哥們雖不是冠世之才，但憑本事，餬口養家是不成問題的，妳祖父如此安排，也有不讓他們因衣食無憂而太過安逸之意，妳就不要再推辭了。」

「這錢我不要。」夏衿態度十分堅決。「錢不留予我自己的祖父、祖母、爹娘、哥哥，難道還要帶到別家去養外人嗎？祖父，您報了恩，心裡倒舒坦了，孫女我就得被世人詬病，罵我不孝；哪怕我帶著再多錢財出嫁，夫家也會鄙視我，覺得我人品低劣。祖父您說說，人品與錢財，哪樣更貴重呢？」

七個哥哥、一個姊姊見她這樣跟邵老太爺說話，私下裡都為她捏了一把汗。邵老太爺年紀雖大，又飽受磨難，卻仍保留著軍人剛直暴躁的性格。他決定的事，在邵家向來是沒人反駁的，否則就操練得你幾日下不了床，即便女孩也不例外。

幾人都不忍直視側過頭去，等著祖父對新認的妹妹咆哮。

沒承想，邵老太爺聽了那話，竟欣慰地哈哈大笑起來。「好，好孩子，真不愧是我邵家的種！這麼一大筆錢財，任誰都要猶豫思量，這孩子眼睛都不眨一下，就直接拒絕，還能道出其中的利害關係。好啊，好！這份視金錢如糞土的高潔，這份明白事理的聰慧，難怪眼高於頂的岑家嫂子也要對妳讚不絕口，實在是個好孩子！」

饒是夏衿臉皮厚，也被這話誇得兩頰緋紅。

「行了。」邵老太爺將手一揮。「妳現在還未出嫁，嫁妝的事以後再說，到時候我說給多少就給多少，現在……」

他將目光轉到夏正謙身上，問道：「你養父可有兒子？對你可好？」

「有的。」夏正謙明白這是要給他正名，回道：「我在夏家有兩個兄長，大哥夏正慎、二哥夏正浩，我在那個家排第三，先養父給我起名叫夏正謙。他從未說過我不是他親生的，對我比兩個哥哥還要好。」

邵老太爺捕捉到了那個「先」字，連忙問：「怎麼？你養父去世了？」

「去世六年了。」夏正謙道。

「那你養母……」

「養母也去世了。」

第一百章

邵老太爺點點頭，轉頭看了邵老夫人一眼，然後對夏正謙道：「你是邵家子，這一點毋庸置疑。如果你顧念著養父、養母的恩情，想要繼續姓夏，我跟你母親也沒意見；如果你覺得養父母的恩情可以用別的方式報答，那就擇吉日，認祖歸宗，把名兒改過來。當年我的志向就是定國安邦，生的兒子，也打算用這四個字命名，所以你大哥叫邵恒定，二哥叫邵恒國，你呢，則叫邵恒安。可惜你沒有弟弟，那個邦字沒機會送出去。」

夏衿聽到這裡，不由得抿嘴一笑。這邵老爺子，說話還挺有趣的。

邵老太爺繼續道：「這事不急，你可以慢慢想。如果你不好拿主意，待京中之事安定下來，我跟你娘去一趟臨安，由我們跟你夏家兄長協商也行。」

「不用想了。」一向來有些優柔寡斷的夏正謙，這一回卻十分果斷。「我認祖歸宗。」

能養出夏衿這樣孩子的人，品行自然不會差，絕不會忘恩負義，為人不孝。夏正謙如此果斷，邵家人心頭都一突，想到一個可能——夏家的老太太，對夏正謙可能很不好，因此望向夏家四口的目光，就帶了憐惜。

「那好。」邵老太爺自然希望兒子認祖歸宗，聽了這話，大為高興，伸出寬厚的巴掌，用力地拍了拍他的肩膀。「我們那祖宅還在，皇上又賜還我們了，待我們收拾好，你就帶妻子、孩子過來，給祖宗磕頭行禮，將名字改回來。」

說著他又望向夏祁和夏衿。「孩子們也改回邵姓。」

「是。」想想自己有父母、兄長作依靠了，而且都如此明理，夏正謙不由得熱淚盈眶。

「父親、母親、大哥、二哥。」他將幾人都叫了一遍。「你們剛剛回京，宅子也沒收拾好，我們這宅子還算寬敞，不如你們先在此住下？」說著殷殷地看向邵老太爺和老太太。「兒子這麼多年不能承歡膝下，兩老以後不如住在這邊，由兒子侍奉您兩位老人家？」

「不用。」邵老太爺極乾脆道：「岑家對我也有大恩，岑家嫂嫂既然誠心留客，我們在岑府住幾日也好。等祖宅收拾好，你們一塊兒搬過去，一家人住在一起才相親。」

「娘。」夏衿看到羅嫂在門口探頭探腦，忙拉了拉舒氏的袖子。「娘，羅嫂似乎有事要稟告。」

舒氏連忙走了出去，再回來時，湊到夏正謙耳邊說了兩句話。

「怎麼，有事？」邵老太爺停住話問道。

「是臨江城的知府夫人羅夫人前來拜訪。」夏正謙道。

邵家人從宮裡出來，到了岑府後知曉夏衿的父母今天也抵京了，為表誠意，第一時間就上了門，所以並不知道臨江的知府夫人也住在岑府，更沒跟她見過面。

此時聽到夏正謙的話，邵老太爺不在意地對舒氏揮了一下手。「妳去忙吧，客人要緊。咱們自家人不用客氣，什麼時候都有機會說話。」

舒氏心裡可明白羅夫人此來是什麼目的。一個時辰前她們見過面，那時她什麼都沒說，大概是等著這時候特意上門，才顯得她對於提親的鄭重。

她對邵老太爺行了一禮，然後看了夏衿一眼，見她沒有表示，便退出了門。

舒氏走後，邵老夫人看到兒子、孫子們都還站著，有幾個小的孩子都已快站不住了，便道：「你們幾個大老爺們在這裡聊，我們帶著孩子都到偏廳去。」

這廳堂雖然還算寬敞，但上首兩個位置，下面兩列各三張椅子，一共八個座位，即便留了男性在此，也還坐不下呢。好在管家羅叔機靈，一看來了那麼多客人，早已叫人準備了椅子，此時立刻端了上來，擺到廳堂裡。

女子們帶著孩子，都到了偏廳。

大人、小孩一陣亂，大家坐定，羅嬸又帶了人上了茶和點心。

喝著茶、吃著點心，大家的話題仍在邵家的新成員夏衿身上。

一個嫂嫂好奇地望著夏衿，問道：「妳真的跟一個姓邵的老太太學醫？她長什麼樣？」

夏衿最不喜歡這個話題了，一個謊言要用一千個謊言來遮掩。

她只好憑著原主的記憶，把邵婆婆的長相描述了一遍。

好在在座的，除了邵老夫人，其餘的無論是郭氏還是楊氏，都是邵恒定、邵恒國在北邊娶的妻子，對於原來京城將軍府裡的下人全然不知，更不用說幾位嫂嫂了。

她們聽了夏衿的描述，只望著邵老夫人，等著她的答案。

邵老夫人想了想，搖搖頭。「我們家沒有這樣的人。」

「會不會是姑老太太？」楊氏問道。

「不可能。」邵老夫人道：「妳家姑老太太，雖懂岐黃之術，卻也只是懂些皮毛，要說醫術很高明，卻是沒有的。再說她一直在夫家好好的，直到前些年才過世。」

「看來，是冥冥之中自有天意。老天讓我們一家得以含冤昭雪、骨肉團聚。」郭氏感慨道。

「是啊。」大家都附和著，很是贊同。

夏衿微笑著聽她們說話，並不插嘴。

她看得出來，邵老夫人跟宣平侯老夫人一樣，明理睿智，性格直爽；兩個伯母和兩、三個嫂嫂也都是一樣的性格；其餘的雖不瞭解，但似乎都是沒有心機的。

而且，在邵老太爺說要把一半家產給她作嫁妝時，她觀察過這些人，這麼多人，並沒有一人臉上露出不悅之色。

她真是受夠夏老太太和夏正慎那樣的親戚了，要是再遇上這樣的人，她肯定要慫恿父母跟邵家人保持距離。

邵老夫人見她不說話，生怕冷落她，又問道：「聽說妳哥哥準備跟岑家姑娘訂親了？」

「嗯。」夏衿點點頭。「宣平侯老夫人已找人合過八字了。現在因侯爺和世子爺要出征，我爹、娘本打算今天下午到岑府下聘的，禮單先送過去，聘禮等置辦好再補送。」

「正該如此。」邵老夫人道：「不過如今有我們了，聘禮就由我們來置辦，這事到時我再跟妳爹娘商議。」

以前夏家只有四口人，夏衿能當半個家，現在在邵家第三代裡，她年紀最小，她對邵家的事根本沒有置喙的權力，因此她沒有接話。

「妳哥哥已經訂親了，妳呢？」邵老夫人又問：「妳娘可有看中的人家？」

這話可不是姑娘家能接的話了。夏衿正要低下頭，做羞澀狀，就看到舒氏從外面進來，臉色似乎不大好看。

舒氏性子好，夏衿還未見她這般氣惱過，她連忙站了起來，上前扶住母親。「娘，怎麼了？」

「沒、沒事。」舒氏深吸一口氣，強逼自己露出笑容。「娘，你們在這兒吃晚飯吧，我已叫下人去採買準備了。」

「不用，我們回岑府吃。」邵老夫人不在意地擺擺手，盯著舒氏問道：「出什麼事了？妳臉色可不好。是不是那知府夫人給妳氣受了？有什麼事可要告訴我，咱們邵家人可不是能輕易被人欺負的。」

舒氏是個很要面子的，以前就是被夏老太太打得再狠，她也會找個沒人的地方把自己收拾妥當，才回三房，而不願意在路上被人瞧見，失了體面。

現在走了一路過來，仍沒能收斂好情緒，顯然是被氣得狠了。

邵老夫人這麼一說，她就忍不住了，流著淚對邵老夫人一福，轉頭對夏衿道：「衿姐兒，娘對不起妳。那羅夫人實在是太沒道理了，我說了妳哥哥還未訂親，妳的親事要緩一緩，等妳哥哥下了聘再說，結果她竟硬逼著要我收下訂親之物，我不答應，她將玉珮放在桌上就走了。還說如果咱們不答應，她就把羅公子為了妳鬧著退親、上戰場的事說出去，到時候鄭家知曉，定不會讓妳哥哥有好前程。」

夏衿眸子一冷。「玉珮呢？」

舒氏從懷裡將一塊玉珮掏了出來，遞到夏衿面前。

夏衿接過玉珮，正要安慰舒氏兩句，就聽邵老夫人問道：「到底是怎麼一回事？」

現在認了親，夏祁、夏衿的親事是必須讓祖父、祖母知曉的，舒氏進門時就不打算瞞著這事，便將羅家、夏家、鄭家的糾葛說了一遍。

當然，她話裡幫夏衿做了諸多掩飾，關於女兒女扮男裝在外行走、與羅騫日久生情的事隻字不提。

邵老夫人疾惡如仇，聽到羅夫人死活不同意羅騫娶夏衿，還說她只配作小妾，她比舒氏還生氣，嘴裡直罵道：「狗眼看人低，真是狗眼看人低！」

罵完了人，她才又問道：「現在為什麼又死皮賴臉要跟咱訂親？」

舒氏又將羅騫為了夏衿，留書去邊關的事也說了。

「這個羅公子倒是個有眼光的有情郎。」邵老夫人讚道。

聽得這話，夏衿不由得在心裡暗笑。看來她這位親祖母是個極護短的，羅夫人瞧不上她，邵老夫人就把她罵得狗血淋頭；羅騫為她上戰場，她就誇讚人家有眼光，是有情郎。

邵老夫人誇完那一句，便轉過頭來，望向夏衿。

「衿姐兒是怎麼想的？妳要願意嫁給那羅公子，祖母幫妳把那未來婆婆好好收拾一頓，叫她從此夾著尾巴做人；要是不願意，這天底下誰也強迫不了妳。那什麼狗屁倒灶的知府夫人，妳祖母還真沒看在眼裡，惹得我不高興，我非得抽她巴掌不可。那玉珮到時就給我，我摔到她臉上。」

夏衿終於把心放回肚子裡。

雖然夏正謙找到親生爹娘，她為父親高興，但心裡也是擔憂的，就怕新認的祖父、祖母要插手她的親事。雖然她相信夏正謙和舒氏為了她，會跟兩老抗爭，但如此一來雙方就有了隔閡，夏正謙肯定會很傷心。

沒想到邵老夫人真如她想的那般明理通透。

她正想著如何說出她的想法，郭氏錯以為她害羞，連忙接話道：「娘，衿姐兒臉皮薄，哪好意思當著這麼多人的面說。不過我看也不用問了，弟妹的態度不是很明白了嗎，要是他們願意結這門親，今天也就順水推舟將親事答應下來了，何至於鬧得這麼僵？我覺得弟妹的決定是對的。女人嘛，總還得在後宅生活，跟自己相處時間最長的不是相公，而是婆婆，有羅夫人這樣的婆婆在，衿姐兒嫁過去，不定得吃多少苦頭呢。」

「對呀，我是老糊塗了。」邵老夫人一拍椅子扶手，對舒氏道：「三媳婦，妳那聘禮單子準備好了沒有？要是準備好了，咱們現在就帶著衿姐兒一塊兒過去。我帶妳們去跟岑老夫人和那什麼羅夫人見個面，把妳們的新身分介紹一下，到時候……哼，我自有話說！」

舒氏應道：「準備好了。」轉頭卻望了夏衿一眼。

夏衿跟她對視一眼，沒有作聲。

「那便走吧。」老太太雷厲風行，站起來就往外走。

大家趕緊都跟上。

到前廳跟男人們會合，邵老夫人只說時辰不早了，怕岑家嫂嫂在家等得急，先回宣平侯府去。邵老太爺聽說三兒子一家也跟著過去，便沒二話了，一揮手，二十幾口上車的上車、騎馬的騎馬，浩浩蕩蕩地去了宣平侯府。

舒氏緊緊跟在邵老夫人身邊，最後和她一起上了一輛馬車。

與邵老夫人同車而來的郭氏笑了笑，轉頭對夏衿道：「大伯母跟妳坐一起吧。」

夏衿看了，心暖之餘，又感覺心酸。

舒氏的性子，再老實不過，從來不會討巧賣乖，更不會特意巴結討好別人。按她的性子，通常都是走在人群最後，等著大家都上了車，才默默坐自己的車去岑府，絕不會跟大伯母和二伯母爭寵。

如今這樣，定然是想藉著在馬車上的機會，跟邵老夫人把既不能答應羅家的親事、又不能拒絕的道理說給邵老夫人聽。

為了女兒，她寧願被人誤解，違背本心。

母親能為自己做到這一步，夏衿自然不會讓大伯母誤會自己的母親。

她對郭氏解釋道：「羅家那樁親事比較複雜，如果直接拒絕，沒準兒就會傳出流言，說羅公子為了我，不顧性命、前程去了邊關，我來到京城卻見異思遷，貪慕權貴，拒絕婚事辜負了他。我娘想跟祖母解釋這其中的利害關係，才想著跟祖母同一輛車，一路好說話。她一心為我，要是有失禮之處，還請大伯母見諒。」

說著，她對郭氏福了一福。
她聲音不大，卻也不小。
因長幼有序，那些嫂嫂們都沒有上車，而是等著郭氏和楊氏上了車，方才上去，站在離夏衿比較近的兩、三個都聽見了這話。
郭氏其實也沒什麼感覺，只是覺得新認的三弟妹有些獻媚，似乎跟她們這些人都不大一樣，所以心裡才有些想法。
夏衿這麼一解釋，她倒不好意思起來，扶住夏衿道：「快莫這樣說，你們流落在外幾十年，本就該多跟老人親近才對。妳這樣說我都不好意思了，倒好像不能容人似的。」
「大伯母自然是寬厚的，我只是這麼一解釋，免得母親被誤會了去。」夏衿笑道。見大家都站著，她又道：「大伯母您快上車吧，嫂嫂們都等著呢。」
「走，咱娘倆一塊兒。」郭氏拉著夏衿，親親熱熱地上了車。
可馬車走到半路，就停了下來。
郭氏在邵家的地位，跟蕭氏一樣，是長媳，也是管家媳婦。見到馬車停下，她連忙掀開車簾，問道：「出什麼事了？」
她的兒子騎馬就走在車旁，回道：「是祖母那輛車停下來了，兒子去看看。」說著便打馬上前。
可剛離開沒多久，他便又回轉來了。「祖母讓六妹妹上她那輛車去坐。」
夏衿見郭氏回過頭來看向她，才醒悟過來，邵家前頭有五個女兒，「六妹妹」指的是她。

她忙起身。「大伯母，那我去前面了。」

「嗯，趕緊去吧。」

不一會兒，夏衿上了邵老夫人乘的那輛車，馬車隊伍又緩緩前行。

「祖母，您找我？」夏衿倒是猜到邵老夫人找她，定然是為了羅夫人提親的事，但具體要問什麼，她實在猜不到。她跟羅家的關係，能說的舒氏都知道，還有什麼非得問她自己呢？

「我問妳。」邵老夫人開門見山。「妳離開臨江前，可跟羅公子有過海誓山盟？」

第一百零一章

「沒有。」夏衿搖搖頭。「在羅夫人幫他跟鄭姑娘訂親後，他曾找過我，說想去從軍。我勸他娶了鄭姑娘好好參加科舉，不要做這種無謂的事，徒讓爹娘擔心，並未跟他有什麼約定。」

「那就好。」邵老夫人放下心來，拍拍夏衿的手。「行了，一切交給祖母，祖母會處理好的。」

夏衿看了舒氏一眼，舒氏微微點了點頭。她轉頭對邵老夫人笑了笑。「還是有祖母好。」

這是真話，舒氏跟羅夫人同輩，地位矮了一大截，性子又綿軟，讓她跟羅夫人對峙，實在太過為難了；要是沒有邵老夫人，夏衿還得親自上陣才能擺平此事。

可邵老夫人不同。她的地位跟宣平侯老夫人差不多，而且年紀長，睿智通達，性情剛直又不乏城府，她說什麼話，羅夫人絕不敢對著幹。

走了一會兒，馬車在宣平侯府門前停了下來，宣平侯老夫人和蕭氏已迎出來了。

邵老夫人趕緊快走兩步，拉住宣平侯老夫人的手，親熱道：「老姊姊，妳怎麼還迎出來？我們又不是客人，哪兒用得著妳相迎？」

「哼，我才不迎妳這老貨，我呀，是想多看看這幾個精神的小夥子。」宣平侯老夫人跟邵老夫人的交情顯然不一般，互相打趣著。

說著話，她看到舒氏和夏衿也在人群裡，笑著招呼道：「妳們也來了？趕緊進去吧。」

「慢著。」邵老夫人叫道，轉頭招手叫邵恒國和夏正謙。「老二、老三，你們過來。」

此處是二門，男人們都準備往另一方向去呢，只是見宣平侯老夫人迎出來，才止了步，準備行過禮後去前院。聽得母親召喚，孿生兩兄弟走上前來。

「妳看看他倆的長相。」邵老夫人得意道。

不用她說，宣平侯老夫人和蕭氏一臉呆滯，眼睛直直地看著眼前的兩人，半晌說不出話來。

「老姊姊，這事還得謝謝妳啊，要不是妳在臨江跟衿姐兒認識，又把她召進京來，我們一家可就沒有團聚的指望了。」邵老夫人說起這事，情緒還是十分激動。

她向夏正謙招招手，待他走到面前，便拉著他的手，對宣平侯老夫人道：「重新介紹一下，這是我的三兒子，跟老二恒國是孿生兄弟。」

「真、真是他？」宣平侯老夫人這話雖是問句，卻用了十分肯定的語氣。

邵老夫人點點頭。「他身上有一塊玉珮，正是當年我塞進他襁褓裡的。」

宣平侯老夫人好一會兒才消化這個消息，感慨道：「那真是太好了，恭喜你們一家團圓。」說到後面，她紅了眼眶。

邵老夫人抹了抹眼淚，對邵恒國和夏正謙道：「行了，你們去吧。」

兩人對著宣平侯老夫人行了一禮，這才帶著子姪們離開。

「今天可要好好地喝兩盅。」宣平侯老夫人拍拍邵老夫人的手，高興道。

邵老夫人卻沒接這話，而是說了一句八竿子打不著的話。「聽說，府上住著一個姓羅的知府夫人？她是妳親戚？」

宣平侯老夫人一聽就知道是什麼意思了——半個時辰前，羅夫人出門，下人是稟了她知曉的。

「正是。」她笑道：「也不是我親戚。妳還記得嗎？妳生安哥兒的時候，那年京城下好大的雪，有一個我的好姊妹來京城，在我家住了兩個月，當時妳還送了她才半歲大的女兒一套頭面首飾作見面禮。」

邵老夫人想了想，恍然大悟。「哦，想起來了。」眼神一凝。「莫非，那孩子就是這位知府夫人？」

「那倒不是，那是她姊姊。這個叫白瑩，是我那知己的小女兒。」

「哦。」邵老夫人笑了笑。「原來是故人之後，那就好辦了。」

她望向宣平侯老夫人。「我想見她一見。」

宣平侯老夫人跟邵老夫人年輕時性情最是相投，彼此的丈夫又是結拜兄弟，兩家人交情莫逆。

雖說兩人有幾十年沒見面了，但憑她的閱歷，只說幾句話就能判斷，這位妹妹仍然是以前的性子——十分明理，絕不會無緣無故發作人。如今她臉色不善，提出要見羅夫人，想來是羅夫人做了糊塗事，才惹得人家長輩找上門來了。

她也不打算阻攔，吩咐下人去請羅夫人，轉過頭來笑道：「走吧，咱們進去說話。」

一行人去了內廳。

剛剛坐定，羅夫人便到了。

看到廳堂裡黑壓壓坐著許多人，她頗為意外，掃了廳堂一眼，又發現舒氏和夏衿赫然在座，她蹙了蹙眉，朝宣平侯老夫人行了一禮，笑道：「姨母，聽聞邵老將軍一家今兒到了，想來坐您旁邊的這位便是邵老夫人了吧？」

「正是。」宣平侯老夫人笑著給她介紹。「坐她旁邊那兩位，是邵家大夫人郭氏和二夫人楊氏。」

邵老夫人在她話音剛停時，便指著舒氏道：「這是我三兒媳婦舒氏。」

羅夫人開始還沒反應過來，隨即睜大眼睛，有些失禮地問：「老夫人，您剛才說什麼？她……」她指了指舒氏。「她是您的三兒媳婦？您是不是說錯了？我跟她是認識的，她家我還去過呢。她夫家姓夏，她娘家姓舒，可都是實打實的臨江人。」

「不會錯。」邵老夫人微笑道：「我曾有個兒子流落在外，今兒才找到，那就是衿姐兒的父親。他跟我的二兒子是孿生兄弟，兩人長得一模一樣，而且衿姐兒父親身上的玉珮，還是當初我塞在他襁褓裡的，就算容貌有相像的，玉珮卻不會錯。」

羅夫人半張著嘴，好半天才找回聲音。「真、真的？」隨即臉上的笑容怎麼都遮掩不住。

為了兒子，她退掉鄭家的親事，求娶夏衿，心裡自然是十分遺憾的。當初千方百計想跟鄭家結親，不就是為了鄭家的權勢嗎？現在不光攀不上親了，還結下了仇，偏夏家還這麼拿不出手！

沒想到，夏家竟給了她這麼一個大驚喜。

邵家被流放之前，邵將軍在帶兵的本事上，可是比宣平侯岑毅還要厲害許多，地位也在他之上，可謂武將第一人。正因如此，才被北涼國忌憚，使了個離間計，讓先皇將他們一家流放去了北寒之地。

幾十年後，他帶著一大家子被召回，當今皇上又是明君，定然會彌補他以安其心，只要他不露出怨恨之色，顯赫地位唾手可得。羅騫既走武職之路，有邵將軍和宣平侯保舉，前程自然一片大好，封侯都是有可能的。

原以為退了鄭家、訂了夏家，是丟了西瓜、揀了芝麻，沒想到這夏家不是芝麻，而是顆金冬瓜。

這麼一想，她臉上的笑容更盛，站起來對邵老夫人福了一福，聲音裡帶了幾分激動。「恭喜老夫人、賀喜老夫人。怪道今天早上起來的時候聽到喜鵲喳喳叫呢，原來還有這麼一樁喜事。」

說著，她喜氣洋洋道：「說起來，我跟老夫人也不是外人呢。衿姐兒呀，就要成為我的兒媳婦了。」說著，她慈祥地對夏衿笑。

夏衿被她這笑容晃得不忍直視，轉過頭移開視線。

「妳兒媳婦？」邵老夫人笑容一斂，轉過頭去看向宣平侯老夫人，疑惑問：「我怎麼聽說府上住了個鄭家的親家羅夫人？難道不是這個羅家？府上到底住了幾個羅夫人？」

宣平侯老夫人難堪地看了羅夫人一眼，笑著解釋。「只有這麼一個羅夫人。她兒子原跟鄭家訂了親，如今退親了，所以才轉向夏家，哦不，妳三兒子家求親。」

「退親？」邵老夫人眉頭一皺，望向羅夫人。「妳什麼時候去退的親？」

羅夫人本來想避開這個話題不說的，但邵老夫人直直地望著她，宣平侯老夫人則坐在旁邊慢慢喝茶，根本不幫她打圓場，她實在避不過。偏她昨天上午退親的事，宣平侯老夫人和夏衿都知道，她又不能撒謊。

她只得硬著頭皮道：「昨天。」

邵老夫人臉色一沈，問舒氏。「她什麼時候來提親的？」

舒氏低著頭，囁嚅道：「就是大家在正廳裡說話的時候。」

「什麼？」邵老夫人望向羅夫人的眸子裡的寒氣能凍死人。「妳昨日到鄭家退親，今日就到我家提親，是這樣嗎？」

羅夫人頓時慌了。

這天底下，無論是何原因退親，絕沒有前一天退親，隔一天就另外訂親的道理，這對被退親者還是訂親者都是極不尊重的表現。

羅夫人之所以如此，也是欺負夏家沒人撐腰。即便岑家跟夏家訂了親，她相信宣平侯老夫人看在她母親的情面上，也不會太過干涉這件事。

誰知道半路跳出個程咬金，地位輩分還這麼高，隨隨便便就能把她訓得跟孫子似的。

這麼一急，她的眼淚就流下來了。「老夫人，我也不想這樣，但我兒子為了要娶衿姐兒，留書私自去了邊關。他跟衿姐兒兩情相悅，是我以前糊塗，給兒子訂了鄭家的親事。為了這事，我是又悔又急，病了幾日，差點就過不去了，幸虧衿姐兒在我病床前守了兩天兩夜，我才能起得了床。

「那孩子仁義，我不能再糊塗，所以就急急去了鄭家，想彌補先前的過失。或許是我性急了些，但這也不是訂親，只是給個信物。這事我不說、夏太太不說，別人誰也不知道，絕不會傳出流言的。等祁哥兒訂過親後，咱們兩家再合計這事也不遲。」

這話倒是說得合情合理，弄得夏衿在心裡暗自讚嘆，沒想到一向不大聰明的羅夫人，如今竟然也聰明了一回，一番話把所有的漏洞都補上了。

如果換作是舒氏，這番話下來，她定然被說得啞口無言，可惜羅夫人遇上的是邵老夫人。

羅夫人話聲一落，她就怒目而視。「妳說什麼？羅公子為了要娶衿姐兒，留書私自去了邊關？」

羅夫人以為邵老夫人是為了兒子這至情至性的表現而震驚，不由有些自得地點點頭。「正是。」

砰地一聲，邵老夫人用力拍了一下桌子，震得桌上的茶壺和茶碗叮噹作響。

她轉頭來問，喝問夏衿。「衿姐兒，妳老實跟祖母交代，在羅公子去邊關之前，妳可跟他海誓山盟？」

「沒有。」夏衿搖了搖頭。「他是跟別人訂了親的人，我怎麼可能跟他再有私情？在那之前，羅夫人也曾找過我，問我跟羅公子是否有私情，如果有的話，她願意成全我，讓我嫁給羅公子作妾。我告訴她我跟羅公子沒什麼，我也不會給人作妾，這件事我爹娘都知道。」

「對。」舒氏趕緊作證。

「羅夫人得知羅公子有去邊關的想法，還曾跑到我家裡大罵。羅大人和羅公子過來跟我們道歉，我家衿姐兒是當著我們兩家大人的面，說她並不願意嫁他，並勸羅公子好生跟鄭姑娘成親，不要再讓父母操心。」

「好！」邵老夫人又是一拍桌子，對羅夫人喝道：「我孫女明明白白表示不願意嫁妳兒子，跟妳家沒有瓜葛，可到了京城，妳卻到處跟人說妳兒子為了我孫女去了邊關，是個什麼意思？他去不去邊關、為了什麼去，跟我孫女有什麼關係？妳這是要把鄭家的惱恨轉嫁到我老三一家身上嗎？把一個姑娘家牽扯到你兩家的恩怨中，敗壞她的名聲，是欺負我邵家沒人嗎？啊？」

羅夫人一哆嗦，低著頭沒有說話。

邵老夫人轉頭又對舒氏喝斥道：「她都這樣不顧衿姐兒名聲，又跟別人退親還不到半個時辰就來求親，妳為何要接受她的信物？妳還是衿姐兒的親娘嗎？」

舒氏哇地一聲就哭了，她倒不是演戲，而是一想起被羅夫人逼迫的情景，就忍不住滿心悲憤。

她抽泣喊道：「我沒有，我不答應，一再說長幼有序，祁哥兒的親事未訂，衿姐兒的婚事以後再議。羅夫人不聽，將一塊玉珮硬塞給我就走了，臨走前還……」說到這裡，她已泣不成聲了，好一會兒才控制情緒，接下去道：「……還威脅我，說不答應親事，就放出風聲，說羅公子是為了衿姐兒才不願意娶鄭姑娘，說鄭家到時候定然不會讓祁哥兒有好前程。」

邵老夫人這一回沒有拍桌子，但望向羅夫人那陰沈沈的目光，卻讓人打心底生寒。

她咬牙切齒道：「羅夫人，是這樣嗎？」

「我、我……」羅夫人只覺得身子一會兒冷、一會兒熱，那日發燒到昏迷的感覺似乎又回來了。

她強撐著難受，道：「我家騫哥兒確實是為了衿姐兒去的邊關，我又沒撒謊。那日我求衿姐兒給他寫信，衿姐兒雖然沒有寫，但我看得出，她也挺擔心我家騫哥兒的；後來她又衣不解帶照顧我兩天兩夜，她對我家騫哥兒絕不是沒有感情的。我退親、訂親雖急了些，卻也是為了安兩個孩子的心。邵老夫人，您也是做人母親的，想來也能理解我……」

「我呸！」她話還沒說完，邵老夫人就啐了她一口。「哪有親事不跟父母提，而是去問小姑娘本人的？哪個小姑娘好意思說自己的親事？她給妳看病，是作為醫者的本分，更是因為她心地良善，還有就是看在宣平侯老夫人的面子上。她救了你們母子，妳就這樣報答她的？先施恩一般賞個小妾的名分，等妳跟兒子鬧得沒辦法了，就又想拿她來哄兒子回來。妳當她是什麼？我活了六十多年，都沒見過這麼沒良心的人！」

羅夫人被她罵得臉一陣紅、一陣白。

「還有……」邵老夫人又接著道：「妳既說大家都是做母親的，讓我理解妳。那我問妳，如果妳有個女兒，一個跟別人訂了親的男人去了邊關，生死未卜，這時候他家人幫他退了親，讓妳女兒馬上跟他訂親，妳會怎麼做？」

羅夫人張了張嘴，半天說不出話來。

第一百零二章

「哼，說不出來了吧？我都沒見過這麼自私的人，妳的兒子是兒子，別人的女兒就不是女兒？妳現在逼著衿姐兒跟妳兒子訂親，如果妳兒子回不來，妳想過衿姐兒這輩子該怎麼過嗎？」

羅夫人一聽到「回不來」這三個字，就像被人用針扎了似的，激動地打斷邵老夫人的話，高聲大喊。「他不會回不來、不會回不來！騫哥兒有武功在身，走到哪裡都不會有危險，絕對不會回不來！」

砰地一聲，邵老夫人猛地拍了一下桌子，聲音比羅夫人還要大。「妳給我閉嘴！」

羅夫人嚇得一激靈，停止了叫喊。

「別在我們面前大聲嚷嚷、哭哭啼啼的。」邵老夫人指了指宣平侯老夫人和蕭氏，眼神發寒。「妳還沒有資格！」

羅夫人滿腔的傷心、悲憤與擔心就像氣球被戳破一般，瞬間洩了氣。

邵老夫人她不瞭解，但在宣平侯老夫人和蕭氏面前，她還真沒資格。她們的丈夫、兒子、孫子，只要邊關告急，就會前往邊關，什麼危險啊、生死啊，對她們而言就是家常便飯。如今羅騫只是去了邊關，還不一定有機會上戰場打仗呢，跟岑家男兒一比，這算得了什麼？

可邵老夫人還不肯放過她。「岑府的人想來不用我多說了，我就說說我自己，就算我們邵家被流放幾十年，但這幾十年裡，我們在北方跟韃子打過的仗大大小小也有十六次，我的兒子、孫子，個個都上過戰場，可我們也沒有要死要活，非得哭著喊著把人從邊關叫回來，更不會孩子在邊關打仗的時候，就沒皮沒臉地給孩子訂親，讓人家姑娘可能成為望門寡！我家衿姐兒沒招妳惹妳，還救了你們母子，妳不光沒報答她，還硬是逼她到進退兩難的地步，妳的良心莫非被狗吃了？」

羅夫人被她說得滿臉通紅，恨不得找個地洞鑽進去。

「玉珮呢？」邵老夫人轉頭問舒氏。

舒氏連忙從懷裡把玉珮掏出來，遞給邵老夫人。邵老夫人接過來，眼睛盯著羅夫人。「現在這玉珮，妳怎麼說？」

羅夫人見宣平侯老夫人和蕭氏不動、不說話，根本沒有幫她打圓場的意思，只得硬著頭皮，分別朝邵老夫人和舒氏福了一福。「我、我上午考慮不周，在此給老夫人和三夫人道歉，這玉珮，我收回。」

說著上前從邵老夫人手裡接過玉珮。

邵老夫人待她把玉珮握到手裡，後退了兩步，這才望著她，幽幽道：「哦，還有一件事。」

看到邵老夫人這樣子，羅夫人心裡一驚。這位老夫人的厲害，她可是見識到了，如今老夫人又露出這麼一個表情，不定又要說出什麼不好的話來。

果不其然，下一刻，她就聽到邵老夫人道：「鄭家的家主，也就是現在任吏部尚書的那一個，是我姨母的兒子，我的親表哥。」

羅夫人一臉呆滯。

偷雞不著蝕把米，她算是徹底把這兩家都得罪狠了。

這一刻，她想死的心都有了。

要是當初就答應羅騫與夏衿的婚事，兒子不會出走，邵家也定然會感激她不嫌棄夏衿身分低微，肯娶她為媳；到時候不光邵家，便是鄭家也能成為兒子的助力……

漫天的悔意排山倒海一般，瞬間淹沒了她。

可惜，這世上沒有後悔藥。

「說起這個，我倒要問問妳，妳打算何時去鄭府走一趟？」直到這時，宣平侯老夫人才出聲打岔，對邵老夫人道：「妳回來住我家不住鄭府就不說了，回頭幾日都不去鄭府拜訪，妳那表哥怕是不依。」

「過幾天吧。」邵老夫人道：「我總得歇兩天，搬回自己家了，才能去會親戚和朋友。」說著，她一臉惆悵。「唉，幾十年沒回，許多人已見不著面了。」

「可不是？」宣平侯老夫人也嘆了一口氣。

站在那裡的羅夫人見兩人敘起閒話來，根本不理她，趕忙低著頭退了出去。

她畢竟是岑府客人，蕭氏作為當家主母，也不好太過冷淡，連忙追了出去，說了幾句勸慰的話，又吩咐下人好生伺候著，這才回了廳堂。

廳堂裡，兩個老夫人又聊了兩句，宣平侯老夫人便笑道：「行了，咱們也別傷感了，妳能回來，就是天大的喜事。不說別的，便是孩子們，也算是有個前程。你們都是今天剛到的，旅途勞頓，趕緊去歇著吧，往後有的是時間，咱們有多少話說不得？」

邵老夫人畢竟上了年紀，這一路奔波，剛到京城又去見了皇上，到岑府時跟宣平侯老夫人激動了一番，在夏府又是天大的驚喜，連番刺激之下，她的精神疲憊到了極點。

但此時還不是歇息的時候，她對宣平侯老夫人和蕭氏道：「我現在以祁哥兒親祖母的身分，來向兩位求親。貴府三姑娘賢良淑德，我們邵家，欲為我八孫子夏祁求娶。」

舒氏也適時地把禮單拿出來遞上。

這門親事本來就是兩家商量好的，這會兒就是走個過場。但宣平侯府實在沒想到「眼睛一眨，老母雞變鴨」，夏祁竟從小城郎中的兒子變成了邵將軍府的孫子，實在太過神奇。

蕭氏接過禮單，跟婆婆對視一眼，心裡一面感慨自家閨女的大福氣，一面跟邵老夫人和舒氏說了幾句場面話。

邵老夫人這才站起來告辭。

出了院門，她對舒氏道：「妳也是今早才到的京城，回去好生歇息，不要想著過來伺候。我這會兒回去，什麼也不幹，沐個浴就要歇息了，並不要人伺候，妳兩個嫂嫂也各自歇息的。待明兒晚上，邵府安置好了，我們搬過去，再一家子聚一聚。」

「這怎麼行？我嫁過來十幾年了，都沒伺候過您老人家……」舒氏自然不能立刻答應，該表的態總是要表一表；再說，邵老夫人可比夏老太太要好太多了。當初夏老太太她都咬著牙伺候過來了，這會兒多伺候邵老夫人，她也沒覺得怎麼樣。

「聽話！」邵老夫人也懶得跟她廢話，直接沈下臉來，命令道。

舒氏只得老老實實應了一聲「是」，不敢再多話。

見三兒媳婦柔順地答應，邵老夫人才露出笑臉，溫和地擺擺手。「行了，妳們趕緊回去吧。」

舒氏自然不肯，堅持著送邵老夫人去了她住的院子，這才帶了夏衿離開，在大門口與丈夫、兒子會合，一起回了夏宅。

「娘，咱們真要搬回去跟祖母一塊兒住嗎？」馬車上，夏衿問。

她是個懶人，最討厭麻煩。想想邵府的那一大群親戚，即便第一印象還不錯，她也覺得很是麻煩。

「如果妳不想住，我會勸妳爹爹的。」舒氏將夏衿臉龐的一綹頭髮撥到耳後，柔聲道。

夏衿挽住她的手，將頭靠在她的肩膀上，享受著母親暖暖的溫馨寧靜。

「可是，爹爹應該很想跟祖父、祖母住在一起吧。」她嘆了一口氣。

舒氏輕輕撫著她的頭髮，沒有說話。

夏正謙是至誠至孝的君子，與父母分離幾十年，他定然願意承歡膝下，與父母、兄長們住在一起。

沒承想在吃過晚飯後，夏正謙卻明確表示。「衿姐兒放心，我會把妳的情況跟妳祖父、祖母說明的，爭取咱們單獨住在這裡；即便他們堅持要咱們回邵府，我也會為妳爭取自由出入的權利，不讓他們把妳當普通閨女那般關在家裡。」

夏衿感動道：「謝謝爹爹。」

夏正謙搖搖頭。「沒有妳，爹爹哪能知道自己的身世，認祖歸宗？爹爹倒是要謝謝妳才對。」

「行了。」舒氏在一旁笑道：「親父女兩個，那麼客氣幹什麼？」

一家人都笑了起來。

「爹、娘，我還想在京城把酒樓和點心鋪子開起來。」夏衿道。

「開吧。」夏正謙道，然後對舒氏示意了一下。

舒氏從懷裡掏出一疊銀票，遞給夏衿。「這是妳那些買賣近期的收益，共五千兩銀子。妳分得的那些地，只賣了一成不到，否則錢還要多。」

「如果不夠做酒樓和點心鋪子的本錢，妳娘那裡還有一些銀兩。差多少，妳問她要就是了。」夏正謙道。

「夠了、夠了。」夏衿連聲道。

夏正謙和舒氏的人品，她再清楚不過。要是擱別人家，不管女兒賺了多少錢，只要她未出嫁，那錢都應該是家裡的，父母會以「我攢著給妳置辦嫁妝」為理由，心安理得地據為己有，拿它來置辦田地、房產，以後傳給兒子。待女兒出嫁時，嫁妝豐盛些，就已是良心父母了。

但夏正謙和舒氏卻從來沒有這樣的想法。

夏正謙就一直覺得，養家餬口，給兒子攢家底、給女兒辦嫁妝，都是他的事。當初用夏衿賺的錢租房子、作開銷，他就很羞愧了；後來即便知道夏衿開的酒樓和點心鋪子賺了錢，他和舒氏都從沒打過這錢的主意。夏衿給他們，他們也是打定主意幫她攢著，以後出嫁的時候給她辦嫁妝或壓箱底。

如今這五千兩銀子，就是她酒樓、點心鋪和舊城改造所賺的錢了；而舒氏那裡，則是夏正謙醫館賺的錢。當初在臨江買了宅子，如今又折騰著上京城來，兩人手上的錢定然不多，最多也就二、三百兩。

就這，還讓她不夠找舒氏要。

不管什麼時候，跟父母待在一起，夏衿就心裡暖暖的，有一種要融化的感覺。

跟父母閒聊了幾句，夏衿便回了自己院子。

她如今住這院子，十分寬敞，當初在臨江所住過的院子跟這裡根本不能比。有了菖蒲和薄荷這兩個丫鬟，她的生活水準頓時提高。一進門就有溫度適中的茶水，需要什麼，還沒開口，菖蒲就能適時捧到她面前。

她沐了浴，舒服地躺到新買的軟榻上，閉著眼由著薄荷坐在榻邊給她擦頭髮。

「我來吧。」菖蒲沏了茶過來，放到夏衿伸手就能拿到的地方，接過薄荷手裡的布巾。

薄荷知道她這是有話要跟夏衿說，快速收拾了一下要洗的衣物，掀簾走了出去。

「怎麼的，想成親了？」夏衿閉著眼問道。

菖蒲一愣，隨即就羞紅了臉。「姑娘，您胡說什麼呢。」

夏衿睜開眼睛，瞅了她一眼，笑著沒有說話。

「奴婢、奴婢是想問，今兒拒絕了羅夫人的求親，您是打定主意嫁給蘇公子了嗎？」菖蒲趕緊拋出話題，以解除自己的尷尬。

夏衿一愣，本打算重新閉上的眼睛迅速睜開，定定地看了菖蒲一眼，才道：「蘇公子？妳怎麼知道蘇公子？」

她跟蘇慕閑的事情，在臨江就一直處於地下；到了京城，雖瓜葛多了，但除了岑家人知道一些，別人都不知道。

便是夏正謙和舒氏，他們都不知道。這種事，夏祁是不會背著她跟父母亂嚼舌根的。

「是董方說的。」菖蒲的臉色不大好。

夏衿又瞅了她一眼，眨眨眼睛，沈默著沒有說話。

菖蒲被她這態度弄得十分不自在，扭扭捏捏道：「姑娘，奴婢怕她到處亂說，損了姑娘的名聲，奴婢……」她咬咬唇。「奴婢又不好直接訓她，而且這事，終究還得讓您知道。」

夏衿噗哧一聲笑了起來，伸手捏了捏她的臉。「行了，我又沒怪妳。妳能跟我說，而不是拿出嫂子的款來，悄悄管教她，不讓我知道，就是個忠心的，我還能怪罪妳不成？」

「姑娘……」菖蒲又紅了臉。

夏衿斂起笑容，嘆了一口氣。「唉，我本來看在她哥的面上，想好好留她一陣，也算是讓她沈澱一下性子，以後找個合適的人家，好好過日子，但這姑娘……」她搖搖頭，直起身子來。「妳讓她過來一趟。」

「是。」菖蒲放下布巾，走了出去，不一會兒，就把董方帶進來了。

「姑娘，您找我？」董方大概是因為哥哥來了京城，心情極好。

「菖蒲，去把董方的賣身契拿來。」夏衿道。

董方愕然。

夏衿當初來京城，就拿了些衣服，其餘的東西都是這次夏家夫婦來時一塊兒帶來的。她的首飾和各種契約，菖蒲都拿匣子裝著，一路盯著上京的，放在哪裡，她自然知道。

不待董方發問，她就將一張薄薄的紙放到夏衿面前。

夏衿拿了過來，遞給董方。「如今妳家大仇得報，妳哥哥也來了京城，而且如今也有了些積蓄，在京城買個小院不成問題。我再派人去臨江衙門把妳的奴籍撤了，妳回去準備嫁妝，讓妳哥哥給妳擇個好人家，安安生生地過日子吧。」

「不、不……」董方終於回過神來，直接將腦袋搖得跟撥浪鼓似的。「我不贖身，我要一直跟著姑娘，姑娘您別趕我走。」

「哦？為何？妳為什麼不願意贖身？」夏衿表情平淡地問道。

「我、我……」董方支吾了兩聲，就像是找到了說辭，極順溜地道：「要沒有姑娘，我跟哥哥早就病死、餓死了；要沒有姑娘，我們也不能找到罪魁禍首，讓父親沈冤得雪，報得大仇。今天見到哥哥，哥哥還囑咐我一定要好好伺候姑娘，說姑娘的大恩無以為報，我們兄妹倆便做牛做馬報答姑娘。」

夏衿似笑非笑地道：「妳真不願意贖身？」

「奴婢願意伺候姑娘一輩子。」董方跪了下去，就差發毒誓了。

「哪怕我不會嫁給蘇公子，妳也不願意贖身？」

「姑娘？」董方抬起頭來，眼睛瞪得老大。「我、我……」

她艱難地嚥了一下唾液。「我不明白，蘇公子那麼好的人，姑娘為何不願意嫁給他？難道姑娘想要去伺候羅夫人？」

第一百零三章

「放肆！」菖蒲將臉一沈。「姑娘要嫁何人，豈是妳能置喙的？」

夏衿朝菖蒲擺了擺手，盯著董方道：「我現在可以告訴妳，不管我嫁給誰，我都不會允許我的丈夫納妾或收通房丫頭。如果妳想利用我做蘇公子的小妾，妳可以歇歇了，那是不可能的。」

董方臉色一白，整個人都癱了下去，嘴裡無力地還想爭辯。「姑娘，我不是……我不是這個意思。」

「那我現在再問妳，妳還想一輩子伺候我嗎？」

董方抬起眼望著夏衿，看到夏衿淡然卻堅定的表情，她的眸子漸漸變得一片灰暗。她從夏衿手裡抽出那張賣身契，磕了一下頭。「奴婢多謝姑娘大恩。」

「行了，起來吧。妳在這再住幾日也無妨，等妳哥哥買好小院再搬出去吧。」

「是。」董方卻沒站起來，而是吞吞吐吐道：「姑娘、姑娘能不能不要將這事告訴我哥哥？」

「可以。」夏衿答應得很乾脆。

董方並不知道一路上菖蒲跟她哥哥暗生情愫，只知道菖蒲不是個多嘴的，只要夏衿答應不傳出去，菖蒲就絕不會多嚼舌根。聽得這話，她很放心地給夏衿又磕了個頭，站起來退了出去。

「沒良心的東西，竟然敢打這樣的主意。」菖蒲盯著她的身影，輕啐了一口。

「行了，趕緊過來幫我把頭髮擦乾。」

菖蒲繼續擦頭髮，心裡對那位蘇公子充滿好奇；可看看夏衿又閉上了眼睛，根本沒有說話的興趣，她只得按捺住好奇心。

夏衿沒有給董方反悔的機會，第二天早上吃過早餐後，就將董岩召了進來，跟他說了一下在京城開酒樓和點心鋪子的情況，便道：「如今你家大仇也報，積蓄也有一些，董方的賣身契我昨晚就交給她了，你看看或買、或租個院子，將她領回去吧。」

董岩沒想到夏衿會說起這個話，第一反應就是自家妹妹闖禍了。

「她是不是……是不是做了什麼錯事？」他忐忑不安地問道。

「沒有。」夏衿道：「原先是因為董方沒處去，我才將她帶回家中；又因為師出無名，才給她簽了奴籍。現在你有能力可以置辦一個家了，我自然得還她自由，不能再耽擱她。」

董岩從這話裡沒聽出什麼來，稍微放了點心。「我新來乍到，還真顧不上她，姑娘您看能不能……」

要說董岩當初簽賣身契時，心裡還有一絲不甘，只是迫於無奈，既要養活自己和妹妹，又想報仇，這才作了奴僕；可跟著夏衿將生意越做越大，他再沒有了別的想法，死心塌地成了她的忠僕。

他心裡明白，如果他脫籍出來，用他那點積蓄自己做生意，最多是個小財主，而且無根飄萍，沒有大樹可以倚仗，稍有勢力的人伸伸手指就可以把他滅掉，下場就跟他父親一樣。

所以他佩服夏衿，他不知道一個深閨裡長大的姑娘，為何能清楚知道做買賣要找靠山。她最開始就找羅騫合夥，然後是岑子曼與蘇慕閑，有了這些權貴做倚仗，做買賣哪有不順風順水的？

所以他也學了這一點，準備這一輩子都抱住夏衿這棵大樹，再也不挪窩了。

當然，讓他佩服的，還有夏衿處事的冷靜果斷，該狠戾時狠戾、該護短時護短，妹妹要是能在她身邊得到一點薰陶，就一輩子受益了。

不料他話還沒說完，夏衿就一擺手。

「行了，不用多說，就這麼定了。」

董岩只得道了一聲謝。見夏衿沒有什麼話說，他告退一聲，退了出去。

一出門，就看到董方站在門口，正側著耳朵，似乎在偷聽他和夏衿的談話，手裡還拎著一個大包袱；而菖蒲站在不遠處，正緊抿著嘴，眸子冰冷地盯著董方。

董岩心裡一愣，抑下怒火，上前一把抓住董方的手，拉著她就往外走。

董方怕屋裡的夏衿聽見，也不敢亂叫，齜牙咧嘴地忍著手腕上的疼痛，小跑著跟著董岩下了臺階。

菖蒲看兄妹倆的身影消失在院門口，這才轉身掀簾進去，對夏衿道：「姑娘，少爺已去前院了。」

「好。」夏衿站了起來，整了整衣服，走了出去。

今天是宣平侯領軍出征的日子，他們一家要去城門口跟邵家人會合。邵老太爺在城門口包了一家酒樓，讓邵家女眷在那兒待著，他則帶著邵家男丁在城門口相送。

夏正謙和舒氏、夏祁都已準備好了，見了她來，大家便一起出發。

大軍未發，糧草先行。運送輜重的部隊早已開拔，而宣平侯率領的將士得在皇上面前誓師才能出發。

夏衿他們到得並不晚，馬車在酒樓門前停下，正遇上剛從車上下來的宣平侯老夫人、蕭氏、岑子曼等人，羅夫人也在其中。

對於她來，夏衿並不意外。即便她羞於見邵家人，但羅騫是她的命根子，為了兒子，再難堪她也會來為岑家人送行——羅騫在邊關混得如何，岑家人的關照至關重要。

舒氏是個心善之人，只要不涉及到女兒的終身幸福，其實她是很理解和同情羅夫人的。為怕羅夫人尷尬，她主動上前打招呼。羅夫人不知是驚怵邵老夫人，還是看在岑家人面上，抑或看在舒氏的新身分上，倒沒敢給她臉色瞧，和和氣氣地寒暄了兩句，一同跟在宣平侯老夫人後面上了樓。

夏衿則裝著跟岑子曼說話，沒有上前見禮。

她也是無奈。

她這人，特立獨行慣了，做事一向隨著自己心意。當初羅夫人生病，她想著羅騫為了她去邊關，如今他母親病了，她代他盡些孝心也是應該，也算還了他的人情。更何況羅夫人燒得厲害，一不小心就會有生命危險或變成白癡，她作為醫者，照看病人責無旁貸，所以才親自守在她病床前。

沒承想這在羅夫人嘴裡，就成了她衷情羅騫的證據。

如今，她對這女人真的怕了，再不願意接近。

幾人剛上樓坐定，邵家的女眷也到了。

酒樓的小二趕緊端茶、端點心上來。

大軍未至，大家就喝茶聊天。宣平侯老夫人和邵老夫人作一堆；蕭氏、郭氏等人或自己聊兩句，或附和兩個老太太兩句；邵家的幾個嫂嫂跟岑子曼的大嫂在一起說話；夏衿則跟岑子曼，還有邵家新認的姊姊邵文萱說話。

岑家人早已習慣了這種離別場面，雖然擔心憂慮，面上卻絲毫未顯。岑子曼依然是說說笑笑，不見一點愁苦的樣子，唯有說笑時偶爾的一陣沈默，顯示出她心裡的不平靜。

夏衿知道，任何安慰的語言都是蒼白無力的，她只得握了握岑子曼的手，表示安慰。

邵文萱不大像將門女子，性子溫柔，說話細聲細氣，倒是以當初送爹爹打仗的經歷，安慰了岑子曼幾句。

岑子曼不願意多說這個，敷衍了邵文萱幾句，便拉著夏衿小聲道：「昨天的事我聽說了，可惜我竟然不在場。」

夏衿看她兩眼放光，一臉興奮，無語地捏了捏她的臉。「當時我祖母在向妳祖母提親呢，妳能在場嗎？」

岑子曼一下紅了臉。

她瞋了夏衿一眼，轉頭瞅了羅夫人一眼，湊近夏衿道：「哈哈，我一想起她被罵得狗血淋頭，就開心得不行。哼，就她，還想霸王硬上弓。」

夏衿受不了道：「阿曼，妳知道什麼叫霸王硬上弓嗎？」

岑子曼睜著黑白分明的大眼睛，迷茫道：「不是出自〈項羽本紀〉，做事強橫跋扈的意思？」

呃，好吧，這詞被後人引申歪了。夏衿只得挑挑眉，轉過頭朝窗外望去。

邵家男子已把馬拴好，從遠處走了過來。這群人裡頭，穿深紫色袍服，頭戴玉冠的，赫然是蘇慕閑。他本就長得好，被這華服一襯，更顯得面如冠玉，眼如點墨。

夏衿看向他時，正遇上他也抬眸看來，兩人的目光在空中遙遙相對。

夏衿倒也不尷尬，對他微一頷首，便要將視線收回，岑子曼不知何時已湊到她身邊，看到蘇慕閑，很高興地對他揮了揮手，惹得走在蘇慕閑身邊的夏祁眸子發亮，恨不得也朝這邊揮手。

夏衿擰了岑子曼一下。「妳矜持一點行不行？大庭廣眾之下，也不怕人說妳閒話。」

岑子曼紅著臉跺著腳嗔道：「人家是跟表哥打招呼。」

夏衿暗自翻了個白眼，懶得理會這貨，轉過身去找邵文萱說話。

邵家男子待在一樓，女眷們都待在二樓，喝茶、吃點心、聊天，倒還安逸。

「來了、來了……」過了一陣，便聽到樓下圍觀的行人喊道。

邵家男人連忙起身出門，女眷們簇擁著岑家女人到了窗前，朝外看去，便看到排成兩列的隊伍，騎馬從城裡出來。為首的正是身穿鎧甲的宣平侯，在他身後，豎著兩杆高高的旗子，一面大大地寫著「周」字，另一面則是「岑」字。

夏衿望了宣平侯老夫人一眼，看到她的眼裡，有少女望向情郎時的那種熱切、傾慕與不捨，全然看不到憂慮傷心。站在她身邊的蕭氏倒是隱含擔憂，與婆婆的那份豁達全然不同。

年紀不同，心境也不一樣。

有多少叮嚀，彼此都在家裡說過了，即便看到丈夫騎馬而來，宣平侯老夫人和蕭氏也沒有下樓去，更沒有出聲呼喊、揮手示意。宣平侯和世子倒是知道她們在這座酒樓上，不過也只是朝這邊看了一眼，便騎著馬奔馳而過，直接出了城門。

後面的騎兵、步兵亦是絲毫未停，直接出城。

京城畢竟不大，到皇上面前誓師的只是一些精銳，區區五千人，走個形式而已。所以沒多久，軍隊就已全部出城，送行的人群慢慢散去。

「咱們也回去吧。」宣平侯老夫人道。

岑子曼拉著夏衿走在最後，對她悄聲道：「趁著我表哥有空，咱們去看鋪子吧。看了鋪子，董岩才好做準備呀。」

她這提議正合夏衿心意。

她做事向來雷厲風行。既說要開酒樓和點心鋪子，董岩也來了，那便將事情做起來，待這事上了軌道，她還有其他事要做呢。

不過，她考慮問題比岑子曼周全許多，鋪子要看，但蘇慕閑和夏祁就不用陪著了。夏祁和岑子曼成了未婚夫妻，不宜多見面；她也不想跟任何男子有牽扯，以免刺激到羅夫人，讓她做出蠢事來。

「妳派人跟妳表哥說，讓他派蘇秦老管家陪我們看鋪子就成了。」

岑子曼提那個建議，本是想撮合夏衿和蘇慕閑，讓他們多相處，聽到這話未免失望。回頭一想夏衿和蘇慕閑確實不好多見面，只得作罷，派了雪兒去通知蘇慕閑。不過雪兒離開之前，她還是避開夏衿的視線，給雪兒眨了眨眼。

不一會兒，雪兒回來了。「表公子說，那鋪子就在東安街上。他現在就派人回府叫蘇管家，讓他在那裡候著。」說著，抬頭朝自家姑娘看了一眼，微微搖了搖頭。

岑子曼連忙朝蘇慕閑那邊看，想知道他是什麼表情，沒承想蘇慕閑壓根兒就不往這邊瞧，臉朝著邵家兄弟方向，似乎正專注地聽他們說話。

「榆木腦袋。」岑子曼暗自罵道。

岑子曼和雪兒的眉眼官司，夏衿自然看到了。她懶得理會這傢伙，轉頭吩咐菖蒲道：「妳回府裡一趟，通知董岩到東安街去。到時妳也不用回這邊了，跟他一起在那邊與我會合。」

夏衿出門向來輕車簡從，往往只帶一個下人。菖蒲雖不好意思跟董岩面對面，但今天只有她一個人跟了夏衿來，只得領命，匆匆而去。

岑子曼和夏衿是小輩，她們的馬車只能走在一行人的最後，這倒方便夏衿行事。待大家上馬車往回走的時候，她和夏衿便脫離大隊，往東安街而去。

夏衿雖來京城有一段時間了，逛街的次數並不多，待馬車停下，跟著岑子曼又往前穿過兩條街，站在一條人來人往的街道上，她才知曉，這東安街是京城最繁華的一條街。

「我表哥手上還真有不少好鋪子啊。」岑子曼拉著夏衿，看著遊人如織的街道，興奮道。

「妳可知道具體方位？」夏衿看到這條街比較長，從頭逛到尾怕不得小半個時辰，而且人又多，想走快一些都不行，不由得有些發愁。早知道就跟蘇秦和董岩約好是街東頭還是街西頭了。

「不知道啊。」岑子曼也苦起了臉。

此時已是五月末了，今天又陽光明媚，曬在身上讓人冒汗。她剛走了這麼一會兒，就有些吃不消了。

夏衿看到旁邊有一家茶樓。

「妳跟雪兒上樓上等著，我去找找他們。」

「這怎麼行？」雪兒一聽急了。「哪有讓姑娘找人，奴婢歇息的道理？自然是兩位姑娘去茶樓，奴婢去找人。」

雪兒在岑子曼身邊，就是個副小姐，身子又嬌弱，還不如岑子曼有活力，讓她去找人，怕是一個時辰都回不來。

「行了別爭了，就這麼定了。」夏衿不由分說，對她們揮了揮手，轉身就走。

岑子曼知道夏衿功夫了得，此時不是爭執的時候，只得拉著雪兒上了茶樓。

雖說街上行人多，但夏衿身手靈活，穿花一般，身形步伐看似悠閒，實則一下子就竄到那頭去了，從街頭走到街尾，不過是一盞茶工夫。只是這一趟她只遇上了董岩和菖蒲，蘇秦卻不見蹤影。

第一百零四章

「姑娘，您跟菖蒲先回茶樓，我去找蘇管家。」董岩道。

「你跟他又沒見過面，如何找？」夏衿笑道。

董岩只好無奈地停住腳步。

「夏姑娘、夏姑娘……」一個熟悉的聲音從不遠處傳來。

夏衿轉過頭一看，只見蘇慕閑一頭汗地從人群裡擠了過來。

夏衿看了他身後一眼，見空無一人，她目光閃了閃，問道：「怎麼是你？蘇秦呢？」

蘇慕閑在她面前站定，抹了抹額上的汗。「我回府時，他還在府裡，被事耽擱了些時間。過來在茶樓門口看到雪兒，我讓他到茶樓等著，便過來找妳。」

夏衿皺了皺眉，擺了一下手。「走吧，回茶樓去。」

蘇慕閑點了點頭，沒有再說話，卻急上前一步，走在她的前面，幫她把路人擋開，一路護著她到了茶樓。

到了茶樓門前，蘇慕閑停住腳步，轉過身來。「我那邊還有事要忙，就不陪你們了。鋪子就在不遠處，到時讓蘇秦陪你們去看就好。」說著他看了夏衿一眼，轉身就走。

夏衿望著他離去的背影，眉頭微蹙，直到他消失在人群中，她才回過身來，進了茶樓。

大概是為了讓她好找，岑子曼並未上二樓，而是在一樓坐著等她。蘇秦正站在她身邊，跟她說著什麼。

「妳回來了？」一見夏衿進來，岑子曼便站了起來，看看她身後只跟著董岩和菖蒲，又問：「我表哥去找你們了，看到他沒？」

「嗯。」夏衿點點頭。「他說有事要忙，先回去了。」

「他哪裡有事要忙……」說到這裡，岑子曼一擺手。「算了，不說了。」問夏衿。「妳先坐著歇一歇喝杯茶再去那邊，還是到那邊去再喝茶？」

茶樓往往分二到三層，二、三層擺設雅致，接待的是有錢、有地位的客人；一樓往往是小市民，或溜鳥扯閒，或談點小買賣，環境嘈雜。岑子曼這麼一個俏生生的大家閨秀杵在這裡，跟四周人群完全不搭。

夏衿道：「到那邊再喝吧。」

「走吧。」岑子曼拉著她出了門。

蘇秦引路走在前面。武安侯府的鋪子果然離茶樓不遠，只隔了三個鋪面就到了。兩個鋪子的門都開著，裡面有人在打掃。看到蘇秦進來，立刻有夥計跑上前來，點頭哈腰打招呼。「蘇爺爺您來了？」抬頭看到岑子曼和夏衿，頓時一呆。

「我領岑姑娘和夏姑娘來看看。」蘇秦說著又問：「樓上收拾妥當了？」

「收拾妥當了。」

「上壺碧螺春，拿幾盤點心。」蘇秦吩咐著，站在樓梯口對岑子曼和夏衿笑道：「兩位姑娘樓上請。」

夏衿掃了樓下一眼，見比臨江做酒樓的那個鋪面還大一些，地上鋪著青磚，廳裡柱子和擺放的二十來張桌子都閃著褚紅色的漆光，乾淨整潔，似乎原來也是做酒樓的。

她跟著岑子曼上了樓，看到樓上也是如此，只是用屏風將桌子隔開，隔間還放了一些奇石瓷器做擺設，又點綴了些綠色植栽，牆上還掛著些書法繪畫。緊閉的窗戶將樓下的喧囂阻隔開來，顯得十分清幽雅致。

「兩位姑娘請坐。」蘇秦拉開兩張椅子，請岑子曼和夏衿坐下，又從夥計手中接過茶壺，給兩人斟了茶，這才行了一禮。「老奴先給兩位姑娘賠不是。老奴接到侯爺之命，便立刻往這邊趕，沒承想剛剛出府門，便遇上一些事，耽誤了時辰。我家侯爺本不欲過來的，回府時見老奴尚未出門，又想著沒說清楚地點，怕兩位辛苦尋找，心裡放心不下，便過來看一看。」

岑子曼在他說話的當口，不停往董岩身上看。

夏衿是何等敏銳之人，立刻覺得不對，問蘇秦道：「你出府時遇上了什麼事，能跟我們說說嗎？如果不能說，就當我沒問，你不必當真。」

蘇秦本也不想隱瞞，當即道：「是董方姑娘，說有話要跟侯爺說。」

這話讓董岩大吃一驚，他望向蘇秦。「這、這話當真？」

蘇秦淡淡地笑了笑。「老奴雖年紀大了，眼睛卻還沒花。董方姑娘跟著夏姑娘到過侯府，老奴是見過的，絕不會認錯。」

「姑娘、姑娘……」董岩看向夏衿，面色惶恐，撲通一聲跪到地上。「昨晚小人領了董方回去，就訓斥過她，叫她別妄想，沒承想她竟然……」他急得說不出話來。

「我還了她賣身契，她想做什麼，都是她的自由。你不必這樣，快快起來。」夏衿虛扶了董岩一下，表情語調很親切。「董姑娘現在不是我的丫鬟，她是自由身。」

「可是……」蘇秦沒想到夏衿是這樣一個態度，一下子不知說什麼好。

岑子曼蹙著眉看了夏衿兩眼，似乎看不懂她是什麼意思。想了想，她轉頭問蘇秦。「那我表哥回去時，不是正好遇上她？她想對表哥說什麼？」

「她說想伺候侯爺，以報答侯爺大恩。侯爺說，她報恩的對象應該是夏姑娘，他即便是幫了董家一把，也是看在姑娘的面上。」

岑子曼便望向夏衿，眸子一閃一閃的。

董岩難堪得臉色脹紅，恨不得找一條縫鑽到地裡去。

夏衿卻像是沒看到岑子曼和董岩的表情似的，端起茶來喝了一杯，讚道：「好茶。」放下茶杯，她問蘇秦。「另一處鋪面也跟這裡一樣大嗎？」

「呃，一樣。」饒是蘇秦人老成精，都要被夏衿這反應弄得呆了一呆。

岑子曼看了夏衿好一會兒，才嘟著嘴，端起茶杯喝茶。

夏衿沒有再說話，喝了兩杯茶，掃視了碟子裡的點心一眼，拿起一塊嚐了一口，便放下，問蘇秦道：「這點心是在哪裡買的？那家生意如何？」

桌上的點心都是傳統點心，用料做工雖精良，但乾巴巴的，在天熱出汗之後，她實在沒興趣品嚐。

「就在這條街上的余記鋪子。余記的點心在京城也是極有名的。」蘇秦道。

他是個有心人，知道夏衿和蘇慕閑要開點心鋪子，在有機會招待夏衿的時候，他會叫人將京城裡有名的點心鋪子的點心買來，讓她一一品嚐。

岑子曼拿起一塊看了看，嫌棄地將它放回碟子裡，對夏衿撒嬌道：「阿衿，我想吃妳做的仙草凍了。」

在漸漸炎熱的天氣裡，吃一杯涼涼的仙草凍，真是神仙一般的享受。

夏衿懶得理這貨，又飲了一杯茶，解了口中的乾渴，便站起來對蘇秦道：「蘇管家你歇歇喝口茶，讓個夥計帶我們看一看就行了。」

「多謝夏姑娘體恤。」蘇秦渾濁的眼裡閃過一抹亮光。

今天即便蘇慕閑不吩咐，蘇秦也要想辦法出來接觸一下夏衿。

他本就十分精明，再加上年紀大了，閱歷豐富，眼光不是一般的毒。自上次在武安侯府吃飯，他就看出自家公子對這位夏姑娘有意。

公子年紀不小了，武安侯府也需要女主人，蘇秦十分希望主子能快些成親，即便原來夏衿的身分地位不怎麼樣，但在他看來也沒什麼大不了的。雖說蘇家人丁單薄，像樣的親戚不多，能有一個有力的岳家再好不過了，但在蘇秦看來，女主人的心性品行，還有能不能讓公子幸福，這才是最重要的。

所以自從上次吃飯後，他就想辦法跟岑府的人打聽夏衿的為人，而且一直等待機會，能跟夏衿接觸。

迄今為止，蘇秦對夏衿的印象極好。

能讓岑子曼和雪兒進茶樓歇息，自己去找他，這是有擔當；在外面尋了一圈，進門看到遲到的他，也沒擺臉色，這是有氣量；聽到董方的事不氣不惱，也不多問，這是有城府；她跟岑子曼坐下喝茶、吃點心時並未叫他坐下，這是講規矩、知分寸，不濫施好心；坐一會兒就起身做事，這叫雷厲風行；如今又讓他老人家坐下歇息，讓夥計領著她看鋪子，這叫體恤下人……總之，滿滿的都是優點。

蘇秦將沏茶上來的那個夥計叫來，領著夏衿看鋪面。

鋪子樓上樓下的裝潢一目了然，夏衿要看的是後院和廚房。

將要改正的地方跟董岩說了一遍，她回到二樓，對岑子曼道：「這邊做酒樓正好，隔壁跟這邊一模一樣，我就不過去看了。不過這樣的大小，做點心鋪子太浪費了，我準備一樓賣點心，二樓做茶樓。」

她指指四周。「也像這樣隔開，進些高檔茶葉，佈置雅致些，別亂糟糟的跟菜市場似的。」

「妳看著辦吧。」岑子曼無所謂。

夏衿轉頭對蘇秦道：「蘇管家把我的意思轉達給侯爺聽，看看他是什麼想法。」

「是。」蘇秦道：「夏姑娘這主意好，想來我家主子也不會有意見。」

既是三人合夥，夏衿忙上忙下，岑子曼也不好做甩手掌櫃。她托腮想了想，道：「董岩不是京城人，而且一個人也忙不過來。我府上也有幾個能幹的下人，到時候我讓兩個過來幫幫董岩吧。」

說著她轉頭向蘇秦道：「蘇管家到時你也派兩個能幹的下人過來幫忙。」

不待蘇秦答應，夏衿就擺手。「不用。」

岑子曼一愣，不解地望向夏衿。

「一山不容二虎，更何況是三個派系？咱們三家各派一、兩個下人，到時候誰聽誰的？」夏衿道。

「我們兩家的聽董岩的。」岑子曼連忙表態。「這兩個鋪子既是妳作主，自然是董岩為頭。」

夏衿搖搖頭。「剛開始有你們叮囑，或許還好，但畢竟主子不同，董岩又是小地方來的，時間長了，他們難免會心有不服。不光是董岩，便是我也不好多說他們什麼，打狗還得看主人，為這些小事計較，你們也覺得我氣量小，不能容人；下人再往你們耳邊一吹風，更容易心生不快。我不希望這種事發生，寧願一開始就做小人，如果這兩個鋪子讓我來主持，我不希望你們派人進來。」

憑岑子曼那單純的性子，足足發了好一會兒的愣，這才將裡面的道理想明白。

她笑著搖搖頭，學著夏衿聳了聳肩。「你們這些人啊，就是想得多。」她輕嘆一口氣。「好吧好吧，我不派人就是了。」說著又舉起手。「我鄭重聲明啊，我原先說要派人來，只是擔心董岩忙不過來，不是要插手鋪子的事，更不是不放心妳。」

夏衿白她一眼。「妳以為我是第一天認識妳啊，妳要有那個心機，我剛才就不用費那麼多唇舌了好不？」

兩個人的對話讓表情淡定的蘇秦破了功。他那既詫異又好笑的表情，讓夏衿不由得側目看了他一眼。

「咳。」被她這一看，蘇秦不得不尷尬地解釋。「姑娘見諒。以前伺候武安侯老夫人時，京中大部分的貴夫人和小姐老奴都見過，她們說話都喜歡打機鋒，不像兩位姑娘說話這麼……」他思考著措辭。「……這麼直白而又風趣。」說完還用力點了點頭，表示這兩個詞用得很是恰當。

岑子曼笑了起來，指著夏衿道：「都是她帶壞我的。我以前說話可是很有涵養的，就她說話不愛拐彎，現在被她帶得有什麼就說什麼了。」

見她這麼厚臉皮，夏衿翻了個白眼。「就妳那直腸子，能說出什麼有涵養的話？少往自己臉上貼金，剛剛是誰說別人想得多的？」

岑子曼說不過她，急得伸手就要擰一下她的胳膊。

「喂，君子動口不動手啊。」夏衿將身子往後一靠，避開她的手。

「哼。」

夏衿坐正，對董岩道：「今天下午我叫牙人帶人過來，你挑些人。哪些能用，哪些不能用，全看你了。」

董岩躬身應了一聲。「是。」並無二話。

夏衿滿意地點點頭，從袖子裡掏出一張銀票，遞給他。「這是六百兩銀子，不夠你再找我要。」

蘇秦見夏衿和岑子曼站了起來，準備回去，不由問道：「夏姑娘，其他地方的鋪面……」

「讓董岩去看吧，他覺得行就可以了。」夏衿道：「點心鋪子多開兩家還行，酒樓就先開這一家吧。等這些穩定下來，賺了錢再說開分店的事。」

交代完這些，夏衿便跟岑子曼離開了。兩輛馬車還要走同一段路，岑子曼乾脆鑽到夏衿的馬車裡，問道：「那董方，妳打算如何處置她？」

夏衿奇怪地看她一眼。「我不是說了嗎？她現在是自由身，做什麼事都是她的自由，我幹啥要處置她？」

岑子曼定定地看了她一眼，確定她並不是在找藉口遮掩，而是真的這麼想，她沈默了一會兒，這才道：「那麼我可以理解為，妳根本不在乎我表哥嗎？」

「董方漂亮，至少比我漂亮；其次她的身世也可憐；第三，她還一往情深，寧願不要自由和正妻地位，只要能守在心上人身邊。這樣的女子，心軟或多情的男子都難以拒絕。」

岑子曼不明白夏衿說這話是什麼意思，跟她表哥又有什麼關係。蹙眉想了一會兒，她才恍然大悟。「妳是在考驗我表哥嗎？」然後很高興道：「他沒讓妳失望吧？」

「胡說什麼？」夏衿瞪了她一眼。「董方去找妳表哥可不是我指使的，妳把我當什麼人了？」

岑子曼吐吐舌頭。「對不起，我不是這個意思。」忽然臉色一變。「如果有這樣的女人去找妳哥哥，妳哥哥會不會收留她？」

夏衿翻了個白眼。「那妳要不要試試？」

「可我哪兒找董方這樣的人？總不能給錢讓董方去試探妳哥哥吧？」說到這裡，她眼睛一亮。「別說，這倒是個好辦法。董方在妳家住那麼久，對妳哥日久生情也說得過去。」

第一百零五章

夏衿無語了。「妳知不知道這叫沒事找事？小心我哥生氣不理妳。」

「他敢！」岑子曼表現得十分潑悍，不過眼神裡小火花的黯然熄滅還是顯露出她被夏衿這句話打敗了。

「我有件事要跟妳商量。」夏衿坐直身子。

岑子曼見夏衿表情嚴肅，立刻斂起笑容，問道：「什麼事？」

「妳知道，當初開點心鋪子，我是跟羅公子合夥的，沒有他的幫助，我們恐怕很難分家，也賺不了那麼多錢，在臨江的日子不會那麼好過。現在他去了邊關，即便羅夫人的做法讓人討厭，但我對羅公子仍然十分感激。我想把點心鋪子屬於我的一半股權給他，拿他在臨江知味齋近期的收益做本錢，代他入股。這件事你們要是覺得不妥，也不必勉強，我另做一項買賣就是了，到時再分他一半股權。」

岑子曼睜大眼睛，半晌方問道：「妳到底是怎麼想的？這樣老是牽扯不清，難道還想嫁給羅公子不成？」

夏衿幽幽地嘆了口氣，低聲道：「阿曼，這世上男女之間，除了夫妻，還可以做朋友的。我拿妳和蘇公子當朋友，羅公子也是。在我看來，朋友之情，有時候比夫妻之情更長久、更牢靠。」

這話岑子曼不理解，也不認同。

不過夏衿的話還是讓她想起在臨江臭水塘改造時，夏衿拉著她和蘇慕閑一起入股的事。最開始，她也是拿出自己的股份來跟他們分。眼前這一幕，何其相像。

當初她拉蘇慕閑入股，並不是想嫁給他，只是拿他當朋友，現在對羅騫恐怕也一樣。

夏衿之所以讓人喜歡，就是因為她對金錢的淡然和對朋友的慷慨。

這麼一想，岑子曼頓時覺得自己的思想很狹隘。

「好吧。」岑子曼道：「不過不用從妳的股份裡出，咱們把股份分成四份好了。」

「這件事光妳一人說了不算。幫我問一下妳表哥，看看他是什麼說法。」

提及蘇慕閑，岑子曼心裡的怪異感又上來了。「妳……妳就不怕我表哥誤會？」

夏衿笑了笑。「不怕。」

「唉，妳到底是怎麼想的，能不能跟我說說？我知道妳這時候不宜跟我表哥怎麼樣，但跟我說說總無妨吧？」

「妳把股份的事問清楚了再說吧。」夏衿將身子往後一靠，看了窗外一眼。「差不多了，妳該下車上妳家的車了。」

岑子曼知道夏衿的脾氣，她要拿定了主意不說，怎麼歪纏都沒用。她只得灰溜溜地下了車，回到自己的馬車裡。

走到岔道口，兩輛馬車分道揚鑣，兩人各自回家。

讓夏衿高興的是，不光董岩來了京城，菖蒲的父母也一起來了，這就意味著，她想要做什麼都有人幫她跑腿了。

回到家，她就吩咐魯良出去，為她尋找一處窯場，她需要做一些器具——蒸餾的瓶瓶罐罐，還有針筒等醫療器械。這些東西，她不知什麼時候能用上，但羅夫人發燒的經歷，讓她覺得還是有備無患。

雖然暴露自己的本事會惹出許多麻煩，但如果生病的是親人、朋友呢？難道要藏著、掩著本事，讓他們在痛苦中死去嗎？夏衿自認做不到這麼冷酷無情。

夏正謙去送行的時候一直跟在邵老太爺身邊，送行結束後又跟著去了岑府，直到吃過午飯才回來，對夏衿道：「妳祖父還是希望咱們搬過去一塊兒住。他說情分是相處出來的，咱們搬過去住個兩、三年，跟大家相處出情分了，再想搬出來他就不管了。」

舒氏看了女兒一眼，苦笑道：「兩、三年？到時候衿姐兒就出嫁了。」

夏正謙擺擺手，示意舒氏不要插嘴，對夏衿繼續道：「妳祖父說完這話，帶我去看了一下邵將軍府，跟我說把西南的一處院落劃給我們，再從旁邊開個側門，咱們既可以跟大家住在一起，又有自己的空間。妳完全可以自由出入，不必稟告妳祖母和大伯母。」

夏衿點了一下頭，笑道：「這倒是兩全其美的好辦法。」

夏正謙又對妻子道：「母親說了，咱們不必天天早晚去請安。只初一、十五早上去請安，初十、二十晚上一起吃飯就可以了，平時就是各房開伙。」

「大嫂、二嫂她們也這樣？」舒氏驚異地問道。

夏正謙點點頭。「是。」

舒氏就放心了，又很感慨。「爹娘真是太開明了。有這樣明理的老人，真是我們的幸事。」

夏正謙也有同感。被老太太折騰了那麼久，要是再來一對那樣的父母，他們真是受不了，寧願不要這份親情，也不願意再受折磨。

「還有一件事。」夏正謙又道：「父親說了，養父把我抱回家，又養了我那麼大，幫我娶了個賢妻，不管怎麼樣都是對邵家有大恩。雖然他老人家不在了，但這份恩情卻不能不報。所以他打算帶我回一趟臨江，給養父上炷香，送二千兩銀子給夏家大房、二房。」

對於這個，舒氏自然沒有異議。她向來容易原諒別人，只記得別人對自己的好、忘掉對自己的壞。

「爹，我跟您一起去。」夏祁道：「趁著還沒進國子監，我正好回去看看崔老師。」

「這個應當。」夏正謙極贊成。

夏衿猶豫了一下，最後還是沒有說話。

其實在她看來，幫皇帝看病的事已過了這麼久，應該不會有事了。這時候如果託蘇慕閑去問問太后，離開一下京城回臨江去，應該也是沒問題的。離開臨江時太匆忙，她有些事情沒有處理妥當，這次回去處理一下正好。

但終是太麻煩。

「哥，到時候你幫我辦點事。」她道。

邵老太爺本是個將軍，做事雷厲風行。而且他剛剛回京，皇上給了他一點時間歇息，假期一過，很快就要重返軍營做事了。要去臨江，只能利用這點時間。

於是在搬入邵宅的第二天，一行人就啟程去了臨江，除了邵老太爺、夏正謙和夏祁之外，還有邵恒定及他的大兒子。

夏衿則跟舒氏在新搬的院落住下，早上去正院跟邵老夫人請安、吃早飯，便回來做自己的事。院子果然有個側門可以通往外面，她想出門，只跟舒氏打聲招呼，不必再請示邵家的什麼人。

董岩做買賣是老手了，人也很聰明。過去積累了許多經驗，如今再張羅兩間店，駕輕就熟，不過十來天的工夫，就把店支起來了。

夏衿並沒有完全甩開岑子曼和蘇慕閑一個人幹。

她那天當著岑子曼和蘇秦的面說那些話，只是要確定她的主事位置。她分別向蘇家和岑家各要了一個人做帳房，他們只管入帳和出帳，不管店裡的人事。

忙完這些，夏衿讓魯良去做的各種形狀古怪的器皿也到了。

她在她的小院裡闢出一個房間，作為禁地，不允許任何人出入；又讓魯良將市場上最好的酒買回來。然後她就把自己關在屋子裡，開始做實驗，提煉烈酒，並試著做一些針劑。

舒氏是個寵溺孩子的母親，而且經歷了這麼多事，對夏衿有著超乎尋常的信任；家裡下人都是臨江帶過來的，夏衿所使的更是原來清芷閣的原班人馬，忠心聽話不多事。所以夏衿將自己關進神秘的房間，時不時地從裡面冒出一股煙，或是傳出一陣奇怪的味道，在菖蒲的嚴厲警告下，大家並不敢多問。

唯一讓夏衿頭疼的是那些新認的嫂嫂或堂姊。

邵文萱還好，性子文靜，只喜歡待在自己院子裡看書繡花，只在她母親嘮叨下，讓她多跟新妹妹親近時，才會到夏衿院子裡來一趟。

可那七個嫂嫂就不一樣了。她們性格活潑，知道她們能回京是託了夏衿的福，邵老夫人對夏衿又極為疼愛，恨不得把虧欠夏正謙的疼愛都彌補到夏祁和夏衿身上——而因為夏衿對邵家有恩，這份疼愛又更偏向夏衿一些。所以她們爭先恐後表現出對夏衿的關照，隔三差五就往她這裡送東西，不是自己做的點心，就是特意為她做的針線活，還時不時拉她上街逛逛，以增進彼此的情誼。

夏衿在做實驗做到關鍵處時，就經常被菖蒲叫出來待客。

她不是個能忍的性子，不過別人是一番好意，她也不好多說什麼；只在每位嫂嫂來時，從實驗室裡出來磨磨蹭蹭，身上還帶著藥渣或污漬，眼底還有用黛筆劃出來的青痕，態度真摯地道歉。「對不住，我正研究一些新藥，剛才正做到關鍵時候，一放下就廢了。勞嫂嫂久等，實在抱歉。」

她雖態度熱絡親密，並沒有埋怨之色，但誰還好意思再來打擾她？一家人能回京靠的就是她的醫術，而且往後誰能保證一輩子不生病，用不到夏衿手裡的藥？

於是兩天之後，來訪者就絕跡了。嫂嫂們依然會送點心、針線品，但不再親自過來，而是讓丫鬟送來，夏衿這邊只需要派個丫鬟接待她們就是了。

夏衿終於獲得了安靜。

至於岑子曼那個瘋丫頭，是在家裡待不住的；但因為跟夏祁的親事，她不好跑到夏衿家裡來，就隔三差五地約她出去，打的都是看鋪子進展如何的藉口。

對於她，夏衿就沒什麼可客氣的了，該拒絕就拒絕，在家裡待悶的話，才約她出去走一走。

而蘇慕閑一直沒來找過她，不光沒再爬她家的屋頂，即便是跟岑子曼去看兩個鋪子時，蘇慕閑也一次都沒有出現過，三方坐下來商議事情的時候，都是蘇秦代替他出席。

蘇慕閑現在做的事，夏衿從岑子曼嘴裡也瞭解了一些。燕王和彭家那邊或許是發現了什麼，又或許是現在的局勢不利於他們再有動作，這段時間他們並沒有動靜，所以蘇慕閑沒有原本那般繁忙。

如此就表明，蘇慕閑這是經由岑子曼的口，得知她在羅騫回來之前，不想在男女關係上傳出流言，所以做出這樣的回應。

而夏衿提出羅騫入股的事，隔日岑子曼就把蘇慕閑的反應告訴她。「我把羅公子也入股點心鋪子的事跟我表哥說了，他說這是應當的，並沒有一點不高興。」

夏衿聽了這話，沒什麼表情，只應了一聲。「知道了。」

岑子曼凝視了她一會兒，湊過來問道：「妳不怕我表哥生氣的原因，現在可以跟我說說了吧。」

夏衿詫異地看她一眼。「妳還沒明白？他要是不高興，自然就說明心胸小、沒氣量，這樣的男人妳還怕他生氣不成？」

岑子曼眨了一下眼睛。「妳的意思是，我表哥沒生氣，所以心胸寬廣、氣量大，妳對他的表現很滿意？」

夏衿笑了一下，很大方地點頭同意。「是的。」

岑子曼的笑容如花兒一般綻放，最後哈哈笑出聲來，高興道：「這麼說，妳確定要嫁給我表哥了？」

夏衿瞥她一眼。「不要亂說話，我說過近期內不考慮親事的。」

「知道、知道。」岑子曼拉長聲音，表情意味深長。

夏衿想了想不放心，叮囑道：「這事別跟妳表哥說。我跟他雖說認識的時間不短，但彼此瞭解並不深。婚姻是一輩子的事，成了親再想和離太難了，所以需得慎重考慮，免得佳偶不成成怨偶。」

岑子曼的臉頓時垮下來。「那我跟妳哥互相也不瞭解……」

夏衿捏捏她的臉。「這個妳別擔心，你們有我啊。我要是覺得你們不合適，一定會阻止這門親事的，既然我沒阻止，就說明你們很合適。」

岑子曼雖然跟夏祁相處的時間不多，但關係融洽甜蜜，兩人越相處，岑子曼對這門親事就越滿意；再加上她也不是喜歡悲秋傷春的性子，剛才也不過是隨口一說，夏衿一安撫，她的擔憂就煙消雲散了。

「妳放心，咱們之間的話，我不會跟表哥說的。相比起來，咱倆關係更好，不是嗎？」她眨眨眼，表情俏皮，還帶著些揶揄的意味。

夏衿就這樣過著平靜的生活。二十天後，在酒樓和點心鋪子開張的第二日，夏正謙等人從臨江回來了。

「父親帶著我們去墓前上了香，又各給兩房一千兩銀子。大哥很爽快地同意我們把姓改回來。」夏正謙說到這裡，嘴角勾起一抹嘲諷。「他們還提出，既然我是邵家人了，那麼原先分的財產是不是應該還給夏家。」

對於這一點，夏衿絲毫沒覺得意外。天上忽然掉餡餅，夏正慎和夏正浩怎麼可能不上去咬一口？區別只在他們想要短期的收益，利用夏正謙多詐些錢財，還是放長線釣大魚，收斂貪婪，跟邵家打好關係，以期能讓邵家多提攜他們的後輩。

如今看來，他們選擇了前者。

「給他們就給他們吧。」舒氏是個不爭的性子。「這樣你也安心些。」

「憑什麼？」夏正謙的回答卻讓夏衿吃驚。「那些財產，並不是夏家祖上傳下來的，而是我這麼多年賺回來的。給他們二千兩銀子已是報恩了，他們還想要我手中的財產，沒門兒！」

舒氏跟夏衿對視一眼，沒有再說話。

兩人都知道，定然是夏正慎和夏正浩太過貪婪，逼得夏正謙狠了，他才會說出這樣的話。

「那這麼說，父親要開祠堂讓你們改姓了？」舒氏換個話題問道。

夏正謙搖搖頭。「父親走訪了一圈老宅附近的老人，雖沒打聽出收養我的具體情形，但聽說養父抱我回來前曾被人請去鄰縣出診。想來是在路上遇上帶我離開的秦伯伯，秦伯伯或是受傷、或得了大病，臨終託孤，他才將我抱回家的。父親覺得，養父寧願讓妻子誤會，也沒說出我的身世，把我當親生兒子照顧這麼多年，令人敬佩，所以決定還是讓我姓夏，以感謝養父的養育之恩，往後祁哥兒的孩子再姓回邵就可以了。不過祠堂還是要去祭拜的，日子就定在後天。」

第一百零六章

對於姓什麼，舒氏和夏衿既無所謂，也沒有置喙的權力。

夏正謙和夏祁歇息了一日，到回來的第三日，就沐浴更衣，帶著妻兒前去邵家祠堂，在邵老太爺的主持下燒香磕頭，算是認祖歸宗。

「老太爺、老太爺。」這邊剛拜祭完，便有個下人慌慌張張地跑進來，將嘴湊到邵老太爺的耳邊嘀咕了兩句。

看到邵老太爺臉色忽變，邵恒定連忙問道：「爹，何事？」

「朝中之事，不要多問。」邵老太爺急急往外走，丟下一句話。「我去宮裡一趟。」

大家對視一眼，在彼此眼中都看到憂慮。

邵老太爺是武將，皇上急宣他，只能為了武事；而現在最大的武事，就是邊關的戰役，算算日程，宣平侯帶著大軍，也應該進入邊關所屬之地了。

難道，是途中被人攔截偷襲？

這念頭一起，大家就把這荒謬的想法從腦海中趕出去。

大軍雖未到，但邊關一直有士卒把守。外敵要大舉入境，偷襲一支十幾萬人的軍隊，一來不可行，二來也是愚蠢的做法。

那除了這事，還有什麼事讓皇上急著傳召邵大將軍呢？

想來想去，也想不出個所以然。邵恒定將手一揮，對大家道：「祭祀完畢，大家都散了吧。」

大家寒暄了幾句，便準備回自己院子。

夏衿對夏祁使了個眼色。

夏祁連忙對邵恒定道：「大伯，朝中有什麼事能宣之於口的，祖父回來，您派人通知我們一聲。雖說不能幫上什麼忙，但好歹心裡明白，不至於瞎猜，平白擔心。」

邵恒定拍拍他的肩膀道：「放心，有什麼事，大伯一定通知你們。」

得到保證，夏祁和夏衿放心地回到自己的院子。

邵老太爺這一去宮中，直到傍晚才回家。他回來不久，邵恒定就派了人來，不過不是告知夏祁什麼消息，而是道：「老太爺吩咐，讓三老爺、八公子和六姑娘到正院去，有事相商。」

大家對視一眼，立刻站了起來。

「這是出什麼事了？怎麼連衿姐兒也叫上？」舒氏很是擔憂。

「可能是太后或皇上病了，要宣她入宮看病。」夏正謙道。

舒氏嚇了一跳。「這、這怎生是好？」

雖說夏衿給皇上看過一回病，將他治好了，還得了賞賜，但這種好事可不是每回都碰得上的。要請夏衿去看的病，想想都知道，定然是御醫們束手無策了才不得不為之。這樣的病症，治好、治不好，只能看運氣，運氣不好，治壞了，可是要殺頭的。

「不一定是這事呢，娘您別擔心。再說，就算是找我治病，我也能治好，放心吧。」夏衿趕緊安慰母親。

「走吧，別讓妳祖父等。」夏正謙催促著，率先出了門。

到了正院，一進門，三人的心就往下沈了沈。

此時大廳裡並無女眷，只有邵老太爺、邵恒定和邵恒國三人。三人表情肅穆，靜默不語，廳堂裡氣氛沈悶。

三人上前行了禮。

邵老太爺一擺手。「別多禮了，趕緊找個地方坐下吧。」

待三人坐下，下人進來沏了茶，又躡手躡腳地退了出去，邵老太爺才開口道：「前方傳來消息，大軍走到半路，就出現觸惡之症，劇烈吐瀉、心腹絞痛，已有幾人死亡，而且病情還在不停蔓延中，皇上已派幾名御醫出發了。」

夏正謙還不覺怎麼樣，夏衿的臉色卻是一變。

身為醫者，她對史上幾次大規模流行病再瞭解不過了。「觸惡」，就是古代對霍亂的俗稱。《證治要訣》裡曾提到：「霍亂之病，揮霍變亂，起於倉卒，與中惡相似，俗呼為觸惡。」這種病發病急、傳播快，被稱為「摧毀地球最可怕的瘟疫之一」。

邵老太爺說這話時，就在觀察父女倆的反應，此時看到夏衿臉色驟變，便知她對這種病有所瞭解，忙問道：「衿姐兒，妳對這觸惡之症是否瞭解？手上有藥能治好嗎？」

夏衿搖搖頭。「不瞭解，只是聽說過。而且這個病的症狀很複雜，發病前期和後期的症狀不一樣，每個人的情況也不一樣。這不是一個藥方就能治好的，得有針對性的治療。」

這話說得大家都靜默了一下。

「行了，就這麼一件事，你們知道就行了，別外傳。」邵老太爺擺擺手。「都回去吧。」

大家對視一眼，都站起來告辭離開。

回到院子，舒氏在廳堂裡等著他們。夏正謙見妻子擔心，只得把事情跟她說了一遍。

「相公，皇上不會把衿姐兒派到邊關吧？」舒氏這話一出口，把自己嚇了一跳，臉色頓時變得煞白。

夏正謙也嚇了一跳，看看夏衿，然後用十分肯定的語氣道：「不會的。太醫院有那麼多御醫呢，他們拿著朝廷的俸祿，自然要為朝廷盡忠。衿姐兒只是一閨閣小姑娘，又沒拿朝廷一文錢，有事了，總不可能讓她衝在前面；要真這樣，朝堂上那群大老爺們還不得羞愧至死？」

舒氏覺得這話十分有道理，放下心來，拍拍胸口道：「那就好、那就好。」

夏衿卻抿了抿嘴，沒有說話。

夏正謙這樣說，是還沒認識到霍亂的可怕。如果一般疾病，派御醫去治治就行了，但要真是霍亂，在大軍中肆虐並蔓延開來，恐怕得天下大亂，到時候她想躲都躲不過。

她現在只等著御醫從邊關傳回消息，確定那到底是不是霍亂。然後她就需要做選擇，是要冒著生命危險主動上前，還是等病情不可收拾了再被朝廷點將。

回到院中，她叫來魯良，拿出上次做出的瓷針筒。「你去訂做三百套這個。」

古代能工巧匠的聰慧是無窮的，只要肯花錢，「白如玉、明如鏡、薄如紙、聲如磬」的瓷器針筒，也能顯現出玻璃針筒的特點。

至於針頭，則是用最細小的竹管做成。雖再細的竹筒也要比現代鋼針大一些，但遇著人命關天的時候，也顧不了那麼多了。

日子一天天過去，邊關不停傳來壞消息，御醫已確認是霍亂，卻控制不了局面。朝廷不停派遣御醫前去，大軍把得病的人放在半路，沒病的人繼續前行，這樣的隔離也沒能阻止那場瘟疫的肆虐，死的人越來越多，而北涼國的攻打卻越來越凌厲，陰影籠罩在京城上空，岑子曼已有幾天沒派人約她出去逛街了。

夏衿自認是個涼薄之人，但聽著這些消息，她仍會心裡不安。對於瘟疫，她總比古人要瞭解得多些，根本無法眼睜睜看著年輕士卒死去，她卻坐在家裡什麼事都不做。

但她真能阻止這場災難嗎？這種病傳染性那麼強，她這一去，可能永遠回不來了。

好不容易重活一次，還沒能好好談一場戀愛、成一回親、做一回母親……她不是聖母，她拯救不了蒼生。

這兩種念頭不停在腦中糾結，她終於忍不住，跑去對夏正謙道：「爹，您說我要不要去邊關看看？」

一向忠君為國的夏正謙，這一次卻把臉沈了下來。「胡鬧！妳別以為治好了幾個病例，就以為醫術天下第一了。那些御醫哪個不比妳強？再說妳一個小姑娘強出頭，讓那些大老爺們的臉往哪兒擱？這請求一遞上去，咱們就得成為眾矢之的。不在其位，不謀其政。妳還是老老實實待在後院裡看書繡花吧！」

說著，趕蒼蠅似地朝夏衿揮揮手。

舒氏也傷心帶淚地勸阻她。

父母既不同意，夏衿告訴自己不是她不願，而是不能。心情平靜了一些，乖乖地回了院子。

邵老太爺每日上朝，回來時都是肅穆著臉，並未再叫夏衿去正院；岑子曼後來還是約了夏衿出去逛街，絕口不提邊關瘟疫，只是臉上再沒有笑容。

夏衿心裡的天平又一次搖擺。

一天晚上，她睡得正香，猛地一個激靈在床上坐起來——有人躍上了她的屋頂。

坐在床上感覺到那熟悉的呼吸頻率，她穿戴整齊，開門出去，右腳一點地，也躍上了屋頂。

蘇慕閑正坐在那裡，姿態端正，眼睛凝視著遠處，不知想什麼。

夏衿沒有出聲，走到他旁邊，輕輕坐了下來。

蘇慕閑這才轉過頭，朝她望來，兩人四目相對。

一段時間沒見，蘇慕閑似乎又成熟了許多。那雙從前能一眼看到底的清澈眼眸，此時已成了浩淼大海，深邃難懂，在月光下閃爍著複雜的光輝。

她沈默著，等著他開口說話。

「今天……」他開口了，聲音嘶啞。「太后和皇上爭論了許久，為了妳。」

「是為了疫病之事？」夏衿輕聲問道。

蘇慕閑點點頭。「太后想派妳去看看，皇上不同意。他說一群大老爺們閒著，整日在朝堂上噴口水，卻派一個小姑娘去疫區送死，他這做皇帝的都沒臉見天下子民。」

夏衿對那只有一面之緣的皇帝大生好感。「爭論的結果呢？」

「這天下，是皇上的。」蘇慕閑的聲音越發低沈。

他轉過頭來。「不過妳也要做好準備。沒準兒太后還是會叫妳進宮，向妳詢問疫病之事。」

「你說……我要不要去？」

蘇慕閑凝視著夏衿，半晌方道：「問妳的心。妳想去，我不會阻止。」

夏衿靜靜地跟他對視一眼，轉過頭來，看向天邊的一輪明月，沒有說話。

微風輕拂，一片樹葉飄落到她的頭上。

蘇慕閑很自然地抬起手來，從她頭上拿下那片葉子，扔到旁邊去。

「夜深露重，回去睡吧。」他聲音輕柔。

「好。」夏衿對他一笑，站起來躍下屋頂，回到房間。

蘇慕閑卻沒有馬上走，而是在屋頂上又坐了片刻，這才起身離去。

蘇慕閑是御前侍衛，把太后和皇上的談話內容洩漏出來，是殺頭大罪，雖他沒說，夏衿卻不是無知少女。這件事，她沒有向任何人提起，只是加緊了手頭的藥劑工作。

過了兩日，太后果然派了宮女來，宣她入宮。

太后所住的寧壽宮，跟原來她去看診的宮殿大不相同。大概是寡居之人害怕寂寞，占地寬敞的宮殿，被各種擺設和帷幕分割成一塊塊區域，雖然繁瑣，卻不顯得雜亂。

太后比起她見過的那次，精神許多，面容也顯得年輕一些。

她態度極為和藹，給了她一個座位，又關切地問她跟邵家的關係，寒暄了好一陣，這才道：「邊關的疫病，不知妳聽說過沒有？」

「民女曾聽祖父提及。」夏衿道。

「那不知妳那師父，對這病有沒有瞭解？知不知道應該如何防治？」

夏衿點點頭。「提過一些。不過這病很複雜，並沒有特效藥，只能出什麼症狀就治什麼，別無他法。」

聽得這話，太后很是失望。「哀家是擔心這大軍還沒走到邊境，就全病死了。」

說著她嘆了一口氣，又對夏衿笑道：「不過這是朝堂上大人們的事，哀家宣妳來，也只是想問問妳對這病有沒有好辦法，並無他意，妳不要擔心。」讓宮女拿出幾疋宮錦，送夏衿出去。

夏衿原以為太后宣她來，是要她去邊關的，沒承想竟隻字不提。她想想邊關的情形如果再惡化下去，即便她不主動，太后也會派她前去察看；而且這種事自然是越早治療越好，要是瘟疫大範圍蔓延開來，便是神仙都救不了。

她站在原地稍稍猶豫了一下，便對太后道：「如果邊關需要民女，民女可以前往。」

太后的眼睛頓時一亮，看向夏衿的目光跟剛才全然不同。剛才她態度雖然和藹，目光卻淡淡的，這一會兒滿眼都是讚賞。

「我輩女子，就應該像妳這樣。國家有難時，有智出智、有力出力；而不是躲在男人身後，只享富貴太平。妳很好！」她道。

「不過，這事我還得跟皇上商議。如須妳去邊關，定會為妳的聲譽和安全考慮周全。」

「多謝太后。」夏衿施了一禮，緩緩退了下去。

這件事既跟太后提了，沒準兒什麼時候旨意就會下來，再瞞著邵老太爺，自然不好。

夏衿回家後，便派人去上房探聽著，等邵老太爺一回來，她就去上房求見。

「什麼？妳主動求去邊關？」邵老太爺聽了大吃一驚，驚訝過後，就是大加讚賞。

他平生立志愛國忠君，雖受冤被流放三十多年，但知是外賊蠱惑，心中並無太多怨氣，他這樣的人，早已將生死置之度外，自然也最讚賞英雄氣概的人。然而活了六十來年，除了軍中幾個好漢，並沒有太多讓他正眼相看的，沒承想自家這從小流落在外、在市井中長大的孫女，竟然有這樣的大心胸、大氣概！

「好啊，好！不意我邵家竟然出了如此奇女子！」他拍著桌子，連聲驚嘆，大笑起來。六十來歲的人，身板卻十分硬朗，中氣十足，這一喊一笑，聲音直震整個上房院落。

第一百零七章

「父親，何事如此開心？」邵恒定從外面進來。

他正有事要稟，聽聞姪女求見父親，便不好進來，只在偏廳坐著。此時聽得這聲叫喊，自是坐不住了，要進來看個究竟。

邵老太爺一腔驚喜與感慨，正要與人共享，見了大兒子進來，連連招手道：「來來，你來得正好，來見識一下我邵家新出的女英雄。」說著一把揪住兒子前襟，把他拉至夏衿面前，跟他說夏衿自動請纓去邊關的事。

夏衿一陣無語，沒想到自家祖父還是個老頑童。

「衿姐兒竟然主動要求去邊關？妳可知那是什麼地方？」

邵恒定與邵老太爺不一樣，他自幼流落北寒之地，雖有父親教誨，但對先皇偏聽不明仍心懷不滿，忠君兩字並無多大分量。在他心裡，第一是家人，第二才是國家。

所以聽明白邵老太爺的話，他第一個念頭，就是跟夏正謙一樣，想要勸夏衿不要衝動。

「聽岑家阿曼說過一些。」夏衿道。

「且不說那是茹毛飲血的未教化之地，妳先得知道，那裡白天極熱，晚上極冷；無新鮮蔬菜可吃，無沐浴之水可用，一個月都不能沐浴；住的是氈房帳篷，擋不住漫天風沙；男子粗魯，不講禮數；男女之間，並不守儒家之禮……」

未等邵恒定說完，邵老太爺就喝斥道：「如今國難當頭，衿姐兒挺身而出，為國分憂，你做大伯的不鼓勵她，怎的還說這些渾話令她退縮？那些出去打仗的男兒受得了，憑什麼咱們邵家女子不能受？」

邵恒定卻不理，繼續道：「不光這些，只說那瘟疫之地，全是臨死之人，殘腐之軀，哀鴻遍野，猶如地獄。妳身為救死之郎中，不管他是袒胸露背，還是臭身腐體，都得診治，隨時都有可能染上疫病，喪身荒野。這樣的地方，便是活了幾十年的御醫，都避之唯恐不及；妳一個未出閣的女孩兒，怎可前往？」

邵老太爺雖胸膛起伏，顯被大兒子的拆臺氣得不輕，但並未再喝止他的話。待邵恒定說完，他目光灼灼地望向夏衿。「衿姐兒，妳大伯所說的並不是虛話，那裡只有比他所說的更艱苦、更可怕，多少男兒貪生怕死都不敢前往；要是不願意去，祖父可去宮裡幫妳跟太后分說。」

夏衿不是真的未見過艱辛的小女孩。什麼叫做修羅地獄，她比邵老太爺和邵恒定更清楚。

不過她沒想到一向孝順的大伯，能冒著被老父責罰和被人彈劾不忠的危險，也要向著她說話，顧及她的安危；祖父一心忠君愛國，也能壓抑住滿心的信仰，為她擔下一切，她對邵家的歸屬感，又深了一層。

「我今兒跟太后請求去邊關，並不是一時衝動，而是深思熟慮的結果。邊關的艱苦與慘狀，即使沒有見過，也能想像得到。到了那裡，我便不是一個未出閣的女子，而是郎中，與那些男子只是醫者與患者。什麼男女大防、閨閣清譽，在生死面前又算得了什麼？祖父、大伯，我已想好了，此去邊關，即便永不能回來，我也不悔。」

「好，好孩子，果然是我邵家的種！」邵老太爺被她這番話說得熱血沸騰。「放心，妳要去邊關，祖父陪妳去。」

「不可。」夏衿勸道：「此次瘟疫很是蹊蹺，恐是人為。此時大軍在外，京城空虛，正是內賊蠢蠢欲動，外敵伺機入侵之時。宣平侯他老人家既去了邊關，祖父您坐鎮京都，穩定軍心，才是上策。孫女知您關心則亂才有此言，在您老人家心中，國事一定是最重，其次才是家人，對不對？」

「還是妳最懂祖父的心啊。」邵老太爺撫著鬍鬚大笑起來。「沒有國，哪有家？自然是以國事為重，祖父剛才是失言了。」

「祖父那裡離不開，大伯陪妳去。」邵恒定道。

如果說前面的話讓他和邵老太爺獲得夏衿的認同，那麼兩人都說要陪她去邊關，就讓夏衿感動了。

畢竟誰都知道，很可能去了之後，就永遠回不來了。

「不用。」她斬釘截鐵道：「剛才大伯還跟我說那裡多麼危險呢，如果我讓大伯送我去，到時候發生了什麼，我於心何安？邵家有我一個人去就行了，不必多一個人冒險。」

看到邵恒定張張嘴，似乎還要說服她，她又道：「到時候我穿男裝去就行了，身邊最多帶一個下人，除此之外任何人都不用去，去了也是累贅。到時候生了病，會耽誤我給病人看病。」

要是影響夏衿給士卒治病，豈不是跟皇上對著幹？這個大帽子壓下來，邵恒定嘆了一口氣，不再說話了。

「好孩子、好孩子啊！」邵老太爺喃喃道。

「祖父。」夏衿換了個嬌嗔的口吻。「我爹一心為國，知道我去邊關，他最多會不捨，絕不會阻攔；我娘那裡怕是有些難辦，到時候她哭泣絕食，就是不讓我去，我身為子女，也是很為難的。您跟祖母能不能好好跟我娘說說，讓她不要阻攔我？」

邵老太爺還不知小兒子根本就沒想讓夏衿去邊關，聽了這話，還為小兒子的深明大義深感欣慰。對夏衿的這一要求，他自然一口應允。「好，我讓妳祖母好生勸勸妳母親。」

夏衿聽到屋頂上那個輕微的呼吸聲消失了，她大鬆一口氣，湊到邵老太爺耳邊，以極低的聲音道：「祖父，剛才屋頂上有人。」

邵老太爺大駭。「妳怎知道？」

「我武功不錯。」夏衿道。

邵老太爺又是一驚。

「你們在說什麼？」邵恒定看到一老一小在那裡嘀嘀咕咕，邵老太爺臉色數變，心裡大奇。

在跟邵老太爺咬耳朵的過程中，夏衿再一次確認那偷聽之人已經走了，便把她剛才的話跟邵恒定也說了一遍。

「什麼？」邵恒定也臉色大變，壓低聲音向邵老太爺道：「是不是……」他指了指天。
「那位派來的？」
邵老太爺點點頭。
邵恒定露出忿然的表情。「他還是不信任您？」
「受冤幾十年，沒人相信咱們心裡沒有怨恨。」邵老太爺搖頭嘆息道。
邵恒定沈默了一會兒，忽然轉過頭來，睜圓了眼睛望向夏衿，目光裡帶著不可置信。
夏衿被他看得莫名其妙。「大伯，怎麼了？」
「妳……妳哪兒學來的武功？」邵恒定心頭的震動，不比聽到皇帝派人來監視他們小。
「跟我師父學的。」夏衿這謊言說了百遍，說得自己都有點相信了。「就是教我醫術的師父。」
「奇人啊！」邵老太爺感慨一句，又慈祥地看了夏衿一眼。「也是因為這孩子夠好，人家才能看上她，把所有的本事都教給她。」
邵恒定很贊同地點了點頭。
他跟邵老太爺雖然感覺不到有人偷聽，但對夏衿的話沒有絲毫懷疑。一個能將生死置之度外的人，他和父親都願意相信她的人品。
再說，夏衿有什麼理由欺騙他們呢？他們是一家人，一榮俱榮，一損俱損。
「祖父、大伯，這下你們可以放心讓我一個人去邊關了吧？」夏衿把自己的功夫展示出來，也有這麼一番用意。

既然認同了這些親人，她就不準備在他們面前藏著、掩著。邵家的當家人是邵老太爺和邵大伯，她和父母、兄長遇到什麼事，都繞不開他們去；與其以後才讓他們知道，讓他們心生不滿，不如現在就坦誠以待。

邵老太爺搖了搖頭。「皇上定然會派人送妳去的，安全方面我倒不擔心，如何讓自己不傳染上疫病，這才是最重要的。」

「這個您放心，我自有法子。」夏衿道：「我一會兒把要做的東西寫出來，祖父您幫我找人做了。我擔心皇上下旨之後，馬上就讓我出發，畢竟邊關的情況，多等一天就糟糕一天。」

「這沒問題。」知道夏衿胸有成竹，邵老太爺倒是放心了些。「需要什麼，儘管找妳大伯。」

邵恒定也表示。「妳儘管說。」

夏衿也不客氣，將防疫要用的口罩、衣服、手套之類的東西畫出來，並把要求寫出來交給邵恒定。

這些東西，花費並不是很多，但找人做卻挺費事。夏衿還得把精力放在製作藥劑和酒精上，自然把這些交給邵恒定去操心比較好。

一頓飯工夫後，夏衿回了自己院子，夏正謙卻被邵老太爺喚了去，回來後臉色很不好，直接進了夏衿院子。

夏衿接下來還要夏正謙幫忙，也不避諱，直接叫菖蒲把他領到實驗室。夏正謙看到薄荷坐在一個古怪的大鍋前不停往灶裡加柴，鍋上連接的一個管子則不停滴出液體來，而在裡間的夏衿則在擺弄一案檯的瓶瓶罐罐，他嚇了一跳，顧不上興師問罪，好奇地看著這些東西問道：「衿姐兒，這是幹什麼？」

夏衿把她的「奇思妙想」和藥理簡單地跟夏正謙說了一遍。

夏正謙自打跟夏衿學醫以來，就成了謙虛的弟子。在他眼裡，女兒是個神醫，有著匪夷所思的理論和各種神奇的手段，而事實證明，這些理論和手段都是無比正確。

所以夏衿不用多費口舌，他就全盤接受這些東西，並且欣然地從女兒手上拿過藥筒，用鑷子裝上大小合適的小細竹管，抽了一點藥液，注射到一隻雞身上，然後看到不停撲騰的雞在針管抽出來以後，仍然活蹦亂跳，並沒有大出血，他嘖嘖稱奇，大為興奮。

這些東西猶如打開了一扇大門，讓他沈迷，但仍沒有轉移他的注意力。放下手中的東西，他盯著夏衿看了一會兒，欲言又止。

夏衿只得束手而立，等著挨批。

豈料夏正謙盯著夏衿沈默好一會兒，最終只嘆了一口氣。「妳答應爹爹，一定要活著回來。」

「嗯。」夏衿點點頭。向來不愛哭的她，只覺得鼻子酸酸的。

「妳娘那裡，先不要告訴她，等皇上下了旨，瞞不過去了再說。」夏正謙又叮囑道。

夏衿又點點頭。「嗯，這樣再好不過了。」

做這個決定，她最害怕的就是舒氏了，舒氏絕對不會讓她去邊關的。

「爹，您要知道，太后今天召我進宮，不是閒著沒事，讓我去陪她聊天的。」夏衿道：「她一直沒提讓我去邊關，只是不好啟齒而已。她一提，燕王那一派定然會上摺子彈劾皇上無用，要靠一個女人來維持天下太平，這樣皇上就會陷入被動。我今天就是避開這個話題，過後也會有人來勸我站出來，到時候咱們不光得不到好處，邊關還不能不去，這個道理，我想您能明白。您一定要勸住娘，讓她別鬧，否則不光阻止不了我去邊關，反而會給太后和皇上留下壞印象，甚至連累整個邵家。」

聽得夏衿說得鄭重，夏正謙嚴肅保證道：「放心，我一定會勸住妳娘的。」

有夏正謙保證，夏衿就放心了。

接下來兩天，夏衿和邵家人都在為她去邊關做準備，然而宮裡卻沒有什麼消息。直到第三天，宮裡終於傳出旨意來，讓她去邊關治療疫病。

為確保她在路上的安全，這個旨意是秘密下的。邵家只有邵老太爺、邵恒定和夏正謙知道。

救人如救火，既然是她主動請纓，聖旨又下下來了，她立刻收拾東西準備出發。

現在唯一讓她為難的是，到底讓哪個丫鬟跟著她一起去——皇上派了十幾個武功高手，扮成走商之人護送她來去。這樣的話，照規矩，她起坐行臥就得有丫鬟照顧，拿個飯、端個水也有人張羅，不必她自己去跟那些人打交道，這對於維護她的聲譽很重要，邵家人是不會允許她連個丫鬟都不帶的。

可是，無論帶誰，都是不公平的，這一去也許就再也回不來了。這些人雖然做了奴僕，命運似乎也由著主子擺布，但夏衿還是做不出隨意主宰別人命運的事。

她要去邊關，要收拾東西，自然瞞不過菖蒲和薄荷這兩個貼身丫鬟。

她乾脆把兩人都叫來，把她要帶一個人去邊關的話說了，並且把邊關的艱難也說了一遍。「如果妳們不想去，可以跟我說清楚。不想去我也不會怪妳們，畢竟妳們還是如花的年紀，誰也不想死。」

菖蒲和薄荷聽了她的話，都有些愣怔，互相對視一眼，菖蒲道：「姑娘，奴婢以為您讓我們兩人都跟著一起去。這一路上，一個人伺候您肯定是不行的。」

薄荷也點點頭。「是啊。」

夏衿也一愣，隨即笑道：「不，我只需要帶一個。也不一定是妳們兩人，妳們倆都不想去，我還可以去問別人，這個由妳們自己決定。」

「奴婢跟您去。」菖蒲想都沒想，就直接道。

「奴婢也願意跟您去。」薄荷唯恐落後似的，也急急道。

這一刻夏衿是感動的，她這個主子做得還不算失敗不是嗎？至少有人願意跟她一起赴死。

為讓兩人明確知道這一點，她冷酷地指出事實。「這一去也許就永遠回不來了。」

「奴婢知道。」菖蒲仍是毫不猶豫。

薄荷倒是遲疑了一下，不過仍然道：「奴婢願意去。」

夏衿凝視著她們兩人，笑容慢慢浮現。

她走到桌前，寫了兩張紙條，揉成一團，走到兩人面前。「我不能決定妳們誰去、誰不去，便由上天決定妳們的命運吧。」

薄荷看了看那兩個紙團，然後望向菖蒲。

在夏衿院子裡，地位最高的丫鬟是菖蒲，其次才是薄荷。薄荷性子憨厚老實，不及菖蒲機靈，對夏衿忠心之餘，也很聽菖蒲的話，什麼東西一向是菖蒲先挑，其次是薄荷，然後才是別的丫鬟。現在抽籤，遵循慣例，也應該是菖蒲先抽。

菖蒲卻沒有動，抬了抬下巴道：「妳抽吧。」

第一百零八章

這不是姑娘賞賜的面料、絹花，而是送死的機會，薄荷即便不機靈，也知道不是推讓的時候。她抬起手，抓了一個紙團在手裡。

可還未等她打開，菖蒲便跪了下去。「姑娘，您這一去，還是扮男裝吧？自從您將董方領回家，奴婢就一直在學男子走路，現在已學像了七、八分；而且在來京城的路上，奴婢還學會了騎馬；這一年來，奴婢也下苦功練功夫。現在姑娘不管做什麼，奴婢至少能跟上姑娘的步伐，所以奴婢跟了去，不會拖累姑娘，就讓奴婢跟在您身邊吧。」

「菖蒲，妳姊姊去世後，妳父母就只有妳一個孩子了，妳忍心讓他們白髮人送黑髮人嗎？」

「他們跟著老爺、夫人，不會沒人養老的。」菖蒲態度很堅定。「姑娘能去，沒理由奴婢不能去。比起姑娘來，奴婢的命又算得了什麼？我爹娘不會阻止我的。」

聽菖蒲這麼一說，薄荷不服了，跪下去道：「奴婢家裡還有弟弟，比菖蒲姊姊強。姑娘，讓奴婢跟您去吧。」又將手上的紙團遞上來。「反正奴婢抽到了『去』字。」

菖蒲瞪她一眼。「聽話！」

薄荷嘟嘟嘴，沒有反駁，卻眼巴巴地望著夏衿，等著她主持公道。

夏衿心裡感動，上前將她們扶了起來。「皇上還沒下旨呢。讓誰跟著，到時候我再通知妳們。也許，不用我去也說不定。」

說是這樣說，但夏衿心裡篤定，為了江山的穩定，皇帝一定會讓她去邊關的，所以趁著聖旨未下，先做好一切準備。

最重要的事就是跟大家告別。她這一去也許就是永別，不可能毫無聲息地離開。

那天傍晚，她跑到舒氏那裡膩歪了一回，又拉著她去陪邵老夫人吃飯，伯母和嫂嫂們那裡也走了一圈，回贈些禮物。第二天一早則去了一趟宣平侯府，給宣平侯老夫人和蕭氏請安，聊了一陣後，她便去岑子曼的院子，拉她去店裡看看。

可是剛從宣平侯老夫人的正院裡出來，半路上就遇到羅夫人。

羅夫人當初來京城，一是為了讓夏衿寫信給羅騫，從邊關將他喚回來；二是為了處理鄭家的親事。

現在兩件事都辦完了，照理說她應該回臨江了，但宣平侯去了邊關，在傳信給皇帝時，也會順帶送家書回來。羅夫人惦記著兒子的安危，自然不肯離開，要在京城等著宣平侯的來信。

雖那日邵老夫人把羅夫人奚落了一頓，但第二天送宣平侯他們出征時，舒氏跟羅夫人寒暄客氣了一番，已把彼此的面子圓回來了，見面不至於太難看。

其實就算沒有善良的舒氏，夏衿看在羅騫的面上，也不會再給羅夫人難堪。

遠遠看到她過來，夏衿就停住腳步，避到一旁，待她走近時施了一禮。「羅夫人。」

羅夫人停住腳步，複雜地望著夏衿，好半天才吐出三個字。「夏姑娘。」

夏衿朝她笑了笑，就準備轉身離開。

「夏姑娘。」身後卻傳來羅夫人的聲音。

夏衿轉過身來，看向她。

羅夫人張了張嘴，卻又閉上，沈默地望著夏衿，眉毛微蹙，似乎滿腹心思不知從何說起。

夏衿見她的面容似乎又蒼老了些，鬢間已有幾根白髮，心裡不由得升出一絲憐憫，放柔聲音問道：「有事嗎？」

羅夫人囁嚅了一下，終於小聲開口道：「妳真不願意嫁給我家騫哥兒嗎？如果妳肯嫁給他，我……我可以不跟你們住在一起。我知道妳不喜歡我，我不會讓妳不高興的。」

夏衿一怔，抬起眸子凝視著羅夫人，看到她目光坦然、態度真誠，心裡不由得感慨萬千。

羅夫人再不好，她對兒子的愛，都是讓人尊敬佩服的。這是一個視子如命的母親，為了兒子的幸福，可以將自己剛硬的性子和極度的自尊踩在腳下。當初幫他訂了鄭家的親事，她也是打心眼裡覺得這是為了兒子好。

但她不可能為了羅夫人這份母愛，就答應嫁給羅騫。

如果是平常，她或許不會顧忌太多，但此時面對羅夫人流露出來的這份卑微，夏衿實在不忍太傷她的心。

她思考著措辭，說話盡可能委婉。「您知道，我祖母回來了，我的親事，必須由她老人家作主。夫人您這話不該跟我提，而是應該去問我祖母。」

羅夫人眸子倏地一亮，以為夏衿這是有心答應，立刻道：「如果妳同意，我自然會跟妳祖母提。雖然妳祖母……咳，但為了我家騫哥兒，無論如何我都會爭取一下的。」

「呃。」夏衿沒想到自己的委婉會遭到誤解，她只得將臉一沈。「羅夫人您這是什麼意思？哪家的好姑娘會私下答應親事，讓對方以此為倚仗去跟自家長輩討價還價的？臉皮再厚的人也不會這麼做吧？長輩們都是為自家孩子好，萬沒有跟她們作對的道理。」說著福了一福，轉身離去。

羅夫人望著她的背影，愁眉苦臉嘆了一口氣，這才緩緩轉身，往正院去。

早在夏衿到宣平侯府時，岑子曼就得到消息，早已在院門口等著她了。此時見她來，很是高興，跟她一同出了門，往鋪子去。

董岩從臨江來時，知道夏衿有心在京城開店，已做了準備，將錢不缺和做點心的師傅各帶了兩個上京來。有了他們，董岩再買了些下人，有蘇、岑兩家派的帳房先生，鋪子又不需要重新裝修，所以只十幾天，他就把兩間店開起來了。

兩人到的時候，酒樓因未到飯口，客人不多；但點心鋪子門前卻人來人往，甚是熱鬧。

「去拿幾份仙草凍過來。」岑子曼吩咐雪兒，自己則跟著夏衿上了酒樓。

「兩位姑娘來了？」錢不缺從廚房裡出來，笑著招呼道。

日子過得好，不到一年的時間，這傢伙就從當初的瘦如竹竿，變成了一個大胖子。

他自從被夏衿拎到酒樓做事，就再也沒沾賭。夏衿看他表現好，便讓人給他找了個漂亮而厲害的小寡婦，幫著他娶了親，他也算是過上了老婆、孩子熱炕頭的好日子。前段時間夏衿離開臨江，他也沒有再犯賭，老老實實在酒樓裡做事。因他手藝好，這一次董岩上京，便把他和他家人一起帶到京裡來了。

「董岩呢？」夏衿問道。

她話聲未落，董岩就從樓梯上來了，笑道：「小人去點心鋪那邊了。客人太多，總得看著些，以免出差錯。」

「人手夠嗎？」

「還得再買兩個，生意好時，忙不過來。」

夏衿跟董岩一問一答，解決著店裡的麻煩，看到岑子曼睜著眼睛望著他們，聽得十分認真，她對董岩道：「現在店裡上正軌了，管理上的事，你以後可以跟岑姑娘說說，也好讓她知道一些買賣上的事。」

董岩答應道：「是。」

岑子曼眸子一亮，躍躍欲試，可又有些猶疑。「可我不懂啊，萬一錯了呢？」

「誰也不是天生就會的。有董岩在，妳犯不了什麼大錯。」

岑子曼一笑，正要說話，忽聽「咚咚咚」的聲音從樓梯口傳來，似有人正急促上樓。三人都轉頭朝那兒看去。

「姑娘。」來人是邵家人從北邊帶回來的老管家邵勇。他氣喘吁吁，走得甚急，一邊從樓梯口上來，一邊道：「老奴追到宣平侯府，再從侯府追到這兒來。」

夏衿心裡一動，問道：「什麼事這麼急？」

「您……」邵勇看了看岑子曼和董岩，猶豫了一下。「老太爺叫您趕緊回去接旨。」

果然是這事。

夏衿倒沒覺得意外，站起來就要往外走。

岑子曼卻大驚，拉著夏衿問道：「接旨？接什麼旨？妳怎麼了？」

「路上說。」夏衿道，抬腳下了樓，丟下一句話。「董岩也一起來。」

岑子曼和董岩連忙跟上。

兩個姑娘帶著丫鬟坐車，董岩騎馬，急急往邵府奔去。到了邵府門前下了馬，董岩看到岑子曼白著一張臉下來，臉上竟然還掛著淚痕，頓時大感不妙，心裡猜想著是不是邵家犯了事，被皇上追究了。

可一想又不對——就算犯了事，也不應該找自家姑娘啊？

一路猜想著，董岩跟著夏衿和岑子曼到了邵家大廳，便看到兩個穿內侍服飾的人坐在上首喝茶，邵老太爺和邵恒定、邵恒國、夏正謙正陪在一旁。

「回來了。」看到夏衿進門，邵老太爺就站了起來。

內侍看到夏衿，倒是挺客氣，笑嘻嘻道：「夏姑娘，請您接旨。」

香案早已擺上了。偏廳的女眷得到夏衿回來的消息，由邵老夫人帶頭，一一進來跪好。

董岩也跟著跪在最後面。

了。

「奉天承運，皇帝詔曰……」內侍打開明黃色的錦帛，對著邵家人唸了起來。

董岩也讀過書，聽得懂內侍嘴裡唸的聖旨，可正是因為聽得懂，他腦子嗡地一聲就懵了。

姑娘……姑娘要去邊關治瘟疫？

他盯著伸手接過聖旨的夏衿，心裡亂成一團。

董岩這個外人尚且如此，邵家不知情的男人和所有女眷更是如此。直到內侍叫「請起」，他們都還懵懵懵懂懂地沒反應過來，過了一會兒，「啊」地一聲呼叫，大家轉頭一看，卻是舒氏暈了過去，接著亂成了一團。

「衿姐兒，皇上讓妳馬上離京，妳趕緊回去收拾東西準備出發。」邵老太爺叫道，又吩咐孫媳婦們。「把妳們三嬸送回去歇著。」

夏衿知道舒氏是因為受了刺激而暈倒，有夏正謙在，她倒不擔心。聖旨一下，時間上不容拖延，畢竟救人如救火。

「大伯。」她喚了邵恒定一聲。

邵恒定點點頭。「妳要的東西已做好了一部分，我叫人直接拉到城門口。妳去收拾東西，一會兒我們在城門口集合。」說著便出了門。

「菖蒲。」夏衿轉頭對菖蒲道：「妳如果還沒改變主意，那就去跟妳爹娘告別，我讓薄荷幫我收拾東西。」

「是。」菖蒲眸子一亮，快步朝她母親那邊跑去。

夏衿看舒氏已醒了過來，擔心她拉著自己哭，趕緊趁著一群人還圍著她時，拉著岑子曼出了正院。

「阿、阿衿，妳要去邊關？」岑子曼被這個消息嚇懵了，說話都有些口吃。

夏衿笑了笑。「妳不是聽到聖旨了？」

岑子曼張了張嘴，卻半天說不出一句話來。

夏衿也沒空理她，匆匆回了院子，讓薄荷收拾她的東西——其實昨天晚上，菖蒲和薄荷就把她要帶的東西收拾得差不多了。她現在要做的，就是將這段時間做出來的針筒和藥劑裝好，放進木箱，再用破布舊衣將四周塞滿，釘上蓋子，以免在路上被撞破。

「衿姐兒。」

這裡剛把東西收拾好，外面就傳來舒氏沙啞的叫聲。

夏衿嘆息一聲，走了出去。看到外面人頭攢動，不光舒氏，邵家老老少少所有人都來了。舒氏眼眶紅紅的，被楊氏攙扶著，步履蹣跚。

「祖父、祖母……」不待大家說話，夏衿就將所有人都叫了一遍，然後道：「大家放心，我一定會活著回來的。」

說著，她跪了下去，給祖父母和父母分別磕了一個頭。

「衿姐兒，妳一定……一定要好好照顧自己，一定要活著回來。」舒氏流著淚拉著她叮囑道。

「嗯。娘，我答應您。」夏衿點著頭，鼻子酸酸的。

「東西可收拾好了？」邵老太爺問道。

「收拾好了。」夏衿知道不能再耽擱，轉頭朝人群裡掃視一眼，看到菖蒲提著個包袱，已在她身後候著了；不光是她，薄荷也拿著包袱站在那裡。

「姑娘。」看到她望過來，薄荷的娘忙道：「讓薄荷也跟著您一起去吧，您身邊怎麼能只有一個丫鬟？拿個東西、提個水都不方便。」

「是啊、是啊。」薄荷的爹也附和著。

「讓菖蒲和薄荷都跟著去。在去邊關這段時間，每人的月例提高到二十兩銀子。」邵老夫人開口道。

在場的下人都倒吸了一口涼氣。本來同情菖蒲和薄荷要跟著去送死的，現在都變成了羨慕。他們雖然疼兒女，但二十兩銀子於他們來說是個大數目，一輩子都攢不了這麼多錢，這還僅僅是一個月的月例；要是兩人在邊關待上兩、三個月，賺個五、六十兩銀子，一家子都不用愁錢了。

舒氏自接了聖旨，就心如刀絞，惶然不知所措，不知如何才能在不抗旨的情況下，讓女兒的情況好過一些。

聽到婆婆的話，她像是抓到了一根救命稻草，急急道：「只要妳們忠心護著姑娘，妳們的父母什麼事都不用做，我給妳們養著。」

說著，她從腕上退下兩只金鐲子，分別塞到菖蒲和薄荷的娘手上。「這是賞妳們的。待她們平安護送姑娘回來，我會再賞妳們每家二十畝良田，將賣身契還給你們。」

下人們又是一陣吸氣聲。

菖蒲、薄荷願意跟夏衿去邊關，正是出於忠心。邵老夫人和舒氏這收買人心的手段一出，頓時獲得兩家的感激，兩家人一起上前給邵老夫人和舒氏磕了頭。

一個下人進來，擠到邵老太爺身邊，跟他低聲耳語了幾句。

「衿姐兒，皇上派的護衛都在城門口等著了，東西收拾好的話，咱們就走吧。」邵老太爺知道這話有些不近人情，像是要趕孫女離開似的；但聖旨一下就不能拖延，他還是做了惡人，催著夏衿上路。

「走吧。」夏衿將披風披在身上，朝院門走去。

菖蒲和薄荷趕緊抹乾眼淚，指揮其他下人搬上行李，跟著往外走。

岑子曼一肚子不捨，本來想跟夏衿乘一輛車的，但看到舒氏緊緊地拉著夏衿的手，她便識趣沒有跟上，轉而上了自己的車。

邵家所有人，連帶岑子曼、董岩和一些下人，乘車的乘車、騎馬的騎馬，一起將夏衿送到城門口。

城門處，十幾個精壯男子已在那裡候著了。除了他們，還有一個中年女子，穿著窄袖上衣，樣子十分幹練，一看就是個練家子——太后貼心，特地派了個懂功夫的女子來伺候夏衿。

除了他們，蘇慕閑也在場，正站在一旁跟邵恒定說話。

夏衿以為他是來送行的，倒也沒在意。朝他微一頷首，就指揮邵家的下人將她要帶的東西搬上馬車。

夏衿是極不喜歡哭哭泣泣的送別場面的，但為了親人，還是耐著性子跟大家一一告別，眼看著時辰不早了，這才上了車，準備啟程。

然而在馬車徐徐朝前駛去的時候，她透過車窗，卻看到蘇慕閑也騎著馬，跟那些護衛走在一起，那樣子不像是送行，倒像是跟著一起去。

第一百零九章

「這是怎麼回事？」她不由詫異道。

蘇慕閑是御前侍衛，說白了就是皇帝的保鑣，雖然前段時間盯梢燕王，這事也必須在京城做，他沒理由一同去邊關。

菖蒲自然知道夏衿在京城時的這段經歷，知道蘇慕閑想娶她的事情。聽到夏衿的話，她伸頭朝窗外張望了一下，捣嘴笑道：「姑娘，蘇公子為了您，要一起去邊關呢。」

「別瞎說，可能是皇上讓他護送我到十里亭，看著我離京再返回復命吧。」夏衿道，將視線從車窗收回來，放下車簾。

然而到了十里亭，行進中的隊伍並沒有像夏衿預料的那般停下來，讓蘇慕閑代表皇帝說幾句話後告辭回去，而是一直向前，奔騰而過。

看著漸漸遠去的十里亭，再看看穩穩地騎在馬上，跑在護衛隊最前面的蘇慕閑，夏衿眸子裡情緒極為複雜。

她雖然很不想自作多情，但禁不住往那個方向去想——蘇慕閑去邊關，是因為她嗎？

「夏姑娘，前面就是沙陀鎮了。咱們中午在那裡打尖，給馬飲水歇息一下再走。」半日之後，一直跟在馬車旁邊的中年女子叫道。

這個中年女子叫龍琴，四十出頭，她鏢局出身，武功高強，嫁給在太子府做侍衛的師兄阮震。在太子做皇帝後，她被阮震舉薦到太后身邊做侍衛。這一次，因為夏衿是女子，她和丈夫就被太后選中，一道護送夏衿。

「好的。」夏衿提高嗓門答應了一聲。

沒辦法，馬蹄聲和馬車的「轆轆」聲響成一片，不提高嗓門根本聽不見對方說話。

小半個時辰後，馬車在沙陀鎮上唯一一家酒樓前停了下來。

龍琴早已下馬，在馬車前等著了。

看到夏衿下了馬車，神采奕奕，絲毫不顯疲憊，而且走路的姿勢自如得很，全然不像她想像中的僵硬；倒是夏衿身後微胖一些的侍女，步履蹣跚，顯是坐久了馬車不舒服。龍琴絲毫不掩飾自己的驚訝之色。「夏姑娘，看妳身體瘦瘦弱弱的，沒想到坐這麼久的馬車，一點不顯累。」

夏衿笑了笑。「我看起來瘦，身體卻挺好的。」

那些護衛早已下了馬，正招呼店小二拿新鮮草料餵馬。蘇慕閑和一個四十多歲的黑臉大漢一邊往店裡走，一邊說著什麼。大概是聽到夏衿的聲音，蘇慕閑轉過頭來，向夏衿看了一眼，可不待夏衿反應過來，他便又轉了回去，彷彿不認識她似的。

倒是黑臉大漢停住腳步，對夏衿拱手笑道：「夏姑娘，敝人阮震。」指指龍琴。「是她當家的。我們夫妻倆被太后所派，跟其他兄弟一起來護送姑娘去邊關。一路上姑娘有什麼要求，儘管吩咐，只要不耽誤行程，我們能辦到的，定會為姑娘辦理。」

「阮校尉。」夏衿回了一禮。

在古代，「校」為軍事編制單位；「尉」為軍官，「校尉」即是部隊長之意。阮震這大內護衛在朝廷裡是正經武職，既不知他具體官職是什麼，尊稱一聲「校尉」總不會錯。

果然，阮震笑了起來，連聲道：「不敢。」跟妻子交換了一個眼色。

出行前，他們都擔心這位夏家姑娘性子不好，或是拿著雞毛當令箭，對他們頤指氣使；或是太過嬌弱，一路上難以伺候。

此時雖還剛見面，但看夏衿坐了許久馬車都沒顯疲憊，就知她並不嬌弱；又對他這粗壯漢子尊稱一聲「校尉」，可見不是不知禮數之人。阮震的心放下了一半。

「為了安全和趕路的需要，咱們這一路上並不在大城歇腳，而是專挑小鎮，到了後面人煙稀少之地，恐怕還要在野外露宿。路上艱苦，還望夏姑娘體諒一二。」

「無妨。既是去邊關，我自做好了吃苦的準備。」夏衿道。

「夏姑娘的為人，我等佩服。」如果說阮震剛才的恭敬是客氣，此時便已是十二分的真誠。

這酒樓叫做酒樓，其實不過是個小酒館，並無樓上雅座。龍琴要了個僻靜的位置給夏衿主僕坐了，她相陪；阮震和蘇慕閑則坐了另外一桌，招呼了菖蒲過去，給夏衿點了些合她胃口的菜。待其他人將馬餵好進來，飯菜已上桌了。

因要趕路，大家也不喝酒，匆匆吃過飯，喝了兩口茶，便又上路了，騎馬的騎馬、上車的上車。自始至終，蘇慕閑都沒有再看夏衿一眼，更不用說跟她說話了。

「蘇公子這是什麼意思呢？裝著不認識咱們？」菖蒲從不跟夏衿說起僭越的話，但她對蘇慕閑這態度實在好奇，便在回到車裡後，問出聲來。

「他這也是為我好，免得被人說閒話。」夏衿倒是挺明白蘇慕閑的用意。

就算他是跟阮震等人一樣的宮中侍衛，但依他武安侯爺的地位，自是不必領這麼一趟危險差事。如今主動領了差事，再跟她顯得很熟絡的樣子，兩人一沒婚約，二不是親戚，定然會惹來非議。

阮震似乎對這一條路線極熟，何處該歇息、何處該加快行程，都安排得極合理。這一隊人馬除了蘇慕閑外，似乎都是他的手下，十分聽他的話，一路行來，隊伍倒沒出問題。

夏衿在行路方面自不必說，那次被急召上京日夜兼程都沒叫過一聲苦，如今坐在馬車裡，想坐想臥都隨意，她根本就不覺辛苦。菖蒲也還好，到底是練了一段時間功夫；倒是薄荷開始有些難受，好在她身體壯實，能吃能睡，幾天後就慢慢適應了這種節奏，沒再覺得難受。

阮震試走了兩天，見夏衿沒叫苦，便加快行程。四、五天後，他們就將繁華世界拋在身後，路上的風景漸漸荒涼起來。

這天天將黑時，阮震終於找到一戶人家歇腳。在夏衿擦了一把臉、手之後，主人家端了食物進來，放到桌上。

「筍子？」薄荷看到盤子裡熱騰騰的菜餚，驚喜叫道。

「這裡怎麼會有筍子？」菖蒲滿臉詫異。

不怪她詫異，實在是這地界越走越荒蕪，風沙滿天，綠色植物慢慢變少。她們有兩天都沒吃蔬菜了，竹筍……她都懷疑這裡的居民有沒有見過竹子。

兩人正疑惑著，就聽房門一響，龍琴走了進來，對夏衿笑道：「蘇公子倒是個細心人，知道這邊蔬菜少，倒帶了些醃菜和菜乾過來。這竹筍，還是他請教了別人，用了個方法保存好帶來的。聽我說夏姑娘胃口不好，他才想起自己帶了菜乾，叫主家做了給妳嚐嚐。」

菖蒲聽了，意味深長地看了夏衿一眼。

蘇慕閑這哪裡是帶給他自己吃的，分明是擔心自家姑娘受不住這邊以肉食為主的飲食習慣，專門給她帶的，否則帶些蘿蔔乾、豆干或之類的東西多好，何必想方設法，將新鮮的竹筍做了鹽筍帶來？夏衿可是最喜歡筍子那清脆的口感和鮮爽的味道。

「這怎麼好意思？蘇公子也帶得不多吧？我們這一吃，他就沒了。」蘇慕閑既然要避嫌，夏衿自然要配合，也裝作跟他不熟。

「他們男人無肉不歡，我看蘇公子吃肉吃得歡呢。妳也別客氣，他既讓人做了送來，妳就吃吧。」龍琴笑道。

「那我就不客氣了，替我謝謝他。」夏衿又邀請道：「坐下一起吃吧。」

「不了，我早年跟我父親跑鏢，常去邊關，吃得慣這邊的東西。我去外面跟他們一起吃。」龍琴說著，退了出去。

蘇慕閑騎著馬，帶的東西自然不多，這筍子就炒了那麼一小碟，不光是龍琴，便是菖蒲和薄荷都死活不肯吃。

接下來的日子裡，隔上一、兩天，蘇慕閑就會拿出些好東西，或是蘑菇，或是木耳，或是蘿蔔和筍乾，要不就是一小碗白米讓主家熬粥，變著花樣為夏衿改善伙食。

雖然行走了十幾天他都沒跟夏衿說一句話，但這份體貼關心，卻比任何情話都要讓夏衿感動。

她因本事高，在別人眼裡，從來就是潑悍能幹的代名詞。無論是前世今生，都是她照顧別人多一些，很少需要別人照顧。現在忽然被人如此周道體貼地關心著，她那顆被包裹得十分堅實的心，漸漸柔軟了下來，望向蘇慕閑那張因消瘦越發輪廓分明的臉龐，目光裡帶上了說不清、道不明的情愫。

大概是得了太后的吩附，阮震擔心夏衿路上生病，倒誤了大事，所以情況雖然緊急，卻不敢日夜兼程，在行程上安排得張馳有度。這一路走了一個月零五天，他們終於到達第一個疫區。

之所以說是第一個疫區，是因為這裡是第一次發現士兵得病的地方。發現醫治不了，而且還有蔓延跡象後，宣平侯下令大軍前行，將得病的士兵和隨行軍醫留在此處；可走了幾日後，發現軍隊裡又有人生病，只得再留下人來，就形成了第二疫區。如此一路走、一路留，到現在已有七個疫區了，得病和留下照顧的士兵高達一、兩千人。

「我先派人去看過，如果還有活人，再回來告訴妳。」阮震沈聲對夏衿道，吩咐了一個護衛，快馬去疫區打探。

不一會兒，護衛回來道：「沒、沒活人……」臉色十分不好看。

「怎麼？死去的人沒埋葬嗎？」夏衿皺眉問道。

護衛搖了搖頭。

夏衿轉頭對菖蒲道：「把口罩、罩衣、手套、帽子和鞋套拿過來，每人分發一份。」

菖蒲趕緊去後面馬車裡，將東西拿了出來。

「這是什麼？」阮震問道。

「那些屍體如果不及時掩埋，極容易引起大瘟疫。」夏衿說著，也不解釋菖蒲拿出來這些東西是做什麼的，手腳麻利地把它們都穿上、戴上，除了一雙眼睛外，其餘部位都被包裹在布料裡。

「像我這樣穿戴上，去把疫區打掃乾淨。」

護衛們雖然沒有打過仗，卻也知道屍體要及時處理。

宣平侯帶著大軍一路前行，被瘟疫的陰影籠罩，邊關又告急，自然沒空再派人回來看看這些人還活著沒有。而那些被皇帝送過來的御醫，看到這裡沒活人後，或是恐懼，或是惦記著下一疫區的活人，所以也沒處理就急急離去。附近的居民遠遠避開猶恐不及，自然不會靠近這裡，以免沾染上疫病，因此這裡竟然成了人間地獄，一時無人幫著收屍。

看到夏衿表情冷峻，面色正常，而且還說出這樣一番話，準備的東西如此齊全，似乎早就預料到要做這些事，那些護衛們都面面相覷，表情十分古怪。

不過大家都沒再廢話，接過菖蒲手裡的東西，照著夏衿的樣子穿戴起來。

霍亂是經口感染的疾病，被污染的水和食物是常見的傳播媒介，並不會通過空氣進行傳播。夏衿當初做口罩這些東西，便想到今天這種情形——霍亂發病時會吐瀉，病期污物甚多，無論是面對活著的病患，還是如今這種情況，戴上口罩會好受許多。

看到大家都穿戴上了，夏衿轉過頭來，對菖蒲和薄荷道：「妳們留在此處看守東西。」

「姑娘……」菖蒲剛想說話，就被夏衿嚴厲喝止。「聽話！」

看到夏衿目光冷峻，菖蒲咬了咬唇，不敢再說話。

「走吧。」夏衿率先往疫區走去。

「夏姑娘。」阮震卻叫住她。「妳是皇上派來的郎中，要去別的疫區救活人的，這些髒活累活讓我們去幹就行了，妳在這裡歇著吧。」

夏衿眉頭一皺就要反駁，卻聽一聲喝斥。「聽話！」轉眼一看，卻是蘇慕閑皺著眉頭，口罩之上，那雙俊朗的眼眸十分嚴厲。

夏衿看著蘇慕閑，瞇起眼睛，心裡湧起十分古怪的感覺。

這傢伙，越來越有能耐了，竟然敢吼她了。

不過她此時不光不惱怒，反而有一種暖暖的感覺。不是她犯賤，喜歡被人吼，實因為蘇慕閑吼她是關心她；而且，他這樣子充滿男人味，比起剛認識時的小白臉模樣，她更喜歡這樣的蘇慕閑。

這一個多月來，這個二十來人的隊伍，名義上是阮震為隊長，但從阮震和其餘護衛對蘇慕閑的態度來看，實際的掌權人是蘇慕閑。

蘇慕閑既出聲，夏衿就不能不在人前給他面子。

她停住腳步。「那行吧，你們注意些。如果能找到乾柴或牛糞，最好把屍體燒掉；找不到的話就埋得深一些，一定要遠離水源；處理完屍體，將你們身上剛穿戴的東西都燒掉。」

蘇慕閑點點頭。「我記住了。」又轉頭對龍琴道：「嫂子也留下吧。這種事，給我們男人做就行了，妳留在此處保護夏姑娘。」

龍琴看了丈夫一眼，點了點頭，囑咐道：「那你們小心些，千萬記著夏姑娘的話。」

蘇慕閑微一頷首，對其他人一揮手。「走。」走到馬前翻身上馬，率先策馬朝疫區奔去。

其他人趕緊跟上。

看到自家姑娘不用去，菖蒲和薄荷都大鬆一口氣。

夏衿環顧了一下四周，只見這一片都是黃土沙礫，植被稀少，不光找不到柴，因為不長草也沒辦法畜養牛羊，牛糞也沒看到。

她對菖蒲和薄荷道：「把車後的牛糞拿些來，再將鍋架上，我熬些藥湯，等他們回來時可以喝。」

他們這次出來，一輛車拉人，還有一輛車拉了夏衿準備的草藥、醫療用具、水和帳篷。剩下的幾匹馬一是用來換乘，二是馱一些行李，並無多餘馬匹、車輛載運生活用品。一般來說，他們在路途上能遇上人家，就用金銀換食宿；遇不上人家，就只能啃乾糧、住帳篷。因為越往前走，水就越稀缺，夏衿已有十天沒洗澡了，即便是洗臉、洗手，都成了一種奢侈。

而這些牛糞，也成了稀缺之物。雖然沿途偶爾也有乾牛糞，但為了趕路，一路上他們並不會停下來撿，也不可能增載入重量。只是在每次休息的時候，遇上牛糞就撿一些帶著，用於晚上露宿時，能燒一口熱水配乾糧。

但此時要去燒埋屍體，無論如何都得燒一些水和湯藥，好讓他們回來洗手、洗臉，並喝上一碗湯藥預防被傳染上疾病。霍亂雖不通過空氣傳播，但在這白天仍然氣溫很高的地方，放了一個月的屍體，會讓人傳染上許多病症。

第一百一十章

龍琴卷起袖子。「我去搬鍋。」

四個女子忙碌了半個時辰，終於把水燒好，再熬了一鍋湯藥，等著男人們回來。

男人們去的時候是中午時分，回來的時候差不多已傍晚了。每個人的臉色都十分難看，便是經歷豐富的阮震也不例外。

蘇慕閑不待夏衿問話，就主動道：「找不到乾柴或牛糞，我們找個遠離水源的土丘，挖了兩丈多的深坑，將屍體埋了，又做了標誌。我看過了，方圓十里都沒有人煙，那處離大路也比較遠，離開時我讓他們把罩衣等物都燒掉了。」

夏衿點了點頭。

本來屍體要燒掉，那處地方也應該徹底消毒，起碼用石灰灑上一遍，但現在條件有限，這些根本沒辦法做到。

逐一將他們打量了一遍，看到大家除了精神萎靡一些外，似乎都還乾淨，可見都老老實實地穿戴了夏衿發放的衣物。

夏衿很滿意，讓菖蒲和薄荷打上水來，招呼大家。「都過來洗臉、洗手。」

兩個丫鬟用盆子裝了水，也不讓他們在裡面洗，而是讓他們半蹲著，淋著讓他們接水洗臉、洗手。洗完之後，夏衿和龍琴已奉上湯藥，一人一碗，看著他們喝了，這才放下心來。

和。

「我們還是往前跑幾十里再歇息吧。」夏衿提議道。

那些漢子看過疫區裡的情形，恨不得離這裡越遠越好，夏衿的提議自然得到大家的附和。

收拾好東西，大家又往前走，直到天黑得看不清道路，這才停下來支帳篷吃飯休息。

這一個多月來，顧及著夏衿的清譽，除了龍琴，其他人無論是吃飯聊天都不往夏衿這邊湊。夏衿前世都是在男人堆裡混的，在外面執行任務，面臨生死和極度的疲憊，哪裡還顧得上男女之別？這一個多月餐風露宿的生活，讓夏衿彷彿回到前世。她其實挺享受這種感覺，絲毫不覺苦，而且也願意跟這些漢子們無拘無束的說話聊天；但她卲將軍家小姐的身分，讓大家在她面前拘謹得很。她過去跟大夥搭過兩次話，感覺大家瞬間冷場，她就再不往這些人面前湊了。

蘇慕閑跟著那些人在一起，這一路來也沒找夏衿說過話；可今天卻一反常態，在吃乾糧的時候，他走了過來，坐到夏衿身邊。

夏衿轉過頭去，看了他一眼。

蘇慕閑卻沈默著，半晌沒有說話。

好一會兒，他才低聲道：「今天我們數了數，死在那裡的，有一百三十二人，那場面……」

說到這裡，他頓住，深吸了一口氣，才接著道：「我們去的所有人都吐了，吐得直不起腰來。我當時很慶幸，沒讓妳去。」

他轉過頭來，看向夏衿。「我知道妳很能幹，跟一般女子不一樣，但妳是為救人而來的，需要保護好自己，才能救別人。」

夏衿點點頭。「我知道你是什麼意思，你放心，我不會一意孤行的，不需要我的地方，我不會逞能。但你別忘了，我是郎中，像今天這種情形如何處理，我比你更有發言權，以後遇上什麼事，你先找我商量後再行事。」

蘇慕閑滿意地點點頭。

別人不瞭解，但他知道夏衿的個性。她太有主見，不是能讓別人隨意差使、聽人指揮的人。

但她又有很大的優點，特別知道自己處在什麼位置上，從不僭越，不該她說話的時候，她從不出頭聲張。識時務、知進退，讓她即便身處位高權重之人中間，也能游刃有餘，獲得大家的欣賞與尊敬。

這是蘇慕閑特別感慨的一點。他從寺廟走出來，投入到充滿爾虞我詐的朝廷紛爭裡，所採取的處世手段，大部分學自夏衿。而唯有實踐過，他才知道，要做到在權貴中遊走而不被踐踏，何其難也。

「我知道在這方面妳比我懂，也相信妳面對危險不會像一般女子那麼害怕。但有我在不是嗎?交給我，讓我去為妳做。」蘇慕閑轉過臉來，深邃的眸子裡閃爍著堅定的光芒。

夏衿凝視著他，臉上慢慢綻開一個笑容，點頭應道：「好。」

見夏衿沒有拒絕，蘇慕閑也高興地咧開嘴，英俊卻滄桑的臉上露出潔白的牙齒，讓他十足的男子漢氣韻裡透出一絲純淨的孩子氣，這兩種矛盾的氣質顯露在一張臉上，竟然十分和諧迷人，讓夏衿的心為之一動。

她經歷的黑暗面太多，最能讓她放鬆和信賴的是純真；但同時她又有著小女人的心態，希望終身相依的男人能給她堅實的依靠。此時蘇慕閑極力用自己日漸豐滿的羽翼保護她，還有面對她時從不設防的純淨，深深地撼動了她隱藏在心底的那根弦。

這簡單的對話之後，兩個人就沒有再說話。在這荒涼的地方，夾雜著細沙的風時不時拂過臉頰，一堆用牛糞燃燒起來忽明忽暗的火爐前，默默坐在彼此旁邊，兩人都覺得舒坦與安寧。

「蘇大人呢……」不遠處的帳篷前傳來隱約的問話。

「有人找我，我過去了。」蘇慕閑深深看了夏衿一眼，明明滿眼的捨不得，可還是站了起來。

他拍了拍身上的沙礫，轉過頭來叮囑夏衿。「早點睡。」說著邁開步子，朝那邊走去。他本來就很高，這段時間在馬背上馳騁，身材越發精壯。長腿有力地朝前走著，被火爐照映著的背影顯得挺拔高大。

夏衿凝望著他的背影，嘴角噙著一抹連自己都沒有察覺的笑。

看到第一疫區的慘狀，這個小隊在接下來的幾天裡，氣氛總有說不出的沈悶。前面的風景越來越荒涼，走了三、四天了，都沒見到人家。隊伍裡所帶的水幾乎要用完了，乾糧也漸漸見底，要不是有阮震這個跑過兩次邊關的老人在，知道他心中有數，隊伍恐怕要被恐慌所籠罩。

「再走兩天，大概就到第二疫區了。」阮震望著漫天黃沙，沈聲道。

這一路的情形、哪裡有生病的士兵，在宣平侯遞給皇上的摺子裡有詳細的說明。阮震對這條路熟悉，所以能推測疫區的具體位置。

剛把情緒稍微緩過來一些的隊伍又陷入沈默之中，大家望向前方，表情沈重。

第一疫區沒有活人，第二疫區呢？

他們不知道該盼著有人活著，還是希望這裡也跟前面一樣沈寂。因為即便有人活著，也絕不會給人帶來希望。有時候，受病痛折騰活著，比死去更加痛苦。

蘇慕閑轉過頭來，跟坐在車窗旁邊的夏衿對視了一眼。他眼神很複雜，像是給夏衿力量，又像是想從她這裡汲取力量。不過只這一眼，他的眼眸就沈穩下來，飄浮的迷茫、恐懼與擔心如潮水般退去，只留下堅毅與執著。

他對大家高喝一聲。「走。」雙腿一夾，策馬跑在前面。

隊伍的人精神一震，也跟著他策馬奔馳。

兩天後，一行人停在第二疫區附近。

這一次，阮震派了另外一人去打探。沒多久，那人白著臉回來，搖著頭稟報道：「沒有活人，不過……」他停了停。「有些人似乎剛死沒多久。」

所有人的心都沈甸甸的，牽馬佇立在風塵瀰漫的荒野裡。

「走吧。」穿戴好防護衣物的蘇慕閑翻身上馬。「夏姑娘主僕和龍嫂子留下。」

夏衿點了點頭。

男人對於年輕姑娘，天生就有保護慾；而且上次從疫區回來，有熱水洗臉、洗手，還能喝上一碗讓人安心的藥，過後大家都沒出現生病跡象。所以對於蘇慕閑這一決定，大家不光沒有意見，恐懼的心理忽然就得到了舒緩，不再猶豫，一起翻身上馬，跟著蘇慕閑往疫區去。

大家走後，夏衿讓菖蒲拿出水和草藥，開始熬藥。

雖然現在所剩的水不多，大家每日也就是潤潤嘴唇，晚上也沒有多餘的牛糞來生篝火，但熬藥用的水和牛糞，他們還是留了下來，為的就是來疫區時保命用。

這一次蘇慕閑他們在疫區沒有上次待的久，只一個半時辰就回來了。大概是有過上次的經歷，神經粗大了些，大家的臉色沒那麼難看，但情緒卻比上次還要凝重低落，默默淨了手臉，喝過湯藥，然後一語不發地上路，沒有一個人說話。

蘇慕閑一反平時的佯裝疏離，騎馬走在夏衿的馬車旁邊。

夏衿掀簾看了他一眼，見他並沒看這邊，更沒有交談的興趣，便又把布簾放了下來——風沙實在太大。

然而下一刻，她就眉頭一皺，將布簾再次拉開，對蘇慕閑道：「後面有人騎馬過來了，大概有七、八個人。」

蘇慕閑愣了一愣，轉頭朝來路看去。

四周除了他們一行人，就是漫天的風沙，再沒有別的動靜。

但他深知夏衿的本事，她說有人來了，就一定有人來了。

他想了想，揚聲對大家道：「有大概七、八個人騎馬過來了，雖說人少，但大家還得提高警覺，別因大意丟了性命。」

哪怕這條路上原來還有商人，也因為大戰在即，停止了走商。如今平白無故冒出些人來，他們又深負護送夏衿的重任，自然該保持警惕。

大家聽了，趕緊也四處張望。兩邊路上都沒看到人，凝神細聽，也沒聽到馬蹄聲，隊伍裡武功較為高強的阮震皺了皺眉，揚聲問道：「蘇大人，你聽到馬蹄聲了？」

他自恃武功跟蘇慕閑差不多，沒理由他連馬蹄聲都沒聽到，蘇慕閑不光聽到了，還能辨認出有七、八個人。

「是的。」蘇慕閑並不否認。

他官職比阮震高，又是御前行走。阮震雖說對他很恭敬，一路上也唯他馬首是瞻，但一旦遇上危險，阮震自恃對敵經驗豐富，恐怕不會聽他的。而在蘇慕閑看來，阮震的本事再高，也高不過夏衿，整個隊伍應該聽夏衿的命令才對。此時他樹立了威信，一旦遇上什麼事，他就可以代夏衿發號施令。

他應了這一聲，又叮囑道：「大家心裡做好防備，外表放輕鬆些。如果來者是歹人，也能讓他們露出馬腳。」

護衛們大部分都立刻答應一聲。「是。」有四、五個則遲疑了一下，看了阮震一眼，見大家都應了，這才跟著應了一聲。

蘇慕閑看這情形，心裡暗叫。「果然如此。」

不過他也沒生氣。要做一個隊伍的首領，就得拿真本事說話。他現在論本事比不上夏衿，論威信不如阮震，大家不服他，實屬正常。

他半眯起眼，運起功力，凝神仔細聽著後面的動靜。

「馬蹄聲！」不一會兒，他就聽到了馬蹄聲從後面傳來。他立刻看了阮震一眼，見阮震也是一臉凝重，似乎也在傾耳細聽，但從他的表情來看，似乎還沒聽到。

蘇慕閑的心稍稍放鬆了些。他雖然比不上夏衿的本事，但至少比阮震稍微強些。

過了幾息工夫，阮震想必也聽到馬蹄聲了。他駭然地抬起頭來，朝蘇慕閑看來。「果然有人來了。」

他轉過頭，朝後面看去。過了一會兒，他們剛剛走過的道路上果然出現了幾個黑點，黑點來得很快，漸漸地能讓人辨清楚人數了。阮震默然一數，又驚駭地轉過頭來看了蘇慕閑一眼，臉色有些難看。

後面騎馬而來的人，不多不少，正好七個半。之所以說是七個半，是因為馬有八匹，而騎馬的人只有七個。

蘇慕閑卻無暇再去看阮震的臉色。他此時朝著前方，狀似悠閒，實則已全神貫注，仔細聽著馬蹄踏在地上的數量。而隨著馬蹄聲越來越近，他終於用夏衿教他的方法，從馬蹄聲中辨認出騎馬的人數。

那些人漸漸近了，看到他們，為首的那人似乎一喜，快馬加鞭，趕了上來，在馬上抱拳道：「在下巴哈爾，各位有禮了。」

如果是平時，阮震早就上前答話了；可這會兒他卻沒有動彈，騎在馬上，等著蘇慕閑說話──這就等於默認了蘇慕閑首領的地位。

蘇慕閑見狀，只得也抱拳回禮。「在下蘇慕閑，兄台有禮。」

大家也跟著抱了抱拳，不過都沒有說話。

巴哈爾笑了起來，露出一口白牙。「兄弟是走商的，兩個月前運貨去了京城，聽聞打仗，本想在京城待到戰爭結束再回來的。無奈家中有生病的老父，便想往回趕，不料這一路竟然荒涼成這樣，沿途的人家都搬走了。前面就是魔鬼城，我們想跟你們結個伴，這才追了上來，不知各位是否願意跟我們結伴而行？」

沿途所經過的每個地方，阮震在空閒的時候也跟大家談論過。這魔鬼城是一座荒蕪的古城，有一半都埋在地底下，藉著這個可遮掩的地形，常有劫匪在那裡落腳藏身，打劫過往客商。但因為那裡有泉水和綠洲，是客商們補給之地，大家都繞不過去，又因劫匪人數不多，同行人多就能避免打劫，一來二去，結伴而行就成了慣例。

蘇慕閑似乎被風沙吹得不舒服，伸手擋了一下臉，藉著這個動作，不著痕跡地朝夏衿這邊瞥了一眼。

夏衿微不可見地點了點頭。

「這沒問題。我們正擔心人少，不好過魔鬼城呢。」蘇慕閑答應了下來。

阮震仔細地打量著巴哈爾等人。只見巴哈爾四十來歲，深目高鼻多鬚，典型的邊關人長相。其餘人都是二、三十歲，三個跟巴哈爾同族，還有兩人則是漢人長相。值得一提的是，這群人中還有名女子，蒙著面紗，讓人看不清她的長相和年紀，但從服飾上來看，這女人應該是個漢人。

「走。」阮震道：「再走一個時辰，天就黑了。睡上一夜，明早一早起來趕路，預計在中午的時候過魔鬼城。」

既然蘇慕閑答應了，阮震也沒提出反對意見，護衛隊的人自然沒人多話。大家答應一聲，策馬繼續往前走。

而那個女人騎著馬走到夏衿的馬車旁，掀開面紗，朝車窗裡看了過來，結果正對上夏衿的目光。她連忙笑了一笑，開口搭訕道：「妳也去邊關呀？」

這是個容貌秀麗的年輕女子，年紀跟夏衿相仿。

夏衿亦對她一笑。「是啊。」又打量了一下她座下的馬兒。「妳很厲害，會騎馬。」

那女子得意起來，拍拍自己的坐騎。「我叫陳玉瑩，十歲就學騎馬了。這匹馬是我十三歲生辰時我爹送我的生辰禮，跟了我兩年了。」

兩個年輕女孩子，就這樣一人在車內，一人在車外聊了起來。

第一百一十一章

夏衿在這邊跟那個叫陳玉瑩的女孩子聊著天，那邊男人們也跟巴哈爾等人說著話，彼此試探對方。

到了晚上，大家找了一個風沙比較小的地方落腳。

陳玉瑩一直跟夏衿主僕幾人待在一起。蘇慕閑往這邊望了兩次，想要跟夏衿通通氣，但顧忌著陳玉瑩，他都沒有過來。

夏衿見狀，看了陳玉瑩一眼，眼睛裡的寒芒一閃而過。不過表面上，她仍然十分好脾氣地跟她周旋，絲毫沒有不耐煩，更沒有理會菖蒲遞過來、讓她注意蘇慕閑的眼色。

兩方人馬雖然言笑晏晏，頗有相見恨晚的意思，但晚飯卻仍然各吃各所帶的乾糧，即便是水，也是喝自己帶的，防範之心甚重。

啃著乾澀的大餅，蘇慕閑的目光又朝夏衿這邊瞥了過來。這一回夏衿沒有避開他，而是遞過去一個放心的眼神，蘇慕閑掃了陳玉瑩一眼，沒有再朝這邊張望。

吃過飯，大家都開始搭帳篷。

按理說，再怎麼覺得對方像好人，在外面行走，都應該時刻保持警醒才對。到了晚上，巴哈爾等人就應該自己人聚集在一起搭帳篷，離蘇慕閑他們遠些才是正理；沒承想巴哈爾跟阮震談笑之下似乎一見如故，帳篷就搭在他的旁邊，其他幾人也是如此，陳玉瑩的帳篷也搭在夏衿旁邊。

這一下，宮裡的這些護衛神情就有些不對了。他們時不時地轉頭看看蘇慕閑，似乎在等他下令出手將這些人擒下。

然而蘇慕閑從夏衿那隱晦的手勢上得了暗示，並未有任何表示，只跟巴哈爾商量。「晚上你們派人守夜嗎？我們會叫人起來輪流守夜。」

在這種荒野裡過夜，守夜是必須的。平時蘇慕閑他們這些男人，都會輪流守夜，一個人一個時辰。

巴哈爾點點頭。「自然。」說著，提高嗓門，把晚上守夜的人一一點了一遍，他自己則安排在第一個。

安排好守夜的人後，大家就分頭躺下了。

一整天在馬背上顛簸，大家都疲憊到了極點，幾乎是一躺下，呼嚕聲就響了起來。

夏衿躺下後，靜聽外面的動靜。陳玉瑩那裡一躺下就再沒動靜，似乎很快就睡著了，但她的呼吸聲極不規律，然而一盞茶工夫後，她呼吸的頻率就變慢了，遠處的呼嚕聲也變得十分有規律。夏衿冷然一笑，右手一撐，緩緩地坐了起來，從帳篷裡鑽了出去。

此時不光帳篷裡的人睡著了，便是守夜的兩個人——一個是蘇慕閑，一個是巴哈爾，都已躺在火堆旁，不省人事。

夏衿走過去，從懷裡掏出一個小瓷瓶，湊到蘇慕閑鼻子下晃了一晃。

不一會兒，蘇慕閑緩緩睜開眼睛。

看到夏衿，他一個激靈從地上爬了起來，待看清楚四周除了呼嚕聲，一片寂靜，大家都在熟睡中，他轉過頭來，問夏衿。「都暈過去了？」

夏衿點了點頭，轉身去了阮震所在的帳篷，用小瓷瓶裡的藥將阮震給喚醒了。喚醒阮震後，她並未停止，再將自己這邊的護衛一個個喚醒。

「夏姑娘，這是怎麼做到的？」阮震晃動著腦袋，看著手下一個個搖搖晃晃地從帳篷裡出來，指著倒在地上的巴哈爾問道。

他是老江湖了，又有蘇慕閑之前的提醒，自然發現巴哈爾這群人有很多不對的地方。然而這群人雖說只有七個人，但個個身強力壯，身上似乎也有功夫，功夫還不弱的樣子，想要拿下他們，自己這邊沒有些傷亡怕是做不到。

為了心裡那一點懷疑，就讓自己這方有傷亡，太不划算了；最重要的是，夏衿是絕對不能出差錯的，邊關那十幾萬人能不能活下去，可全指望著她了。

所以，阮震一直沒敢輕舉妄動。

沒承想，這眼睛一閉一睜的工夫，問題就被夏衿解決了。

夏衿將最後一個人喚醒，指了指在暗夜裡閃爍著紅光的火堆。「我在牛糞裡加了點迷藥。」

「嘶……」阮震倒吸了一口涼氣。

以前他根本就沒把郎中放在眼裡，因為他身強力壯，從不生病。可夏衿給他上了一課——郎中才是這世上最厲害的人，舉手投足之間，就能殺人於無形！

夏衿的本事，教了七、八成給蘇慕閑。這邊她忙著將大家救醒，蘇慕閑早已將巴哈爾扶了起來，讓他靠坐在行李上了。

「蘇大人，您這是……」護衛隊一個漢子開口問道。

蘇慕閑沒有說話，而是轉頭看向夏衿。

夏衿不用他開口，走了過來將小瓷瓶放到巴哈爾的鼻子下面。

「夏、夏姑娘，妳這是幹什麼？」大漢急了。「他功夫不弱，把他弄醒，怕是有麻煩。」

可話已經說遲了，他話聲剛落，巴哈爾就緩緩睜開眼睛。

大漢手中「噹啷」一聲，就想將刀架到巴哈爾的脖子上，卻被蘇慕閑一劍擋開。「別添亂。」

大漢還要再說話，阮震已走過來了，阻止他道：「別鬧，夏姑娘這樣做，自有道理。」

如果說，這一路護送夏衿到邊關，他心裡還有些不以為然，覺得宮裡那麼多御醫，民間也有名醫，夏衿再怎麼厲害也不會比他們強——以他的身分，還不到能知曉夏衿治好皇帝蠱毒的事；可這會兒他對夏衿的佩服，就如同滔滔江水連綿不絕了。

蘇慕閑轉頭看了夏衿一眼，見她微微頷首，便不再猶豫，從懷裡拿出一塊玉珮來，在巴哈爾眼前晃來晃去。

巴哈爾剛從迷藥中醒來，頭還暈乎乎的不知所以，被蘇慕閑這東西在眼前一晃，眼睛裡都快要出現蚊香圈了，不一會兒神情就變得呆滯起來。

阮震見了，有些莫名其妙，不知蘇慕閑這是幹什麼。

過了一會兒，蘇慕閑就問話了。「你叫什麼名字，哪裡人？」

「巴哈爾，邊城人。」巴哈爾表情呆滯地答道。

蘇慕閑皺了皺眉，看了夏衿一眼。

他這催眠術自然也是學自夏衿，以前也找幾個人試過，但並不是百分百能成功，遇上意志比較堅定的，這催眠術就會失敗。不像夏衿，幾乎能百分百催眠。

夏衿微不可見地點了點頭。蘇慕閑對巴哈爾的催眠是成功的，只不過巴哈爾用的是真名，同時也是邊城人而已。這也不奇怪，最高明的謊言就是實話裡夾雜著謊言，這樣才顯得真實可信。

得到夏衿的認可，蘇慕閑心裡一鬆，繼續問道：「你們跟上我們是想幹什麼？」

巴哈爾明顯遲疑了一下。

看到這下遲疑，蘇慕閑的心越發安定——意志力強的人，平時就會告誡自己不可將秘密洩漏給他人，在催眠時就會生出下意識的抵抗。

他立刻改變聲調，讓聲音變得更為低沈。「你們跟上我們是想做什麼？」

巴哈爾的嘴動了一下。「想把你們殺掉。」

站在旁邊帶著一絲不以為然的阮震，表情漸漸凝重起來。他不自覺地走近半步，眼睛緊緊盯住巴哈爾的臉，生怕聽漏他嘴裡說出的每一個字。

蘇慕閑又繼續問道：「只有你們七個嗎？沒別人了？」

巴哈爾又遲疑了一下，不過這一回很快就回答了問題。「不止七個，還有二十個人會跟我們裡應外合。」

「你們約定在什麼時候動手？」

「子時。」

聽到這兩個字，大家臉色一變，不約而同地轉頭看向滴漏——因為晚上有人輪值，所以他們從京城裡帶了個銅壺滴漏，此時就放在火堆旁邊。

看清楚滴漏上的水位停在「亥時」上，大家大鬆了一口氣。

蘇慕閑又轉過頭去問：「誰指使你們來的？」

這一回，巴哈爾明顯想要反抗。他將頭抬了抬，呆滯的眼神也動了動。

蘇慕閑見狀，連忙又壓低聲音問了一句；可這一回，巴哈爾沒有像上次那樣被誘惑，他的頭越來越歪，眼神斜斜地似乎想要看清楚蘇慕閑的臉。

蘇慕閑連忙將那塊玉珮在他眼前晃了晃，很快，巴哈爾安靜下來，又恢復剛才的呆滯狀。

「誰指使你們來的？」蘇慕閑再次提問。

巴哈爾盯著那晃來晃去的玉珮，好一會兒，才呆呆道：「嘉寧郡主。」

這四個字，讓阮震很是意外。

他雖然屬於皇宮周邊護衛，只因為人可靠，又對邊關這條線路極為熟悉，才被選中護送夏衿。對於燕王試圖謀反篡位，他是一點風聲都沒聽過，但這並不影響他的判斷力。

明眼人都能看出，如今朝中應該有一股勢力在暗中搗鬼，前有皇帝的一場病，中有邊關告急，後大軍中突如其來的瘟疫。現在途中有人前來阻止夏衿，再正常不過了。

如今人來了，這沒錯，但主使者好歹是朝中的王公大臣或北涼國國主吧，怎麼變成了個驕蠻郡主？這完全不對啊！

蘇慕閑抬起頭來，跟夏衿對視一眼，又接著問道：「她有沒有說，我們這一群人，誰一定要死？」

意志的壁壘一旦被攻破，巴哈爾就再也沒有半點抵抗之心，很順從地道：「你們隊裡那位夏姑娘。」

阮震倏地看向夏衿。

安以珊對蘇慕閑的癡迷，在京城裡並不是秘密，阮震自然也聽過一些，如今竟然派人追殺夏衿，這是……爭風吃醋？可這一路行來，蘇慕閑和夏衿話都沒多說幾句，完全不像彼此有情啊？

這念頭一出，他就皺皺眉——事情真如他想的這般簡單？那嘉寧郡主再不懂事，也該知道阻止夏衿是什麼罪吧？皇室人家，有誰會如此沒腦子？

思忖之下，阮震驚異地發現夏衿聽到這話，眼睛都不眨一下，那張清秀的臉上，看不出任何情緒波動。

這位夏姑娘，也不是簡單人物啊！阮震再一次感到震撼。

這位夏姑娘平日裡沈默寡言，安靜得常常讓人遺忘她的存在；身子似乎也單薄，即便走了一個多月，有十來天沒水沐浴，她依然衣著整潔、表情閒適，就彷彿她是出來踏青一般，不見半點狼狽疲態。

就這麼一個大家閨秀，竟下毒於無形，把一群強壯漢子迷暈了。要是她有歹心，趁著大家昏迷的當口，直接將他們的腦袋割下來，恐怕他們連自己怎麼死的都不知道。

而現在，知道郡主派來殺手，目標直指她，她竟然面不改色，比阮震這心思沈穩、經歷豐富的人還要鎮定幾分，這實在是讓他受不了。

蘇慕閑一聽指使者是安以珊，就知道後一個問題的答案。

不用想，這件事的幕後黑手自然是燕王。他打著安以珊名義，只不過想在巴哈爾等人失敗、被活捉之後有個脫身的理由。安以珊喜歡蘇慕閑，全城皆知，這一次蘇慕閑來邊關，她誤認為他是為了夏衿，派人追殺，也說得過去。

這種因小女兒吃醋而做出來的錯事，皇帝即便暴怒，也不好把安以珊殺了，最多做些懲戒便罷，傷不了燕王半分。

蘇慕閑繼續問道：「大軍裡蔓延的瘟疫，是不是也是你們搗的鬼？」

巴哈爾搖了搖頭。「不是。」

「那你知道是誰做的嗎？」

「不知道。」

接著蘇慕閑又問了幾個問題，試圖讓巴哈爾吐露出對燕王不利的證據來，然而燕王能坐在親王的位置上這麼多年，別的且不說，光是謹慎兩字就值得稱道。

末了，蘇慕閑只得問到他自己頭上。「郡主有沒有吩咐過，叫你們怎麼處置我？」

「捉活的。」巴哈爾吐出三個字。

蘇慕閑轉過頭來，看了夏衿一眼，然後對阮震道：「我們還要往前走，這些人不能留，將巴哈爾留下做個證據就可以了，其餘人……」他做了個砍腦袋的手勢，然後問道：「阮大人意下如何？」

阮震此時唯有伏首聽命的分，他抬起手拱了拱。「但憑蘇大人吩咐。」

蘇慕閑的目光落到夏衿臉上。

「夏姑娘手上有沒有能讓巴哈爾一路昏迷的藥？」

夏衿點點頭，從懷裡掏出七、八個藥瓶，在裡面選了一個，交給阮震。「這是火堆裡迷藥的解藥，差不多到子時的時候，你讓大夥兒將藥含在嘴裡，然後在帳篷裡裝睡。我會在火裡加上分量足夠的迷藥，偷襲者來了，不待動手他們就會暈過去，束手就擒。」

阮震大喜。

子時偷襲者畢竟有二十個人，人數跟他們相當。照巴哈爾這些人身上的功夫來看，偷襲者也弱不到哪裡去，即使有準備，到時候拚殺起來，他們也不一定能抵擋得住，就算抵擋得住，也必然會有傷亡。

如今能刀不血刃將敵人拿下，那再好不過了。

他直起身來，對夏衿恭敬地作了個揖。「多謝夏姑娘。」

夏衿擺了擺手，轉身往她所住的帳篷走去。

阮震做事倒也靠譜，為了不讓此地有血腥味，從而引起偷襲者的警惕，他讓手下們將除巴哈爾以外的其他人拖到遠處，直接用繩子勒死，沒讓一滴血灑出來。

「夏姑娘，那陳玉瑩……」龍琴在帳篷外面問夏衿。

第一百一十二章

「該怎麼處理，就怎麼處理。」夏衿可不是心軟之人。那陳玉瑩參與這件事情，就不是什麼好人。如果不是夏衿警醒破了奸人計謀，如今死的就是她了。

龍琴對夏衿這態度十分滿意。

她最討厭那種不管對方是好人還是壞人，只會一味同情可憐對方，不辨是非、濫發好心的小姑娘。

大家乾淨索利地將敵人處理妥當，就碰頭集合，分發了夏衿提供的藥丸，然後將巴哈爾和他同伴的帳篷都移到他們的帳篷旁邊，彼此錯落有致的交雜在一起。為了偽裝得更真實一些，他們又將勒死的屍體拖到帳篷裡放好，還蓋上衣物，這才回了各自帳篷。

巴哈爾則被蘇慕閑餵了藥，倚放在火堆旁，蘇慕閑就坐在他身邊，半閉著眼睛，跟他的身子靠在一起，裝出沈睡的樣子。

不一會兒，帳篷裡又呼嚕聲四起。

子時漸漸接近，大家躺在帳篷裡，神經緊繃著，等待敵人的到來。

別說，那些偷襲者來得還挺準時。當銅壺滴漏的水到子時那個刻度時，夏衿就聽到輕盈的馬蹄聲——這些人在馬蹄上包了布，聲音傳得不遠。

偷襲者在較遠的地方就下了馬，慢慢朝這邊潛過來。

看到稀疏的星光下，除了牛糞燃燒的兩個火堆閃爍著亮光，馬兒們時不時地動一動，其餘人，包括守夜的兩人都陷入沈睡之中。帳篷裡傳來大大小小的呼嚕聲，還偶爾有睡夢中的囈語傳來。

待看清楚巴哈爾等人的帳篷竟然跟其他人交雜在一起搭建，而巴哈爾還坐在火堆旁靠著一個陌生人熟睡，為首的偷襲者在心裡狠狠將他咒罵了一通。

這裡都是荒漠，四周一片平坦的曠野，根本沒有地方可以藏身遮擋。偷襲者既然來了，就不能站在旁邊等著巴哈爾等人醒來。其首領見大家睡得似乎很沈，乾脆向同伴們做了個手勢，大家立刻杳無聲息地分別選定一個帳篷，提刀在手，另一隻手輕輕掀開帳篷一角。

為了確保自己人不受傷，夏衿在火堆裡放的藥不光量比前一次足足大上一倍，而且她還在偷襲者到來時，用竹管往帳篷外吹了一次藥——她的帳篷，已移到了上風口。

這樣的劑量，迎面一灑能迷倒一頭牛。

此時迷藥隨風在空氣中瀰漫，偷襲者幾息工夫，就已暈倒在地。縱使有兩個功力深厚的沒有立刻倒地，看到同伴們的情形，想要屏住呼吸，但終究來不及，只覺得自己四肢發軟、搖搖欲墜，隨即就被阮震等人給擒住了。

這一仗，打得輕而易舉，不費吹灰之力。阮震指使手下將偷襲者一一捉住綁定。

為了拿到燕王造反的證據，蘇慕閑不死心又用催眠術將偷襲首領審了一遍，然而讓他失望的是，燕王做事十分謹慎，派遣這一隊人馬，只由嘉寧郡主出面，並沒有涉及別人。

這讓蘇慕閑十分惱怒，他對阮震道：「保險起見，這個口供也要留下。」

安以珊以吃醋為藉口，要取夏衿性命，這已觸犯到蘇慕閑的底限，就算不能以此為理由將燕王治罪，能滅掉一個嘉寧郡主，也能洩他心頭之恨。多留一個口供，就能多取信於皇帝，多一分置安以珊於死地的把握。

蘇慕閑說這話，已不是徵求阮震的意見了，而是直接告知。

阮震卻有些為難。

「咱們那輛馬車，只能放一個人，多一個就帶不了。」

無論是巴哈爾還是新擒拿的這個首領，都是七尺大漢。夏衿那輛裝草藥、醫療物品的馬車，因這段時間用去了一些東西，空出了一點地方，這才能裝下一個昏迷的巴哈爾。可也僅僅只能放一人，多半個都不行。

蘇慕閑也知道這些，不過他早有對策，一指對面昏迷這個。「我帶著他走。」

這人比巴哈爾要稍矮一些，蘇慕閑決定將他橫放在自己馬上，騎馬帶著他走。

阮震苦笑一下，沒有再反對。

蘇慕閑這辦法看似能解決問題，其實大有弊端。他們是要趕時間的，行程極快，蘇慕閑的那匹馬再高大健壯，上面一坐一臥兩個大漢，牠也承受不起。

但蘇慕閑一定要帶這人，阮震自然不好再說什麼，只能把腳程放慢一些，配合著蘇慕閑的步伐。

眼看著還有一段時間才天明，蘇慕閑命大家再睡一會兒，明天早上晚一點再啟程。阮震接過了值夜的任務，讓蘇慕閑去睡。

這一覺，就再沒人來打擾他們。

第二天醒來，太陽已高高地掛在半空中了。

大家拿出乾糧來，啃了幾口，便準備上路。

「夏姑娘，妳這是……」阮震聽到妻子口氣極為詫異，他轉過頭朝夏衿駐紮的帳篷看去。一眼就看到夏衿和她那個叫菖蒲的丫鬟，每人都穿了一身短打男裝，正從帳篷裡鑽出來；而那個叫薄荷的圓臉丫鬟，則苦著臉跟在後面，小嘴噘得老高，滿臉不高興。

夏衿對龍琴禮貌地笑笑，就轉過頭來，對阮震道：「阮大人，我跟菖蒲騎馬，你把那兩個俘虜放到我馬車裡吧。」

「啊？」阮震吃驚得張大了嘴巴。「這、這怎麼行？」千金小姐的馬車，豈是摳腳大漢能坐的？更不要說還是兩個來殺她的俘虜！再說，兩個嬌滴滴的姑娘騎馬，在這風沙滿地的荒漠急行軍，這簡直是笑話！

夏衿沒有再解釋，而將目光投向蘇慕閑。

蘇慕閑正忙著將兩個俘虜綁成兩顆大粽子呢，聽到這話，他立刻一口否定。「不用。」開什麼玩笑，後面這段行程，夏衿跟他們一起啃大餅、住帳篷，不光沒水洗臉、洗手，連喝一口水都要想了又想，忍了又忍，蘇慕閑每每見了都要心疼萬分。現在又要她騎在馬上跟他們一起奔波，滿面風塵，蘇慕閑再怎麼也不會讓她吃這分苦頭。

「這個俘虜不帶了。」他指著後面擒住的那俘虜說了一聲，提著他就要去遠處結果他的性命。

「慢著。」夏衿叫道：「必須帶，兩人說的話，總比一個人說的要可信。再說，沒準兒巴哈爾骨頭硬，嚴刑拷打死也不開口呢？多留一個，就多一分保障。」

畢竟催眠術這玩意兒，古人聞所未聞。這樣貿然提個人到皇帝面前，催個眠讓他指證安以珊，不要說多疑的皇帝，換一個人也不可能全信。

為了增加可信度，只能多留一個證人。到時候嚴刑逼供，再兩邊詐降，不用催眠術也能將他們嘴裡的話套出來。

夏衿的話甚有道理，說得蘇慕閑反駁不得，只得道：「那也不用妳讓出馬車，我把他放在我馬背上就行了。」

「可那樣你的馬就跑不快，多耽擱一天，前面疫區裡就多死幾個人。」

這下蘇慕閑沒話說了，他悶聲道：「那好吧。妳自己悠著點，如果累病了妳，疫區所有人都沒指望了。」

「嗯，我知道，我不會逞強的。」

蘇慕閑也不知從哪裡弄了兩塊布，將兩個俘虜包裹成粽子，這才放到馬車上，不會騎馬的薄荷不得不跟這兩個昏迷的傢伙待在一起。夏衿和菖蒲翻身上馬，跟著大家一起往前面一個疫區奔去。

剛開始的時候，大家還擔心兩個女孩子馬術不好，有意放慢速度。夏衿不瞭解菖蒲的騎術，也不敢催大家快走，待得看到菖蒲騎得挺穩當，她才讓大家加快步伐。

魔鬼城，以前有劫匪搶劫過往商客，現在戰爭在即，商客絕跡，大軍過境，劫匪自然也沒了蹤影。大家平平安安地過了魔鬼城，直奔第三疫區而去。

讓大家失望的是，第三、第四疫區都沒有活人。

直到第五疫區，前去打探消息的人才一臉喜色回來稟報，說疫區裡不光有活人，還有兩名御醫在給病人救治。

這消息讓大家十分振奮，一抖韁繩，快速往那邊去。

兩個御醫在這裡苦苦支撐，看著一個個病人死去，自己也隨時會傳染上疾病，卻又不能離開，只等著這個疫區也跟前面疫區一樣，化為墳場，自己也埋骨其中，那種感覺，真是無比絕望。

此時聽說皇上派了厲害的郎中來，他們喜出望外，放下手中的活兒跑出老遠迎接。可看到夏衿，兩名御醫一下就變了臉色。

年輕一些的那人忿然道：「這不是胡……」可話說了一半，就被另一個年老的扯了一把，這才驚覺自己在說皇上胡鬧，連忙住了嘴。

「朱砂一錢五分、冰片三分、薄荷冰兩分、粉甘草一錢細末，研成細末，分三次服下，兩刻鐘一服一次。」夏衿戴著口罩，穿著罩服，從患者手腕處將把脈的手縮回來，冷靜敘述了一遍藥方，抬腳走向下一處。

「是。」梁問裕應了一聲，轉頭對賈昭明道：「你去研來。」

賈昭明二話不說，趕緊離開抓藥。

梁問裕就是那個年老的御醫，賈昭明是年輕一些的。兩人在上午見到夏衿時對皇帝還心懷不滿，覺得他派個小姑娘來，是瞎胡鬧；可半天工夫，夏衿就用幾劑藥，將幾個瀉得厲害、梁問裕兩人正打算放棄的患者給救了回來，立刻讓這兩位御醫心服口服。如今兩人心甘情願地跟在夏衿身後，做個打雜的下手，幫著她記藥方、抓藥。

「請教夏姑娘，為何要用朱砂等藥？」梁問裕問道。

「朱砂能解心中竄入之毒，能止嘔吐，服藥後不會吐出；這些冰片由樟腦煉成，可強振心臟，通活周身血脈，尤善消除毒菌；粉甘草最善解毒，又能調和中宮，以止吐瀉，而且它能調和冰片、薄荷冰之氣味……」夏衿細細解說。

她不像古代的郎中，總喜歡敝帚自珍，一個破藥方就當祖傳秘方，捣得死死的怕人知曉。她從不吝於傳授醫術，有人學會了，多救治些病人，也是功德一件，何樂而不為？

「原來如此，受教了。」梁問裕恍然大悟，深揖一躬，對夏衿的態度越發恭敬。

對於夏衿高明的醫術，以及兩位御醫前倨後恭的態度，對於阮震夫婦來說，極具震撼力。他們雖接了護送夏衿的任務，但對一個小小女娃是否能阻止瘟疫蔓延，心裡完全沒底；然而夏衿的表現，直接將他們的懷疑擊得粉粹。

最讓阮震夫婦佩服的，就是夏衿的態度。

起初面對梁問裕兩人的懷疑，她沒有半點惱怒之意；待得她將病危患者治好，梁問裕、賈昭明震驚之餘，在語言上對她大加敬仰，她的態度依然不冷不熱，冷靜得不像一個十幾歲的小姑娘。

夏衿走到另一個患者身邊，觀察一下他的情況，伸手把了一下脈，又道：「潞黨參八錢、生山藥一兩、生杭芍五錢、山萸肉八錢、炙甘草三錢、赭石四錢、朱砂五分。」

梁問裕和賈昭明趕緊記下。

至此，這個疫區活著的十九人全診治過了，只等著他們服藥後的反應。

到了這裡，夏衿等人才知道，前面四個疫區之所以沒有活人，是因為梁問裕等人把病情稍輕一點的全都轉移到下一個疫區，等那個疫區守不住了，再往後撤退。他們被皇帝派來時一共十二個人，如今死了三個，病著兩個，還有三名隨侍在大軍之中，剩下的四人，守著第五、六、七三個疫區。

其實這霍亂並不是真正的霍亂。

「霍亂」作為中醫病名，曾在《內經》中有記載，指以腹痛嘔吐為主要臨床表現的多種疾病。但真性霍亂卻發生在約十九世紀，由國外傳入。

夏衿重生的這個大周朝，並無跟西方國家打交道的經歷，自然也沒受到西方霍亂的影響。這種疾病，比起真正的霍亂要好治許多。

讓梁問裕、賈昭明及兩個得病郎中欣喜若狂的是，十幾名患者除了兩個最嚴重的、藥石罔效之外，其餘人全在夏衿的治療下慢慢止了瀉，有了好轉的跡象。

「夏姑娘，您真是救苦救難的觀世音菩薩啊！」病重得已經絕望、只等著閉眼西去的御醫陸介寧，對著夏衿老淚縱橫。

看到這處被絕望所籠罩、每個人都坐著等死的處所，重新燃起希望，四處能聽到病人絕處逢生的驚喜哭啼聲，夏衿那顆緊繃的心，終於放鬆了下來。

別人看她面無表情從嘴裡吐出一個又一個藥名，狀似胸有成竹，天知道她心裡有多緊張，就生怕這是真正的霍亂；又或許以她的能力，還是阻止不了這場瘟疫擴散。還好上天保佑，這一場瘟疫的蔓延終於終止在她的手上。

「你來。」她朝梁問裕招手。

梁問裕四、五十歲的人了，被她這樣招手叫喚，不光沒有半點著惱，反而滿臉興奮。

「我告訴你的幾個方子，可記下了？」夏衿問道。

梁問裕點點頭。「記下了。」

「好，第一個方子，是治輕患者的；第二個方子，是……」夏衿將她所使用的幾個藥方細細交代了一遍。「既然這一處疫區的患者好轉，你繼續用藥就行，待得確保他們無礙了，才能出去。蘇大人和阮大人會請示大將軍，看看是讓他們歸隊，還是護送回家，我們明天一早就往下一個疫區去。」

雖然只相處了大半天，梁問裕卻把眼前這個小姑娘當成了主心骨。她這一離開，他就覺得心裡沒底，生怕患者病情再一次惡化，讓好不容易生出的希望破滅。但他也知道，夏衿只有快點前往其他疫區，才能及時挽救更多人的性命，即便他心裡沒底，這副重擔，他也只能挑了。

「夏姑娘放心，我會遵照您的吩附，讓兄弟們康復的。」他保證道。

夏衿此來，不光是給患者開了藥，還告訴了許多對於疫病的防治措施。

夏衿微微頷首，不再多話，讓阮震命令他的手下收拾東西，直奔下一個疫區。

第一百一十三章

後面兩個疫區，因為新發病的病人比較多，情況比起梁問裕所在的疫區要好很多。夏衿出手之後，再次讓留守的那幾名御醫驚喜萬分。

給所有患者開過藥方之後，夏衿就跟蘇慕閑等人向大軍所在的方向而去。

最後一個疫區離大軍駐紮地並不遠，只離了二、三十里。大軍裡還時不時有人發病，一旦發病就往這邊送，所以阻止病情蔓延的源頭，還是在大軍裡。

送病人過來的士卒已將夏衿到來、並有效遏制病情的情況告訴宣平侯了。所以他們一行到時，宣平侯率領手下將士迎出兩里地外，完全是對待大功臣的態度。

「岑大將軍。」夏衿見狀，連忙隨蘇慕閑等人下馬，給岑毅行禮。

「哈哈，快快請起、快快請起。」岑毅實在沒想到自家夫人一念之下，將夏衿推薦給太后，結果夏衿不光治好皇帝的病，更遏止了這一場絕望的瘟疫，他望向夏衿的目光要有多親切就有多親切。「孩子，辛苦了。」

夏衿展顏一笑，正要說話，卻感覺到一道灼灼的目光。她抬目瞥了一眼，就看到羅騫正站在諸將士後面，滿臉又驚又喜。

待夏衿定睛看去，羅騫笑了一笑，微微搖了一下頭，目光向岑毅這邊看了一眼。夏衿也知道眾目睽睽之下，她不宜跟男子說話，遂轉過臉來，跟岑毅寒暄了幾句，一行人重新上馬，往營地走去。

到了營地，岑毅讓將士們散了，自己和兩、三個頭領打算親自領夏衿到她所住的帳篷處安歇，她卻道：「我們還是先去營地各處看看吧。」

岑毅是苦出身的，全靠軍功才有今天的地位，他最欣賞的就是願意吃苦、勇於拚搏的人，夏衿這句話，說到了他的心坎處。他也不客氣，抬手笑道：「那就請夏姑娘這邊走。」

於是一行人轉了個方向，朝士卒們所住的營地走去。

不過走了一會兒，岑毅和陪同的幾個人就面色古怪起來。

夏衿一個小女娃，就算要看營房，也應該在外面隨便走走就是了；可她倒好，專往最髒亂的地方去——小兵的營房、四處是水漬、菜葉雜物的廚房、臨時搭建的茅廁、臭水溝……

「夏姑娘，這些地方，不是妳們小姑娘該看的。」岑毅手下，一個叫張大力的將軍笑道。

夏衿掃視大家一眼，停住腳步，正色道：「為何軍中疾病頻發？其根本原因就在於大家在衛生上防範不當。」

她指著營房。「你們仔細記下，許多問題要馬上解決——一，所有士兵都只能喝煮沸過的開水；二，食物要徹底煮熟，剩餘食品要徹底再加熱，並趁熱吃；三，廚房裡的生、熟食物要分開；四，茅廁要重新搭建，地點我會一一告訴你們；五，廚子加工食物前、士兵便後和吃飯前均要洗手；六，原來六人一間的帳篷，現在改住四人，如果帳篷不夠，就輪流住在露天的地方。」

岑毅和張大力開始還一臉尷尬難堪，畢竟他們手下的士兵那邋遢勁兒被夏衿看了去，總是沒面子；可聽到夏衿的話，兩人的臉色漸漸凝重起來。

岑毅一抱拳。「多謝夏姑娘指點，岑某這就下令讓他們整頓。」

雖然也有其他御醫提出過一些整改意見，但古人的見識終究有限，而且也沒經歷過幾場瘟疫，提出的預防措施自然比不上夏衿那麼周全。

「你們整頓完了，我要檢查，我說合格了，方算過關。」她又道。

換作別人，定然不敢這麼跟岑毅說話，但夏衿在工作狀態下，就是如此風格；岑毅也因為打心眼裡欣賞夏衿的為人，因此不光沒覺得對自己不敬，反而覺得這才是專業態度，對夏衿更生敬意。

他再一抱拳。「一切聽從夏姑娘安排。」

夏衿抱拳回禮，露出笑容。「有勞。」

岑毅吩咐張大力陪著夏衿回去營房，自己則帶了另一手下好好整頓。

回到營房時，夏衿一眼就看到正站在一頂帳篷前面的羅騫。除他之外，蘇慕閑也在那裡，兩人說著話，似乎言談正歡。而薄荷則端著一盆水從帳篷裡出來，跟帳篷前的龍琴打了聲招呼。

「我看到我的侍女了，張將軍請回吧。您事情多，不用再陪我了。」她轉頭對張大力笑道。

張大力還真有許多事要做，而且夏衿所住的地方，他一大男人也不好多留，既然夏衿發話，他便告辭離開了。

「姑娘……」菖蒲一直跟在夏衿身邊。此時望著羅騫和蘇慕閑，她心裡很是擔憂。

夏衿不願意嫁給羅騫，這已是肯定的了，但羅騫終是為了夏衿來到邊關，這時候跟羅騫挑明，菖蒲又覺得這樣做不厚道。但是，真要跟羅騫虛與委蛇，旁邊又有個蘇慕閑看著，要是讓蘇慕閑誤會了，自家姑娘該嫁誰去？

倒不是說除了這兩個人夏衿就嫁不出去，憑她現在的身分和立下的大功，京城多少官宦人家願意娶自家姑娘呢；只是那些人看中的是姑娘的身分地位，又豈能像眼前的這兩人一般，是打心眼裡喜歡她？

夏衿卻像是沒顧忌似的，騎著馬緩緩走到帳篷前，翻身下了馬。

「夏衿。」羅騫叫了一聲，臉上露出燦爛的笑容。

他在邊關待了這幾個月，皮膚曬成健康的小麥色，身體也健壯許多，看起來跟那些將士差別不大，全然沒有了以前文質彬彬的書生氣。

「羅大哥。」夏衿也露出笑容。「看到你安好我就放心了，你母親可擔心你了。」

羅騫的笑容僵在臉上，眼裡滿是歉疚和擔心。「我母親她還好吧？」

「不好。」夏衿搖搖頭。「她大病一場，差點就沒命了，要不是我守了她兩夜，把她從鬼門關前拉回來，你回去時怕是就見不著她了。」

羅騫的心情一下沈到谷底。他望著夏衿，久久說不出話來。

夏衿靜靜地跟他對視著，黑黝黝的眼眸裡深邃如海，讓人猜不出她的情緒。

「多謝妳告訴我。」羅騫終於艱澀地拱手行了一禮。「也多謝妳救了我娘。」

夏衿沒有回禮，輕嘆一聲，走過去拍拍他的肩膀，一躬身進了帳篷。

羅騫渾身一震，轉過身望著夏衿的背影，滿眼艱澀。

他知道夏衿這是不高興了，很不高興。當初她就勸過，為著他的母親，接受命運的安排。可他怎麼能跟一個不喜歡的女人同床共枕？他怎麼能讓自己也像父母一樣，一輩子都活得不痛快？他想跟喜歡的人在一起有什麼錯？

他想過一千遍、一萬遍重逢時，夏衿的反應。她應該會為了他而感激涕零吧？畢竟他為了她，連命都不要了；他用實際行動，回答她曾經提出「她與他母親誰更重要」的問題。他想，她一定會滿意自己的答案。

但萬萬沒想到，夏衿會不高興，言語裡甚至有責怪他的意思。

羅騫懷著對母親的愧疚，滿心地生出了委屈，還有對夏衿的深深不滿。

他為她做得夠多了，她何以這樣對他？

蘇慕閑站在旁邊，看著夏衿和羅騫的對話，說實話，他是很緊張的。岑子曼雖告訴過他，夏衿因為羅夫人的關係，不會嫁給羅騫，但他總是擔心，畢竟羅騫為夏衿做的，是很多男子都做不到的——當然，這不包括他自己。而且他們之間曾生出過男女之情，相見之後舊情復燃，也是很有可能的。

可現在，是個什麼情況？

羅騫在帳篷外站了一會兒，終是捨不得離開。他來到邊關，才發現自己有多想念夏衿。

如今夏衿近在咫尺，自然有很多話要跟她說，哪怕她對他的行為不滿，哪怕她因此而不高興。

不過他自然不會往裡衝，而是對薄荷道：「我有事找妳家姑娘，妳進去通報一聲。」

薄荷朝帳篷裡望了一眼。

以自家姑娘的耳力，羅騫的話她一定能聽見；要是不願意見，姑娘定然會在裡面暗示自己，自己只要說姑娘不方便就行了，不至於抹了羅騫的面子。

結果裡面的夏衿像是沒聽見羅騫的話一般，站在水盆前仔細地洗著手，沒有給她半分暗示。

薄荷正為難間，就聽菖蒲的聲音響起。「姑娘，羅公子有話要跟妳說。」

夏衿這才抬起眼來。「讓他進來吧。」

羅騫鬆了一口氣，抬腳進了帳篷。

菖蒲守在帳篷門口，表面上垂著眼看著地面，暗地裡卻觀察著蘇慕閑。卻見蘇慕閑看了羅騫的背影一眼，就轉身走了，並無什麼表示，倒讓菖蒲一頭霧水，不知這蘇慕閑在想什麼。

在她看來，蘇慕閑既然喜歡自家姑娘，現在姑娘卻跟羅騫在帳篷裡說話，蘇慕閑應該吃醋惱怒才對，不應該如此雲淡風輕。

帳篷裡，夏衿已用乾淨的布擦乾手，在一張桌子前坐下，對羅騫點頭道：「坐吧。」

薄荷忙上前，給兩人各倒了一杯奶茶，然後侍立在旁邊。

羅騫許久沒見到夏衿，前段時間又差點喪命，此時他迫不及待想把夏衿摟在懷裡，傾訴衷腸，對於世俗的東西，頗有些不管不顧的味道了。可薄荷杵著不動，頗讓他生惱。他看了薄荷一眼，又看了看夏衿，見夏衿不開口，只得端起奶茶喝了兩口。

食不知味地喝了兩口奶茶，眼見得夏衿是不願意跟他單獨相處了，羅騫只得放下杯子，開口道：「妳怎麼到邊關來了？那些御醫拿著朝廷俸祿，都是吃閒飯的？怎麼讓一個姑娘家到這種艱苦又危險的地方來？」

夏衿靜靜地看他一眼，將奶茶喝了一口，發現有一股淡淡的膻味，她皺了皺眉頭，放下杯子，這才道：「朝中已派了十二個御醫來，都拿這疫病沒辦法，太后無奈，才派了我來。」

這情況，羅騫自然是知道的。剛才他不過是沒話找話，心底裡也期盼著夏衿能說出「為他而來」這樣的話。

聽到這不鹹不淡的話，他未免有些失望。夏衿似乎要在他們之間築起一道牆，讓彼此更疏離陌生些。這種感覺，從他跟夏衿四目相對，而她眼裡並無太多情誼就能看出來了。

夏衿一路行來，已將前面幾個疫區的病人看過，一旦他們痊癒，大軍裡也沒人再犯病，她可能就要打道回府；而且這軍營人來人往，再找這麼一個說話的機會，怕是不容易。羅騫決定打開天窗說亮話。

「我離家前，曾留書一封給我娘，讓她去鄭家退親。妳既在京城見到她，想來她已退了親吧？妳……咱們之間的事，妳是怎麼打算的？」

其實退親之事，羅夫人在託岑毅帶來的家書裡已經提及。羅騫在此時提起，只是向夏衿表明，他為兩人的事已盡了最大的努力。他也希望夏衿能有所回應，甚至再努力一把，讓兩人的婚事盡快訂下來。

邵家的事，他也在羅夫人的家書裡得知了，所以他心裡越發地沒底。他深知她不是那等嫌貧愛富之人，當初她身分低微時他沒嫌棄她，如今他變成了身分較低的那一個，想來她也不會嫌棄他吧？

但邵家人是什麼態度，他就拿不定主意了——羅夫人在邵老夫人面前丟了好大的面子，自然沒有在信中提起。

夏衿是個極乾脆的性子。她對於跟羅騫的婚事既有了決斷，就沒打算含糊其辭，即便這裡不是說這件事的好地方，甚至會影響羅騫的心情，從而影響他在軍中所做的事；但羅騫問了，她也不可能曖昧。

「對不起，自從你母親跑到我家大罵那日起，我就再沒打算嫁給你。」

這話如晴天霹靂，震得羅騫差點失去知覺。好一會兒，他才回過神來，用顫抖的聲音道：「我為了妳來邊關，妳就這麼回報我？夏衿，妳可對得起我？」

夏衿靜靜地看著羅騫，沒有說話。

對不對得起，她不知道。這世上有太多的「情」不能用斤兩來衡量。前世她活得就很恣意妄為，遊走於規則之外，快意恩仇；重活一次，她也不可能為了「情」而束縛勉強自己。

見夏衿不說話，那雙黑亮的眸子如一汪無波無瀾的湖水，平靜得叫人絕望。羅騫以前要有多喜歡夏衿的這份泰然自若，如今就有多痛恨她這一性格。

「我為妳，讓我母親傷心，讓我母親大病一場。如今妳卻說，妳從那時起就再沒打算嫁給我？」羅騫低笑起來，那笑聲沒有絲毫歡愉，悲涼得讓人心顫。

站在一旁的薄荷縮了縮身子，不自在地朝帳篷外望了一眼，似乎要從菖蒲身上汲取點力量。

羅騫的笑聲從低到高，漸漸大聲起來，狂笑不已，笑聲中，眼淚傾流而下，滴到前襟上。

聽得這笑聲，饒是夏衿在說那番話前做好了準備，心裡仍然十分不暢快，嗓子裡彷彿堵了一塊大石頭，壓抑得讓人喘不上氣來。

第一百一十四章

她仍然沒有說話。

這種時候，說什麼都沒用。羅騫認為她對不起他，她就對不起他，她不想辯駁什麼。只要不傷及家人，就算羅騫做些過激的事她也能理解。

「夏衿，妳沒良心！」羅騫伸過手來，想要一把抓住夏衿的手腕，沒承想放在兩人中間的杯子被他這一撞，倒在桌上，熱騰騰的奶茶從桌上淌了下來，直往夏衿身上滴。

夏衿沒有動，任由奶茶流到自己身上。薄荷嚇了一跳，一把拉起她，伸手用力地拍打她的前腿。

此時注意著帳篷裡動靜的菖蒲也衝了進來。看看薄荷在處理夏衿腿上的奶茶，她轉過身來，對羅騫大喊道：「說什麼為了我家姑娘，你來邊關，還不是為了自己？你有沒有想過你一氣跑了，我家姑娘會揹上怎樣的罵名？你知不知道你母親四處說你是為了我家姑娘才來到邊關？你跟別人有婚約，卻人人知道你為了我家姑娘來邊關，你讓人怎麼想？我家姑娘的名聲還要不要？你為了兒女私情，就枉顧父母恩情；為了自己痛快，就不管不顧將罵名加在我家姑娘頭上！難道我家姑娘為此還得感激你、哭著喊著要嫁給你不成？」

她喘了一口氣。「你雙腳一跑，倒是痛快了；可你要有個三長兩短，叫我家姑娘怎麼辦？一輩子被人指指點點，揹著罵名過日子？一輩子被你母親謾罵搓揉？親是退了，可鄭家知道是因為我家姑娘才被退親的，他們又會如何對待我們夏家？」

羅騫被她罵得怔怔地說不出話來。

呆了好一會兒，他才消化完菖蒲的話，看向夏衿的目光極為複雜。

「我、我沒想這麼多……」他囁嚅道：「他們……沒拿妳怎麼樣吧？」

夏衿搖搖頭。「宣平侯老夫人幫我把事情壓下去了，沒讓你母親的話傳出去。」

「那就好。」羅騫鬆了一口氣。目光落在夏衿濕漉漉的裙子上，他神情黯了黯。「就算我考慮不周，但我的心是誠的，妳就不能改變主意，給我機會？」

他抬起眼眸，眼裡蓄滿情意。「夏衿，妳不知道，這段時間我有多想妳。上個月，我隨張將軍出去察探敵情，中了埋伏，差點命喪當場。那一刻，我心裡念著的唯有妳……」

菖蒲咬了咬唇，擔憂地看著夏衿。

她們跟羅騫都鬧到這一步了，她好擔心姑娘心裡一軟，又原諒了羅騫。

說實話，原來她還沒覺得羅騫有什麼不好，不好的是他母親；可當羅騫指責夏衿時，她真心覺得這男人胸襟不夠。是的，他付出了，為這樁婚姻做了很多事，但他永遠是單方面的，他想的是自己，從沒想過姑娘願不願意承擔這一切。姑娘都明確表示不願意了，他還要把這一切強加到她頭上。

「對不起，我不能。」夏衿看著羅騫，眼眸清冷。

她知道她吐出來的這六個字，會像一顆顆涼冷的石頭，擊傷羅騫的心，但如果不這樣，又怎麼能斷了他的念想？她既不打算跟羅騫在男女之情上再有牽扯，就應該快刀斬亂麻，長痛不如短痛。

羅騫恨她也罷、怨她也罷，她都無所謂。

「妳……」羅騫沒想到夏衿能這麼絕情，他睜著眼睛凝視她一會兒，忽然大笑起來，笑聲悲涼，他指著外面道：「妳是不是看上那位蘇侯爺了？他比我長得好，比我地位高，他一路護送妳來，想必是想娶妳為妻吧？原來如此……」

他腳下踉蹌一下，轉過身，一跌一撞地朝外面跑去。

「姑娘……」菖蒲見夏衿一語不發，完全不辯解，她不甘心地叫了一聲。

夏衿擺擺手，看著羅騫的身影消失在帳篷外面，轉頭吩咐菖蒲道：「妳去看一下岑大將軍在哪裡，我要找他說件事，妳看他方便，就回來稟告，領我過去。」

菖蒲雖不解其用意，不過仍毫不猶豫地答應一聲，轉身去了。

過了一會兒，她回來了，後面還跟著岑毅。

「岑爺爺，您怎麼親自過來了？」夏衿連忙站起來，又對菖蒲嗔怪道：「我只讓妳打聽岑爺爺在哪裡，我自己過去就是，哪裡敢讓岑爺爺親自過來？」

她在岑家住了那麼久，岑毅喜她爽朗俠義，又感激她治好皇帝的病，再加上夏衿跟岑子曼又親如姊妹，便讓她改口叫「爺爺」。後來岑子曼跟夏祁訂親，夏衿又成了岑毅的結拜兄弟邵老爺子的孫女，這聲「爺爺」就更叫得名正言順了。

一個時辰前剛見面時，她喚岑毅為「大將軍」，是因為她身為皇上派下來的郎中，在正式場合見到軍中首領，自然要以官職相稱。現在私底下見面，喚「爺爺」更顯親切。

果然，岑毅一聽這聲「爺爺」，就哈哈大笑起來，擺手道：「妳別責怪這丫頭，是我自己要來的，她也攔不住。」

帳篷裡已被薄荷收拾乾淨了。

夏衿作了個手勢。「岑爺爺請坐。」拿起薄荷重新煮的奶茶，給岑毅倒了一杯。

放下茶壺坐下，夏衿就道：「岑爺爺，把手伸出來吧，我幫您把個脈看看。」

岑毅一愣，隨即又哈哈笑了起來，拍著胸脯道：「放心吧，妳岑爺爺身體好著呢，啥病都沒有。」不過還是把手腕伸了出來，讓夏衿把脈。

過了一會兒，夏衿將手收了回去，笑道：「您的身體果然像您說的，啥病都沒有。」

岑毅六十來歲了，即便在京時也是時常練拳健身，身體好得很，現在除了有些上火之外，還真沒毛病。不過在這種地方，沒新鮮蔬菜水果，又整日吃烤出來的餅和肉，不要說岑毅，就是夏衿都有些上火。

「我說的對吧？」岑毅十分得意地收回手，放下袖子，端起奶茶喝了一口，抬起眼道：「妳這孩子想要找我，不是為了要給我把脈吧？」

「不是。」夏衿搖搖頭。「是為了羅騫之事。」

「羅騫？」岑毅一怔，看向夏衿。「他怎麼了？」隨即想起出征前老伴在他耳邊嘀咕的那些兒女之事，他頓時明白過來。「他來找過妳了？」

「是。」夏衿很乾脆地承認道，隨即遲疑了一下，問道：「他在軍中任何職？」說完趕緊補充一句。「如果這涉及到軍中機密，就當我沒問。」

岑毅一揮手。「能有啥機密。他現在在軍中任參軍一職。」

看到夏衿點點頭，猶豫著沒有馬上說話，岑毅笑著撫了撫鬍鬚，帶了些揶揄的神情笑問道：「莫非妳想讓我削他的職不成？」

夏衿愣了一愣，趕緊擺擺手。「軍中的官職豈是我能干預的？」她沈吟片刻。「我跟羅家之間的事，想來岑爺爺也聽說過吧？」

岑毅微微頷首。他跟宣平侯老夫人感情甚篤，沒事老妻就喜歡跟他嘮叨這些家事。夏衿、羅夫人、羅騫、鄭家這些個事情，他自然也從老妻那裡聽說過。

夏衿繼續道：「在羅公子來邊關前，羅夫人曾衝到我家說了很多無禮的話。當時我當著雙方父母的面，跟羅公子說不想跟他再有牽扯，只是沒想到他衝動之下來了邊關。」

她露出無奈的笑容。「剛才他找到我，說他娘同意了我們的婚事，要跟我重續前緣。但我這人打定的主意很少改變，當初說再無瓜葛就是再無瓜葛。我剛才已經把話說清楚了，他情緒有些激動，我擔心他這幾日在公事上會出差錯，所以懇求岑爺爺通融一下，暫時不要把重要的公事交給他，以免出錯，影響他的前程不說，也影響軍中事務。」

說著，她站起來，鄭重行了一禮，滿臉歉意。「對不住，因兒女私情影響到軍務，姪孫女實在愧疚。」

「唉，這怎麼能怪妳？趕緊起來、趕緊起來。」岑毅站起來虛扶一下，揮揮手道：「坐下吧。」

待夏衿坐了下來，他盯著她，滿眼感慨。「唉，怎麼邵老頭就這麼有福氣呢？怎麼就得了妳這麼個孫女？」

「呃。」夏衿一愣，隨即調皮地一眨眼。「岑爺爺您這是在讚揚我嗎？」

岑毅沒想到一向清冷的夏衿還能露出這麼可愛的女孩兒神態，不由得又大笑起來。「可不是讚揚嗎？」

笑完，他神色一正，目光炯炯地盯著夏衿。「丫頭，妳既不喜歡羅家小子，那就嫁進我岑家，做我的孫媳婦吧。妳不知道，我家雲舟那小子有多喜歡妳，整日纏著我和他祖母，要我們待妳父母來時就提親。只是後來發生了曼姐兒的事，兩家不好換親，我們才把他打壓了下去，為這事，那小子可是失魂落魄了好一陣。」

夏衿愕然，沒想到岑雲舟那武癡竟然會看上她。

想來，是看上了她的功夫吧？

夏衿無語了一下，見岑毅盯著自己，似乎認真地在等她回話，不由詫異地一挑眉。「岑爺爺您怎麼這麼看著我？難道剛才那話還當真了不成？那會兒顧忌著換親不好聽，難道現在就不用顧忌了？」

岑毅大手一揮。「人生短短幾十年，生死難料，活就要活得痛快！顧忌那麼多幹什麼？別人愛說什麼就說什麼，咱們自己過得開心就行。」

「……」夏衿都不知道說什麼好了。

見夏衿不說話，岑毅覥著臉道：「怎麼樣？考慮一下，嫁給我家雲舟吧。」

「咳，這個……還是不要了。」夏衿尷尬地擺擺手。

她找岑毅來是談羅騫之事的，怎麼又扯上岑雲舟了？再者，這裡是軍營好嗎？在這裡提起婚嫁，真的合適嗎？

岑毅卻滿臉認真。「妳願意就願意，不願意就不願意。可別臉皮薄不好意思，說出來的話讓我誤會了，我可是會當真的。」

「我覺得不合適。」夏衿只得也認真道。

「是不是因為換親的說法？」岑毅皺眉問道。

「不管是什麼原因，我跟岑二哥都不合適。」

岑毅見夏衿態度鄭重，不像是因為不好意思而做出的扭捏姿態，遂遺憾道：「那好吧。」他嘆了一口氣。「羅騫那裡，妳放心吧，我會派人盯著他的，這段時間也不會派他做什麼重要公務。」

「多謝岑爺爺。」夏衿站起來福了一福。

岑毅一揮手。「這不算什麼。說起來要不是邊關出了這瘟疫，妳也不必跑到軍營來，被他拉住直接談及婚嫁，要是在京城，這種事自有父母出面。」

夏衿無語。要是這麼說，您剛才那是幹什麼？

拜託的事既談好，夏衿就不願意再說這個話題，她正好也有事要跟岑毅單獨談。

她轉頭對菖蒲和薄荷道：「妳們都出去，守著帳篷四周，別讓人偷聽，我有機密事要跟大將軍說。」

兩個丫鬟答應一聲，走了出去。

夏衿這才對岑毅低聲道：「岑爺爺，這場瘟疫您不覺得發生得挺蹊蹺嗎？你們有沒有查過這事？」

岑毅沒想到夏衿說的是這件事，眼神複雜地看了她一眼，他點頭道：「自然是查過的。事出之後，我們得知這病透過食物傳染，曾查過水源和做飯的伙伕，但並未查出什麼。」

夏衿眉頭一蹙。「我總覺得皇上的蠱毒跟這瘟疫之毒是一路，是否可從這個思路上來查？」

岑毅一驚。他從未把瘟疫跟皇上的病聯想起來。

他表情凝重起來，思忖良久，道：「我回去想想，然後再叫人仔細查查。」

送走了岑毅，夏衿就吩咐菖蒲去通知阮震，將她帶來的東西從馬車上搬下來，放到隔壁的帳篷裡——知道她的建議一出，軍中帳篷吃緊，有些士卒須得睡在露天場所，一向不喜歡跟人住一屋的她，決定讓菖蒲、薄荷將她們的鋪蓋挪進她的帳篷，然後把軍中為她們準備的帳篷空出來，堆放藥材和醫療器械。

她得在這裡待上一陣子，直到所有將士十天裡再無人發病為止。

菖蒲聽令剛剛離開，薄荷就進來通傳，說三個御醫求見。

夏衿一怔，不知他們來此何意，不過倒也沒有怠慢，親自迎到帳篷門口。

「可是夏姑娘？」一個六十來歲的老頭抬目打量了她一眼，開口問道。

旁邊一位五十多歲的忙介紹道：「這是我們太醫院的院判李大人。」

京城太醫院，有院使一名，正五品，相當於現代醫院院長；院判兩名，正六品，相當於醫院副院長；御醫十名，正八品；還有四名管理皇宮藥庫和惠民藥局的小官。

被派來邊關的這十二個御醫，並不全是太醫院的人。太醫院一共十三人，給皇帝、太后請安平脈的六個御醫都留在京城，還有兩名給後宮娘娘們治病的婦科聖手。餘下五名也是見前面御醫束手無策了，才陸續派來的。至於其他七位，則是各地召來的杏林聖手。因是以皇帝的名義派來，而且言明治好了病，回去之後就提到太醫院裡，所以都號稱御醫。

眼前這位跟她拱手的老頭，名叫李玄明，因治療疑難雜症很有一手，又威脅到了院使的地位，院使大人往皇帝面前一進言，他就被遣來邊關。

他身後剛才說話的，叫周易知，在太醫院跟李玄明關係較好；另一位則是江南來的名醫孟夏。據梁問裕說，這位孟郎中送了許多財物給李玄明，又比較會巴結，所以被一起留在大軍的軍營裡——這裡跟前面三個疫區比，當然更安全，生活舒適度相對也高一些。

岑毅率將領們迎接時，夏衿並未見這三人露面；剛才巡視了軍營一周，也沒看到這三人，也不知是真忙，還是故意躲著，想給她個下馬威。

相比起一直在盡力救治病人的梁問裕等人來說，夏衿對這三人沒什麼好感。

在腦子裡回想著這些情況，夏衿笑著施了一禮，嘴裡稱道：「原來是李院判，久仰久仰，有失遠迎。」

周易知見李玄明回了禮，忙又自我介紹道：「我姓周，太醫院任職。」又指了指孟夏。

「我聽說夏姑娘是臨江人，這位是你們江南的名醫孟夏孟郎中，想來妳也聽說過。」

孟夏撫了撫鬍鬚，微笑著看向夏衿，只等夏衿跟他見禮。

三人都是鬍子一大把了，夏衿也不跟他們一般見識，福了一福道：「原來是周御醫和孟郎中，小女子這廂有禮。」

兩人這才回了一禮。

夏衿請他們進帳篷坐下，也懶得繞彎子寒暄，開門見山道：「不知李院判此來所為何事？」

第一百一十五章

「也沒什麼大事。」李玄明笑道：「我等接到楊寧勝楊御醫的來信，得知夏姑娘已把他那個疫區的病人都治好了，所以前去看了一轉，上午才沒能跟大將軍一起迎接夏姑娘等人。不管怎麼說，夏姑娘治好疫病，我身為太醫院院判，自然要來向夏姑娘道一聲謝謝。」

感謝夏衿，倒也說得過去，否則瘟疫不停蔓延，不用敵軍攻打，將士們就全病死了。這邊大軍沒了，大周國自然危矣。到時候即便李玄明等人命大，能活著回去，也要承受皇上的雷霆之怒，罷官事小，丟命事大。

只是，這話夏衿聽著怎麼覺得怪怪的。就好像她治病是為了李玄明而治，所以這才來感謝她。

她眸光一閃，笑道：「李院判客氣了。大將軍才特意來謝過，李院判又來謝，還真是讓我承受不住。我畢竟年輕，又是個女子，雖立了一點小功，卻不敢受爾等誇讚，分內之事而已。」

這話說得客氣，卻是把自己的功勞跟李玄明撇開了。

李玄明靜默了一下。

前面派來的七名郎中裡，不管是誰，只要他治好了病，李玄明完全能把一半功勞搶到自己頭上，實在不行，背地裡使些手段，讓那個大功臣死在邊關就是了。到時候論功行賞，他李玄明還是頭一份。他身為院判，六十多歲了，還千辛萬苦地跑到邊關來，不撈點好處，怎麼能說得過去。

但夏衿的身分卻讓他很是棘手。

要是她只是臨江一個夏郎中的女兒，那沒話說，即便她是太后派來的，也還好辦；可她偏偏搖身一變，成了邵家老頭的孫女。那邵老頭原來是岑毅的上司，對他有救命提攜之恩，後來被人陷害，才流放去了北邊。不說他受不受當今聖上的重用，光論他跟岑毅的交情，當著岑毅的面，夏衿的功勞李玄明就怎麼也搶不走。說白了，他一御醫，論在皇上心中的重要性，哪裡比得上手握兵權的鎮國大將軍？他就算得貴妃青眼，也是枉然。

所以，他只能欺夏衿年幼好哄騙，讓她拱手將自己的功勞主動分出來一半。如此一來，岑毅再怎麼維護邵家，也不好說什麼了。

但只兩句話，就讓他感覺這位小姑娘似乎不大好騙，說起話來竟然讓他有一腳踏空的感覺，還真是邪門了。

他開始大倒苦水。

「唉，所以說，夏姑娘命好啊，年紀輕輕的，就立下大功一件。我們這些老頭子，半截身子入土的人，來邊關的路上，差點沒被馬車晃散了身子，吃也吃不好、睡也睡不著。妳看看我，在京城的時候是微微發福、膚色白皙之人，到了這裡，卻成了個乾瘦黑老頭兒。前段時間染了風寒，差點埋骨於此地；還有他……」

他指了指周易知。「周御醫前段時間大病一場，差點沒去見閻王。」

又指了指孟夏。「還有孟郎中，前兒個一個士兵死了，那些兵不講理，動手就打呀。妳看，胳膊上還有瘀青呢。這病來如山倒，治得了病、治不了命，怎麼能怪我們不盡心？簡直是蠻不講理。」

夏衿聽得這話，看向這三人的眼神裡閃爍著冷冽的光芒。

這三位在她面前都擺臭架子，在那些無權無勢的兵卒面前還不知是怎樣一副嘴臉。他們是朝廷派來的御醫，又是治病救人的郎中，對那些士兵的態度得有多惡劣，人家才會揍他們呢？

李玄明猶不自知，兀自在那裡絮絮叨叨。

「不過既然皇上派我們來，吃些苦頭也就算了，偏偏想治好瘟疫之病，談何容易。我的醫術以接骨最為有名，周御醫則是婦科聖手；至於孟郎中則擅長皮膚病，所以遇上這種疫病，我們就算再盡心也沒辦法呀。」

周易知配合著在旁邊嘆了一口氣。

小姑娘家都心軟，李玄明覺得把自己說得這麼慘了，夏衿好歹要同情一下，即便心裡不以為然，嘴裡總要客氣地附和兩句吧，到時候他自然有話說。

沒承想夏衿坐在那裡一聲不吭，臉上掛著一抹笑容，那笑容頗有些意味深長的味道。

這讓李玄明臉上掛不住了，只得將另一招拋出來。「幸好夏姑娘來了邊關，一出手就把疫病控制住了，這不光是邊關將士們的幸運，亦是我等之幸。夏姑娘醫術如此高明，如果整日關在家裡，那就太可惜了。不知夏姑娘有沒有興趣到我們太醫院來？要是願意，我這個院判說話還是管用的。」

夏衿感到好笑。

這李玄明打的什麼主意，她心裡跟明鏡似的。他現在拿出來的就是個誘餌，只要她表示想進太醫院，這次的功勞就等於分給李玄明一半。到時候，沒準兒她還得替他在皇上、太后面前說好話。

打的倒是一手好算盤，可李玄明真當她是白癡？

「我一個姑娘家，哪能進太醫院？院判大人說笑了。」她笑道。

誰知李玄明似乎早就預料她會這樣說一般，臉上倒沒有失望的表情，反而笑得更燦爛了。「夏姑娘的醫術這麼高明，想來令尊大人的醫術也不弱吧？妳不方便來太醫院任職，但可以推薦令尊大人呀，能進太醫院做個御醫，令尊大人應該是願意的吧。」

夏衿一愣，隨即深深地看了李玄明一眼。

要不是她頭腦比較清醒，沒準兒還真有些動心。

夏正謙的性子她知道，就算是認回了爹娘，可讓他窩在邵老太爺和邵老夫人的庇護下過日子，他心裡是不舒服的。他既在醫術上鑽研多時，自然想做一個杏林聖手。如果進太醫院，他一定會高興得合不攏嘴吧？

但就算再想讓夏正謙做御醫，夏衿也不會讓自己被李玄明牽著鼻子走。這種卑鄙小人，跟他同坐她都覺得丟臉，怎麼可能還讓自己在他面前矮上一截，讓老爹去他手下仰他鼻息過日子。

更何況，伴君如伴虎。御醫雖說在名聲上好聽，其實危險得很。夏衿在宮中給皇帝治病時，又不是沒感受過那份壓力。

「我的醫術並非家父所傳，而是一個神秘婆婆所授。以家父的本事，在京城開一醫館正合適；至於御醫，卻是不敢想。有多大碗吃多少飯，家父常常這樣教導我，現在雖遠在邊關，我也不敢忘了他老人家的教誨。所以李院判的好意，夏衿心領了。」

李玄明又勸了幾次，無奈夏衿死不鬆口，話說得柔和，態度卻十分堅定。說了半天，口水都說乾了，還勸不動，三人只得懊惱離去。

三人也不回大營，而是走到大營外，望著遠處漫天的黃沙，周易知有些不甘道：「大人，難道咱們就這樣把功勞全給了這乳臭未乾的小姑娘了？」

「哼。」李玄明鼻子裡哼一聲。「給她倒不要緊，只是如此一來，就襯得咱們要多無能就有多無能。」

想當初皇帝先送了兩名御醫過來，結果兩人不但沒治好瘟疫，自己還病死了。隨後又送了兩位過來，雖未病死，卻對疫病束手無策。皇帝滿懷著殷殷之意，派了醫術不錯的他過來，結果呢，還是沒能抑制這瘟疫的蔓延。現在這個小姑娘一出手，就把疫病治住了，這叫他的老臉往哪兒擱？他回去之後，還能坐在院判這個位置上嗎？

「可不是嗎？」周易知嘆了一口氣。

他是李玄明舉薦進太醫院的，李玄明混得不好，他的日子也不好過。

孟夏一直沒說話，垂著腦袋，顯得心事重重。

「孟郎中怎麼不說話？你有沒有好主意？」李玄明見狀，問道。

孟夏心裡正掂量著夏衿的身分呢。他跟李玄明不同，李玄明至少還有貴妃那條線，就算得罪岑毅、夏衿，還有人幫他說話；可他孟夏就一民間郎中，即便是名醫，對這些權貴來說踩死他如同踩一隻螞蟻。夏衿是邵家之人，又有岑毅撐腰，如果自己跟著李玄明跟她對著幹，不知下場會如何。

此時見李玄明問到自己頭上，他不由得猶豫了一下。「這個……」

李玄明看中孟夏，就是覺得這人頭腦靈活，時常能出些鬼主意，此時見他猶豫，頓時臉色一沈。「孟郎中，你可別打著兩邊不得罪的主意。要知道，你想進太醫院，只能靠我，此時退出，你就不怕得罪我？你也別說想不出好辦法的話，我舉薦人進太醫院，自然是舉薦能給我助力的，舉薦個什麼都不會的笨蛋，我吃飽了沒事嗎？」

這話一說，連退路都給孟夏堵上了，他只得道：「在下不敢，在下剛才只是在想主意，哪有什麼兩邊不得罪的打算。」

李玄明的臉變得極快，趕緊轉怒為喜，拍著孟夏的肩膀笑道：「怎麼樣？想出什麼好主意沒有？」

「在下倒是有個主意，只是不知妥不妥當，說出來兩位大人參詳參詳。」

「你儘管說來。」

孟夏湊近李玄明，壓低聲音道：「這位夏姑娘不是來自臨江嗎？大人您想想，咱們這裡還有誰是臨江來的？」

李玄明一怔，想了想，回道：「岑大將軍？」

孟夏搖了搖頭。「除此之外，還有一個人。」

李玄明見不得他賣關子，臉色一沈道：「是誰？你直說就是。有什麼話一下說完，別猜來猜去的。」

孟夏連忙道：「是幕中參軍羅騫。」

「羅騫？」李玄明一怔，好一會兒才想起羅騫的相貌來。

「對，正是羅騫。您看他年紀輕輕，相貌英俊，尚未娶妻，跟這夏姑娘正般配。我可是聽說，這位夏姑娘是主動請纓到邊關來的。嬌滴滴的小姑娘，不遠千里跑到邊關來，是為了什麼？有沒有可能是為了情郎？」

李玄明眼睛一亮，用手指著孟夏，奸笑道：「好啊，孟郎中果然好腦子。這個主意好！」

未婚的姑娘家最怕的是什麼？最怕的就是毀了清譽，以至於好人家都看不上她，最後落不得好下場。

如今孟夏把主意打到男女私情上，這完全是夏衿的死穴啊。試想，如果夏衿在邊關弄出醜聞來，太后、皇上還好意思宣揚她的功勞嗎？沒準兒為了顧全皇家顏面，還會派人來把夏衿殺了，免得不好論功行賞。

得到李玄明的誇讚，孟夏繼續道：「不止這些。大人您看看護送夏姑娘來的是什麼人，那蘇慕閑蘇大人可是武安侯爺啊，聽說他尚未娶妻，如今卻跑來吃這份辛苦，還有染病丟掉性命的危險，您說，這又是為哪樁？」

李玄明的眼睛再次亮了起來。「對呀。不管他來邊關是為了什麼，只要咱們說他跟夏姑娘有關係，那就有關係。這兩男一女的戲碼再精彩不過了，哈哈，孟老弟，你可真行啊。」

孟夏既然出了主意，也就打算豁出去了，定要幫李玄明把功勞搶到手。「不過空穴來風總不大好，咱們可以先觀察幾天，再使些計謀，讓他們多走動走動，鬧出些事情來。如此一來，謠言就有根基，不至於一陣風就吹沒了。」

「好、好、好。」李玄明親熱地拍著孟夏的肩膀，對周易知道：「這事你去辦。」

而夏衿那邊，她正吩咐菖蒲。「妳去看看蘇大人有空不，有空的話我過去一趟找他有事。」

菖蒲並沒像以前那般立刻聽令而去，而是站在那裡猶豫了一下。「姑娘，這……不大合適吧。」

「怎麼不合適？」夏衿奇怪地問，不過話聲未落，她就反應過來了，菖蒲大概覺得羅騫才出去沒多久，她就去找蘇慕閑，沒準兒會刺激羅騫，讓他做出傻事來。

「嗯，確實不合適。」沒等菖蒲解釋，她就點頭道。

不過她一大堆的事要做，不可能因為顧忌到羅騫的情緒，就不跟蘇慕閑接觸。

想了想，她道：「這樣好了，妳去叫蘇大人到阮大人的帳篷裡，我過一會兒也過去，這樣羅公子應該不會多想了吧？」

「嗯，這樣好。」菖蒲贊同一聲，轉身跑了出去。

沒一會兒她就回來了。「姑娘，蘇大人跟阮大人住一個帳篷呢。」

「嗯？」夏衿疑惑地抬起頭來。

她兩個丫鬟還有一個帳篷呢，蘇慕閑是侯爺，地位不比岑毅低；阮震是宮中侍衛，也有五品官職在身，岑毅不可能連個單獨的帳篷都不給他們住——至於龍琴，她是來保護夏衿的，而且女子住的帳篷要跟男子們的大營分開。阮震這個大男人住在夏衿隔壁，或者龍琴住進男子大營均不合適，所以他們夫妻倆分開住。

「因為姑娘您的建議，士卒們只能四人住一間帳篷，軍中帳篷不夠用，蘇大人就把自己的帳篷讓出來了。」菖蒲解釋道。

「原來是這樣。」夏衿點頭。「他們那裡妳去看過沒有?方便過去不?」

「方便。」菖蒲應道，過來給夏衿披了一件披風，跟著一起出了帳篷。

到了那邊帳篷，蘇慕閑和阮震已在那裡等著她了。

蘇慕閑的本事，阮震已瞭解了七、八分，夏衿也沒避著他，直接對蘇慕閑道：「蘇大人，這軍中之瘟疫，我懷疑是有人下毒。岑將軍他們查過一次沒查出什麼來，這幾天你辛苦一下，將這事查一查如何？」

「自然沒問題。」蘇慕閑點頭應道。

菖蒲仔細打量著他，見他表情十分平靜，對待夏衿的態度亦如往昔，並未因夏衿和羅騫說了好一會兒的話而有不好的情緒，菖蒲暗自點了點頭。

自家姑娘她最清楚。俠義心腸、不拘小節，想要她整日坐在家裡保證不跟異性來往，那是不可能的。如此一來，她的丈夫就得有寬大的心胸。

蘇慕閑目前的表現倒還讓人滿意。

——未完，待續，請看文創風385《醫諾千金》5（完結篇）

2016年2月出版

醫諾千金

文創風381～385

換個位置，當然要換個腦袋！
過去她出身傭兵團，被迫殺人不眨眼；
如今她晉升女神醫，自然救人不手軟！
怎奈高明醫術竟令她陷入難以抉擇的情網中，
這下神醫也救不了自己了……

步步為營　字字藏情／清茶一盞

前世她是個孑然一身的女殺手，為了生存，只能讓雙手沾滿血腥，
不料穿越後，她竟成了夏家醫堂的三房千金夏衿，
不但祖上三代懸壺濟世，還多了雙親疼愛，享盡不曾有的天倫之樂，
怎奈日子雖與過去天差地別，卻不代表從此和樂美滿，
皆因原先的夏衿雖體弱多病，但不至於喝了碗雞湯就香消玉殞，
如今平白無故死了，在曾為殺手的她看來，其中必有蹊蹺！
偏偏這大門不出、二門不邁的小嫡女能惹上什麼仇家？
最可疑的，便是那鎮日與三房為難作對的大房了，
這不，她才剛釐清真相，又一堆烏煙瘴氣的糟心事接踵而來，
不巧他們這回的對手，不再是過去的軟弱小姑娘，
她要讓大房知道——既然有膽招惹，就別怪她不客氣！

2016年1月出版

龍鳳呈祥

文創風 372～377

他耐心等候，苦心經營，只為與她執手偕老，
在外人眼裡，以他的身分，根本不需這般委屈，
可他不覺得委屈，因為她是這般美好的姑娘啊……

天上人間　與君結髮／慕童

她是極罕見的龍鳳胎，一降生便是祥瑞喜慶的代表，
加之又是家中唯一嫡女，爹娘對她的疼愛那是誰都看得出來的，
更別提她上頭的大哥哥、二哥哥，對她簡直有求必應，
而且説句不客氣的話，她家裡個個都長得很好看，她本人更是美呆了，
可沒想到，那位神神秘秘出現在她家藏書樓的小船哥哥竟比她更漂亮！
看著他那張傾城的臉，她一時就犯了傻，竟脱口問他是不是書精來著？
説實在的，小船哥哥真是個萬中選一的夫婿好人選，
然而她聽到了爹爹跟他的對話，發現他竟是當今聖上的親弟弟——恪親王。
可惜了，他們兩人間差的不僅是身分，還差了十歲，
等她長大到能嫁人時，他孩子都不知道生幾個了，唉……
但沒想到，陸庭舟居然頂著山大的壓力不娶，硬是等她長大！
而且這麼大年紀了不僅沒大婚，府裡竟連個通房都沒有，
也難怪她娘心裡會忐忑不安，認為他該不會是哪方面有問題了，哈。
反觀她這個正主兒倒是挺自在的，畢竟這種夫君可是打著燈籠都沒處找的，
何況他還三番兩次地救過她，以身相許那簡直是再合理不過的事啊！

2016年2月出版

不負相思

文創風378～380

她年紀雖小，卻生得太美，讓人不上心也難；
但他不解的是，為何一遇見她便有一股非要不可的執著？
彷彿他和她曾有過剪不斷、理還亂的糾葛……

深情揪心的前世恩怨　高潮迭起的深宮鬥智／藍嵐

曾經，她也是真心地愛過他……
雖然只是他王府裡的奴婢，卻是他身邊女子中最受寵的一個；
他冷酷無情、心思難以捉摸，但偶然的溫柔又讓她飛蛾撲火，
在他身邊，她一顆芳心終究是錯付了，
最後她只想求得自由，可他連這點心願也不給，
讓她落得被親近的人背叛，毒害而死……
愛過痛過那一回，姜蕙重生到十一歲的時候，
雖是小姑娘的身體，卻有兩世的記憶，活過來的她只想守住姜家平安，
絕不讓自己再次經歷家破人亡、一無所有的痛；
她小心翼翼、步步為營，看起來前世的失敗似乎可一一彌補，
怎知姜家才剛站穩了點，前世的冤家竟然意外現身，成了哥哥的同學？!
他分明不是重生，與她巧遇時卻格外注意她，
難道他倆之間的恩怨，也要從前生繼續糾纏到今生……

流浪貓狗介紹所

為流浪貓狗加油 和貓寶貝 狗寶貝

廝守終生(一定要終生喔！)的幸福機會

對人來說，貓寶貝狗寶貝只是生活的一部分，但妳(你)對牠們來說，卻是生活的全部，領養前請一定要考慮清楚——

▲ 擁有燦爛笑容的可愛女孩Ruby

性　　別：女孩
品　　種：米克斯
年　　紀：3歲
個　　性：親人、親狗；不會護食，會坐下指令；
　　　　　不會亂叫，會自己進籠內
健康狀況：已結紮；已施打狂犬疫苗及七合一疫苗；
　　　　　四合一、血檢都過關
目前住所：新北市淡水區
本期資料來源：台灣認養地圖

『Ruby』的故事：

Ruby在幼犬時期就被送進五股收容所，當時Ruby和她的兄弟姊妹都不慎染上犬瘟，唯有Ruby撐了過去，存活下來。沒想到這麼一待就是三年的光陰。

Ruby個性很好，許多假日會去收容所幫忙的志工都很喜歡她，大家都認為她的笑容十分燦爛，於是將她取名為Ruby，在法文中是「紅寶石」的意思。

去年的十二月初，我接到五股收容所長期志工的通知，Ruby因為在收容所待的時間太久，所以要被轉介至更偏遠的瑞芳收容所。

當下得知這個消息，毅然決然把她接出來，在朋友的幫忙下將Ruby安排到寄養家庭生活。

Ruby的寄養家庭是由一位單親媽媽跟三個就讀小學的小朋友組成，他們也都很喜歡她，卻因為家庭、經濟因素不能長久照顧。

寄養媽媽說，Ruby是一個活潑調皮的女孩，經常在大家出門上班、上課時跑去偷翻垃圾桶。回家後唸她，Ruby又會一臉無辜地撒嬌，一副壞人不是她的樣子，把責任都推給寄養家庭本來養的老瑪爾濟斯身上，真是讓人又好氣又好笑。

希望這樣活潑又可愛的Ruby能夠找到適合她的主人，一同分享她的活力，體驗未來充滿朝氣的生活，我相信，這一天一定會到來！如果你/妳願意給Ruby一個溫暖有愛的家，歡迎來信carolliao3@hotmail.com(Carol 咪寶麻)，主旨註明「我想認養Ruby」，謝謝大家。

認養資格：

1. 認養者須年滿25歲，有獨立經濟能力，並獲得家人、同住室友或房東的同意。
2. 認養前須填寫問卷，評估是否適合認養。
3. 須同意簽認養寵物切結書。
4. 同意送養人日後之追蹤探訪，對待Ruby不離不棄。

來信請說明：

a. 個人基本資料：姓名、性別、年齡、家庭狀況、職業與經濟來源等。
b. 想認養Ruby的理由。
c. 過去養寵物的經驗，及簡介一下您的飼養環境。
d. 若未來有當兵、結婚、懷孕、畢業、出國或搬家等計劃，將如何安置Ruby？

文創風 384

醫諾千金 4

國家圖書館出版品預行編目資料

醫諾千金 / 清茶一盞著. --
初版. -- 臺北市 : 狗屋, 2016.02-
冊 ; 公分. --（文創風）
ISBN 978-986-328-561-8（第4冊：平裝）. --

857.7　　　　104027291

著作者　清茶一盞
編輯　余一霞
校對　沈毓萍　許雯婷
發行所　狗屋出版社有限公司
地址　台北市104中山區龍江路71巷15號1樓
電話　02-2776-5889～0
發行字號　局版台業字845號
法律顧問　蕭雄淋律師
總經銷　知遠文化事業有限公司
電話　02-2664-8800
初版　2016年3月
國際書碼　ISBN-13　978-986-328-561-8
原著書名　**《杏霖春》**，由湖北風語版權代理有限公司授權出版

定價250元
狗屋劃撥帳號：19001626
網址：love.doghouse.com.tw　E-mail：love@doghouse.com.tw